FILLE DES ÉTOILES

MAUD KRISTEN

Pour en finir avec Madame Irma
Fille des étoiles | *J'ai lu* 4224/**4**

MAUD KRISTEN

FILLE DES ÉTOILES

ÉDITIONS J'AI LU

Je dédie ce livre

Aux Chamans indiens exécutés par les cow-boys.

À toutes les « sorcières » brûlées vives sur les bûchers de l'Inquisition.

Aux alchimistes torturés par des prêtres obscurs.

Aux moines bouddhistes exécutés par les Khmers rouges et à tous ceux qui, aujourd'hui, silencieusement, envers et contre tous, tentent au quotidien de relier l'homme au cosmos en lui rendant son essence divine, qui est la seule liberté.

Je remercie Les Runes d'Odin
Les lames du Tarot de Marseille
L'esprit du *Yi-King*
Mon ange gardien
André B.
et Gitta Mallatz dans l'invisible, de toute la connaissance qu'ils ont tenté de me transmettre.

INTRODUCTION

Quinze heures. Une jolie maison de campagne en fleurs. Le silence.

Je vois de l'eau... de la brume. Une quantité de brume et des montagnes... Je vois un paysage lointain, lointain dans l'espace et dans le temps... Je le sens très vieux, ce petit morceau de bois...

Oh ! la la ! Tellement vieux... Il est une petite partie d'un ensemble, c'est un fragment qui a fait partie d'un tout, il voudrait retourner dans l'eau justement, il est... comme triste. Je vois les siècles qui défilent, un tourbillon peut-être et une aube ensoleillée... Le petit bout de bois me dit qu'il voudrait retrouver le tout dont il est issu et retourner sur les flots...

Et puis plus rien. Ma main s'était refermée. C'était fini. Je venais de « sentir », de « capter » l'histoire d'un petit morceau léger et sombre, de cinq centimètres environ de long et d'un centimètre de large. Mais l'homme qui venait de le déposer au creux de ma paume, quelques minutes plus tôt, n'était autre qu'Olivier Costa de Beauregard, physicien célèbre, à la distinction légendaire, empreint d'intelligence et de sérénité.

Il m'observait avec étonnement, presque amusé, assis dans son salon en compagnie de sa femme. Alexandre Baloud, invité avec moi ce jour-là, par l'illustre scientifique, sembla ravi lorsque celui-ci nous donna la provenance du fragment de bois sombre : celui-ci lui avait été donné comme étant supposé avoir appartenu… à la coque de l'arche de Noé ! Le test était positif.

Je confirmais, sans le savoir, l'hypothèse de sa provenance, son ancienneté, et mes images marines et nostalgiques avaient jeté un vent poétique dans un déjeuner d'été à la campagne.

Je venais de faire ce petit exercice – pour moi naturel – en souvenir de ma performance dans l'émission « Mystères », sur la montre d'Alexandre Baloud et le « mur de Berlin » que j'avais ainsi « fait parler » devant les téléspectateurs, en racontant leur histoire sans avoir rien su préalablement les concernant.

Seulement voilà, ces petits exercices qui me semblent aussi ordinaires que de chantonner au volant ou de caresser affectueusement un chien ne me demandent ni plus ni moins de concentration, mais juste une petite inspiration. Ils viennent contredire et ébranler toutes les certitudes scientifiques habituelles.

Ce que je vis tout le temps demeure impensable et hautement subversif pour la pensée occidentale de cette fin du deuxième millénaire. Et ce n'est pas facile !

Mais qu'aurais-je pensé, il y a dix ans, si l'on m'avait raconté des histoires de « petit bout de bois qui parle » et de montres qui se rappellent la vie, les épreuves et les histoires de leurs propriétaires, tels des témoins muets dont je serais le « lecteur » ?

Rien. J'aurais ri. Je me serais demandé quel était le sens de ce délire étrange. Et pourtant, je voyais déjà. Je le savais. J'en avais fait l'expérience silencieuse et horrifiée. Je pensais que j'étais poète. Je me trompais.

Car les histoires que je ressens et que je raconte en tenant dans mes mains des objets anonymes sont peut-être jolies, mais surtout elles sont, souvent, authentifiées par ceux qui me les prêtent...

Petite, je trouvais dans les cases d'appréciation des professeurs de lettres ou de dessin : « Élève imaginative et douée. » Je comprends aujourd'hui pourquoi cela me vexait bizarrement.

J'ai retrouvé des dessins style « croquis de mode » faits en 1981-1982. C'est certes « imaginatif », mais c'est surtout précisément la mode de cet été 1994, tatouage et foulard compris, à une époque où seuls les repris de justice et quelques rares, ou originaux, prenaient le risque de faire couler sous leur peau des encres rouges ou noires dessinant des étoiles, des cœurs ou des animaux indélébiles.

Ces dessins n'étaient pas imaginaires, ils étaient prémonitoires, donc décrivant une réalité anticipée.

Et je ne suis pas, mais vraiment pas ! un prodige. La science-fiction abonde – et nous y reviendrons – en découvertes scientifiques. Il y a des artistes visionnaires à toutes les générations et la plupart d'entre nous prophétisent sans le savoir comme M. Jourdain le faisait avec la prose. Je ne parle pas des spécialistes – car je vais leur consacrer du temps – qui, leur vie durant, ont fait preuve d'une régularité déconcertante dans des voyances aussi précises que vérifiables – et vérifiées.

J'ai accumulé en sept ans d'exercice professionnel, d'expérience personnelle et de recherches diverses – y compris scientifiques et historiques –, des preuves indiscutables de la réalité du phénomène pour tout observateur à peu près bien intentionné. Alors comment peut-on encore aujourd'hui placer le débat sur le terrain de « la voyance et les phénomènes parapsychologiques existent-ils vraiment » pendant que des services d'espionnage utilisent à prix d'or des sujets archidoués ?

C'est d'une simplicité qui pourrait sembler paranoïaque : c'est un gros complot ! Complot historique, social, politique, religieux.

Je ne me contenterais pas d'assener au lecteur des propos si violents sans étayer ma thèse rigoureusement – ça n'empêche pas la colère ! – dans les pages qui vont suivre.

Car il apparaît que lorsque le laminoir sournois des religions, des dogmes et de la pensée positiviste produit en série des citoyens dociles, manipulables, anxieux et pétochards, la redécouverte pour chacun d'entre nous d'un potentiel intuitif et de facultés parapsychologiques pourrait élargir dangereusement le champ de conscience de l'individu, améliorer notoirement sa vie affective et son mode de communication avec ses semblables, risquant de donner naissance à un peuple de gens autonomes, responsables, critiques et heureux.

Bref, le type même du trouble-fête que rien ne dispose à servir de chair à canon, qui ne rêve pas la nuit de devenir une machine à produire, de cobaye pour la science, de candidat à l'infarctus et de client pour les dealers.

Comment vivriez-vous si vous aviez soudain conscience de votre immortalité, de l'aide que vos guides – ne prenez pas la loupe, ils sont invisibles à l'œil nu ! – pourraient vous apporter en vous conseillant dans vos épreuves ? Si vous pouviez donner des réponses à ces drames affectifs qui ont parfois traversé votre vie, ne plus perdre de temps dans des voies inutiles, dans des projets voués à l'échec ?

Que feriez-vous si vous pouviez de nouveau ressentir cet émerveillement de votre enfance devant un bouton de rose ou le bruit de la mer, souvent, très souvent ?

Si vous saviez enfin ce que pense votre conjoint et ce que vous devriez faire pour traverser une crise ? Comment rétablir le contact entre vous ? Quel moment choisir pour vous ouvrir à lui ? Comment devancer les crises et les éviter ?

C'est simple, vous commenceriez à vivre. En ayant un peu moins peur. En y prenant plaisir, en arrêtant d'être tordu par le tourbillon de la destinée, comme du linge sale dans le tambour d'une machine, ballotté, surchauffé, essoré...

Il ne reste pas grand-chose d'un être humain qui se jette dans la vie sans rester « ancré » par des racines invisibles au ciel et à la terre, qui perd son lien au cosmos.

Juste une boule de douleur, de ressentiment et d'automatisme, vidée de son âme, accomplit sans foi des gestes mécaniques, n'arrive plus à se projeter dans le futur, mais n'a aucun goût pour le présent.

Je n'ai pas de système miracle pour le bonheur non-stop, l'hilarité continue ou la béatitude intangible. Les voies de la sainteté produisent d'étranges extases dont il ne sera pas question dans ce livre. Il est juste question d'arrêter de souffrir inutilement. Car en traversant des drames familiaux et moraux bouleversants, j'ai dû développer pour survivre et peut-être échapper au suicide, ces facultés qui me permettent aujourd'hui de pouvoir savoir qu'une dame a mal aux yeux en tâtant sa bague, ou de décrire la maison de mon interlocuteur sans y être jamais allée. Je ne l'ai pas fait exprès ! En proie à des douleurs morales dévitalisantes, j'ai lâché prise sans en avoir conscience dès mon enfance.

N'étant plus reliée normalement à mes parents et au monde environnant, j'ai noué, sans le vouloir et machinalement, des liens avec les étoiles, les arbres, les oiseaux, les objets. Le monde apparent s'est évanoui et je me suis « retrouvée en chaque chose, et j'ai retrouvé chaque chose en moi ». En lisant la première fois la description de cet état de conscience où les frontières de l'ego individuel sont abolies dans un texte inspiré du bouddhisme, j'ai eu un choc : je n'étais pas la seule à connaître ça ?

J'avais quatorze ou quinze ans : c'était en Ardèche. En levant les yeux, j'ai vu un ciel totalement dégagé et des centaines d'étoiles brillantes.

J'ai entendu intérieurement la symphonie merveilleuse qu'elles produisaient toutes ensemble. Je me suis sentie protégée. J'ai pensé : « Je suis une fille des étoiles », et cette pensée m'a émue de gratitude.

Je ne savais pas tout ce que la vie me réserverait d'aventure humaine spirituelle et parapsychologique, mais c'est ce souvenir de plénitude-là qui me pousse encore aujourd'hui à écrire et à partager.

Le chemin que j'ai commencé n'est pas celui d'une ermite et je n'ai pas de vocation à la sainteté. Je me suis simplement épanouie au-delà de toute espérance logique en arrivant à résoudre et à dépasser des événements à la fois dramatiques et terriblement courants.

Car presque chacun d'entre nous connaît l'enfer un jour à cause d'un décès, d'une rupture, d'une maladie, du chômage.

Ce que je souhaite transmettre est une expérience et des outils qui permettent de lutter contre les épreuves en les prévoyant, en les comprenant et en les dépassant.

Il ne sera pas question d'effort ni, à proprement parler, d'exercice. Plutôt de reconnaissance, de prise de conscience. Les ressources qui peuvent vous rendre libre, vous en avez déjà fait l'expérience plus ou moins consciemment. Quand l'enfant découvre qu'il peut marcher, il a déjà des jambes...

Je ne vous révélerai que ce que vous savez déjà et que vous avez oublié. Je vais juste tenter de vous aider à retrouver l'endroit où vous avez caché votre connaissance et votre liberté, tel le héros de cette merveilleuse bande dessinée de Jodorowsky : la plupart d'entre nous sont tels des « enfants-troncs » qui retrouveront au fil des expériences et des épreuves dont ils triompheront un bras, une jambe puis l'autre... jusqu'à redevenir entiers, valides, pouvant enfin se relier aux autres.

Rien ne me destinait à devenir voyante.

J'avais appris le monde dans des écoles laïques, en pleine floraison d'athéisme, à une époque où seuls l'intellect, la qualification, la matière et la raison avaient droit de cité.

Née au milieu des années 60, j'ai grandi comme tous ceux de ma génération en pleine apogée économique, dans un paysage humain où la simple évocation de survie de l'âme et de médiumnité était disqualifiante.

Toute notion de sacré passait aux yeux de mes professeurs pour un relent de superstition paysanne, alors qu'ils espéraient que la technologie victorieuse donnerait à tous un bonheur obligatoire.

La prétention de l'Occident, à cette époque, était proportionnelle à nos richesses et à ce que nous pensions être le « progrès ». Il y avait bien quelques hippies pour jouer les oiseaux de malheur en parlant de la pollution et de l'empoisonnement dans lequel la société enfermerait progressivement les hommes, mais ils le firent avec maladresse et exagération et ne changèrent rien au cours de l'Histoire.

Dès la classe de seconde, j'ai senti – essentiellement par des rêves prémonitoires – les perturbations de la société d'aujourd'hui. Mais je ne savais qu'en faire, j'avais appris à me méfier de ma prétendue imagination. Et qui aurait prêté attention aux angoisses d'une adolescente un peu rebelle ?

En surface, je me suis intégrée. J'ai renié mes intuitions d'enfance et d'adolescence, occulté mes expériences mystiques. J'ai joué le jeu de l'étudiante en droit, de la jeune publicitaire.

Je réussissais bien mais je n'avais aucun goût à vivre, bien qu'étant parfaitement en possession de critères d'intégration que notre monde réclame : fiancée à un jeune homme intelligent, entourée, bien jugée par mes employeurs, tout me destinait à la vie tranquille d'une bourgeoise de banlieue ouest.

Les lézardes, que des états de conscience modifiées avaient créées, semblaient comblées. Je dissimulais honteusement les tragédies familiales d'enfant unique sans défense – au centre d'enjeux de pouvoir destructeurs, de graves mensonges d'adultes, et de violences diverses –, que j'avais endurées autrefois, et leurs effets secondaires :

– L'établissement d'une hiérarchie intérieure en total désaccord avec les normes d'une société matérialiste ;

– Une expérience de l'espace-temps que je n'ai retrouvée décrite que dans les traditions religieuses… et les ouvrages de physique quantique qui change radicalement le sens de la vie, tant sur le plan individuel que collectif.

Le sort avait donc décidé que je ne serais pas cadre dans la communication. Je croyais aspirer à un bonheur confortable, à une vie harmonieuse et équilibrée. Et je dus faire le sacrifice du conformisme, payer jour après jour le prix de mes découvertes spirituelles par une solitude morale extrême, jusqu'à prendre le risque, en 1987, de m'installer… comme voyante. Et de commencer à vivre.

Je peux dire aujourd'hui sans rougir que je communique avec mon ange gardien régulièrement, que j'ai fait l'expérience de la survie de l'âme au travers de communications tout à fait sérieuses avec des disparus, que je me décorpore à loisir et qu'un nom et un prénom me permettent – avec des restrictions sur lesquelles je reviendrai bien sûr – d'avoir une foule de renseignements exacts sur le passé, le présent et aussi le futur de leur possesseur.

Je pourrais me contenter d'utiliser mes facultés médiumniques comme un gagne-pain agréable et un jeu de société mondain grâce auquel je pourrais épater mes interlocuteurs et ravir une maîtresse de maison à l'affût d'ambiance garantie.

Un médium doué est un hôte de choix pour dîners élégants et fait bon effet entre les musiciens tziganes et le soufflé au champagne.

Hélas, ce que j'ai découvert grâce à la voyance, c'est l'essentiel !

Chacun connaît ce livre du docteur Raymond Moody, *La Vie après la vie*, dans lequel des hommes et des femmes racontent qu'après avoir frôlé la mort et visité d'autres plans de conscience, leur vision du monde est à jamais modifiée dans le sens d'une plus grande authenticité, de liens harmonieux et de l'urgence de se consacrer à la sagesse.

Eh bien, moi, ce n'est pas d'avoir frôlé la mort qui m'a fait changer tout mon système de valeurs ! C'est d'avoir découvert la réalité de la vie spirituelle au travers d'expériences de voyance d'abord fortuites, puis dirigées, canalisées. Et la différence entre la conscience ordinaire et l'état de conscience médiumnique est à peu près la même que celle qu'il y a à regarder un film sur une télé noir et blanc modèle soviétique d'un côté, et sur grand écran Panasonic avec système Dolby stéréo de l'autre ! Quand on a la joie d'être au cœur de la vie, qu'a-t-on à faire des mondanités et de leur tristesse ?

Ce type de déclaration pourrait vous paraître pontifiante, si je n'ajoutais tout de suite que je n'ai aucun mérite moral !

En effet, comment pourrais-je avoir la chance, la grâce extrême de « voir » et de décrire au jardinier la maladie qui touche un chêne – au seul contact de l'une de ses feuilles qui ne « vibre » pas de la même musique que des feuilles saines : un son plus désaccordé, plus faible, retentit alors à l'intérieur de moi, alarme de sa maladie –, et prendre du plaisir au spectacle affligeant de dîners où chacun fait semblant ?

Ma conscience de mon immortalité ne m'empêche pas d'avoir une vision très simple du temps qui compose une journée et de la nécessité de l'employer dans une seule priorité : me rapprocher de l'essentiel à chaque instant.

J'ai l'impression de faire le plus beau métier du monde. Et il m'arrive encore de surprendre un air narquois dans l'œil de l'autre, lorsque je décline ma profession... La pratique quotidienne de la voyance et la réalité tangible d'un phénomène que je vis me font oublier – et c'est parfois pathétique – que les hommes d'aujourd'hui n'utilisent encore que dix pour cent de leur cerveau... Mais qu'avec ce petit morceau de matière grise irrigué péniblement au milieu d'une masse qu'ils méprisent, ils me prennent parfois... pour une folle.

Et il me devient de plus en plus difficile de travailler à la fois avec succès pour de grosses et très sérieuses entreprises, de participer de bonne grâce à des expériences scientifiques, de prendre le risque de me ridiculiser – ça pourrait ne pas marcher à tous les coups – en tentant des voyances devant des téléspectateurs à des heures de grande audience et de subir le petit couplet du cadre sceptique qui me reconnaît dans l'avion et m'assène des banalités sur la théorie des probabilités dont il a lu la vulgarisation dans le *Reader's Digest*.

Ma priorité est ambitieuse, j'en conviens. Il s'agit, ni plus ni moins, de réutiliser officiellement l'intuition, les arts divinatoires et la médiumnité dans les processus de décision, tant personnels que collectifs.

Pas plus que la logique, l'intuition n'est infaillible, mais en terme de probabilité, nous verrons par la suite, au travers de cas concrets et d'expériences répertoriées, qu'elle permet de prévoir, de gérer, de désamorcer bon nombre de tragédies et d'erreurs individuelles et, je le répète, collectives.

Ce n'est pas par philanthropie que je m'acharne ainsi à vouloir réhabiliter le « sixième sens », c'est parce que j'ai la conviction de l'urgence pour notre civilisation d'opérer une mutation profonde de ses valeurs, pour ne pas disparaître. Étant tout de même bien incarnée sur cette terre, je préfère naturellement la sécurité à l'insurrection, la fraîcheur de l'air au port du masque à gaz obligatoire, l'aisance économique à la débâcle. Et il sera difficile sur ce point de ne pas être de mon avis...

Mais les images qui me réveillent parfois la nuit s'apparentent, hélas ! davantage aux univers de *Midnight Express*, d'*Apocalypse Now* et de *Réservoir Dog* qu'à celles des films de Walt Disney ! Je ne suis pas la seule. En sept ans d'exercice, j'ai recueilli les confidences d'hommes et de femmes de tous âges, de tous milieux, ayant eux aussi des expériences étranges et des rêves prémonitoires. Il se trouve qu'ils ne sont pas rassurés non plus. Alors je me sens dans l'urgence, quitte à subir les critiques et l'hilarité puisque mon « autorité » ne me vient que de ma médiumnité... Seulement voilà : les méthodes et les valeurs du matérialisme s'avèrent incompétentes pour résoudre les maux dont nous souffrons tous aujourd'hui.

Qu'arrive-t-il à une société qui compte douze mille suicides par an, soit davantage que les accidentés de la route, et où ils représentent à la fois la deuxième cause de mortalité chez les jeunes et la septième à l'échelle de la population, dans un monde qui ose encore parler de progrès ? Elle disparaît.

Nous consommons plus d'antidépresseurs que de Carambars, et nos banlieues régressent dans une violence tribale, ce qui ne nous empêche pas d'estimer avoir des leçons à donner au reste du monde ni de considérer les Aborigènes – qui respectent globalement leur progéniture – comme des sauvages, alors qu'un enfant par jour meurt en

France de mauvais traitements infligés par ses parents.

Pour s'être trompée sur le temps et sur la finalité de la vie, pour avoir voulu le paradis sur terre, la société matérialiste est en train de se décomposer, s'enfonçant dans ses mensonges, sa fuite en avant, ses crises cardiaques et ses contradictions schizophrènes.

Nous sommes déjà largement touchés par les conséquences pratiques de la débâcle, puisque chacun d'entre nous a dans son entourage un chômeur en fin de droits qui désespère, un jeune en proie à la drogue ou encore un malade atteint du sida.

Je me propose dans ce livre d'essayer de mettre au jour les origines de cet effondrement, mais surtout de mettre en place les ponts qui nous conduiront jusqu'au monde de demain, car lui seul est important. Tous les espoirs restent permis, simplement parce que nous ne sommes pas dans la même position que les dinosaures avant le changement climatique qui leur fut fatal. Nous pouvons, par nos prises de conscience, modifier notre destinée collective.

À la différence de la pensée logique qui nécessite un cheminement et donc un certain temps pour apporter des réponses, l'intuition est fulgurante et donc parfaitement adaptée aux situations d'urgence. Il semble bien que les capacités inconnues de l'homme dont le professeur Yves Lignon parle avec humour et intelligence dans son livre *L'Autre Cerveau* soient aujourd'hui les seules aptes à reconstruire le monde de demain.

Je ne veux pas avoir l'air de brandir une fausse menace apocalyptique vieille comme le monde puisque nos ancêtres les Gaulois craignaient déjà que le ciel ne leur tombe sur la tête... Mais il n'y a jamais eu dans l'histoire une violence morale semblable à celle que nous venons de subir avec le matérialisme : nous nous sommes cauchemardés mortels alors que nous sommes éternels, nous nous sommes limités à penser que notre sphère d'échange se cantonnait au travers de notre corps physique alors que celui-ci n'est qu'une infinie parcelle de notre existence énergétique, nous désespérons de solitude alors que sur d'autres plans de conscience, nos guides brûlent de nous aider...

Tel l'albatros de Charles Baudelaire, aux ailes coupées sur le pont d'un navire, nous sommes mutilés. Notre société est le produit d'un monde d'infirmes.

En pleine guerre, en Hongrie, entre 1943 et 1945, une jeune fille a reçu d'étranges messages sans les avoir cherchés. Elle s'appelait Gitta Mallatz et il s'agit des « Dialogues avec l'ange ».

C'est avec un extrait de ceux-ci que je conclurai mon propos :

> « Deviens moitié Dieu, moitié Terre...
> Le nouvel élément entre ciel et terre est connaissance,
> La connaissance n'est pas le savoir,
> La connaissance est lumière, qui donne,
> La connaissance est en vérité Amour... »

C'est de cette connaissance universelle, qui n'est pas le savoir intellectuel, qu'il sera question au fil de ce livre. Il semblerait que nous n'ayons plus vraiment autre chose à faire que de l'employer, ET VITE.

La voyance existe depuis l'aube de l'humanité

D'abord, je me suis interrogée sur ma soi-disant bizarrerie. Comment pouvais-je considérer comme totalement naturel un type d'activité psychique, la voyance, qui semblait pour beaucoup tenir du miracle ou du maléfice, car il fallut tout de même le regard de l'autre. Cette petite phrase d'exclusion, un jour dans une cour de récréation : « Laisse-la, cette fille, c'est une sorcière », pour me faire refouler pendant une quinzaine d'années, ce qui devait s'avérer ma façon la plus naturelle de ressentir et de m'exprimer : les zones sans paroles, celles où la connaissance émerge d'elle-même, comme s'épanouit un lotus, éclate une goutte d'eau, celle où les symboles, si je leur demande leur aide, peuvent organiser en système divinatoire, comme le Tarot de Marseille ou les Runes, requadriller en quelques secondes la réalité d'une situation présente ou en devenir, comme les rayons X restituant à la colonne vertébrale des choses leur essentialité.

Et voilà que ce que je touchais du doigt, chaque jour et avec bonheur, semblait déclencher partout déni ou angoisse. L'angoisse passe encore. Tout dans notre culture a été mis en place pour nous couper de ces potentialités autour desquelles rôde un interdit plus lourd et plus conséquent pour l'état général de l'humanité que celui qui aurait condamné le slow et le monokini durant l'ère victorienne : cela aurait été tout bonnement impensable.

Or, si je veux bien admettre le débat du bien-fondé des pratiques divinatoires, dans la vie des hommes, de l'honnêteté relative de l'exercice professionnel dans nos sociétés contemporaines, de la « question de confiance » que l'accession à ce type de savoir peut poser à des religieux, du taux d'erreur, de l'usure éventuelle de ce type de faculté, je ne peux plus admettre que le niveau de la discussion se place sur le « ça existe ou ça n'existe pas ? » Parce que l'on ne peut pas en deux cents ans d'histoire, localisée principalement en Occident, remettre en cause des phénomènes que les hommes éprouvent, partagent, commentent, améliorent et utilisent depuis le paléolithique, c'est-à-dire depuis trente mille ans, pour gouverner leur vie et tenter de diminuer leur souffrance.

Que sont deux siècles sur un point du globe face à trente mille ans sur une planète ?

Que sont même les deux mille ans de christianisme devant cette immensité de connaissance et de pratique divinatoire de magie ou de guérison, dont la tradition a parfois été totalement coupée, et que les hommes, sous les glaces du Grand Nord, ou le soleil brûlant de l'équateur, semblent réinventer sans cesse au-delà des cultures, des couleurs de peau, des époques et des religions sans vigueur ?

Est-elle vraiment nouvelle, cette aptitude à faire fonctionner ce que le professeur Rémy Chauvin et d'autres appellent « la fonction psy » en ayant l'air tout étonnés et ravis de la découvrir ? Nos capacités de visualisation à distance, de télépathie, de clairvoyance et de précognition (c'est-à-dire de voyance dans le futur) ne sont pas à proprement parler des révélations, mais la réapparition de ce qui n'a jamais vraiment réussi à disparaître chez l'homme, très longtemps : toute la partie féminine et animale de son intelligence.

Alors aujourd'hui, le professeur Yves Lignon parle de « l'autre cerveau », le professeur Régis Dutheuil de « la dimension superlumineuse ».

Mais si, comme cela est fort probable, les évolutions de la physique quantique permettent de mettre en équation imparable ce qui aujourd'hui ébahit l'Occident, si les travaux de la Fondation Marcel et Monique Odier, auxquels je participe en tant que « sujet », aboutissent, nous ne découvrirons rien. Nous ne ferons que réussir à appréhender avec un mode de pensée bien spécifique, qui est celui du scientifique, des phénomènes tout aussi omniprésents et universels que la pulsion sexuelle et l'appétit dans l'histoire des hommes.

Car en cette période de troubles où tout semble parfois nous séparer des autres, « la fonction psy » est, avec nos groupes sanguins, ce que nous pouvons partager avec tous les hommes. Il est amusant de penser qu'un jeune yuppie boursicoteur et B.C.B.G., en cas d'accident de voiture, peut avoir la vie sauvée, s'il est du groupe A +, par un Pygmée illettré, A +, lui aussi.

Ça remet les pendules de la mégalomanie intellectuelle à l'heure humaine...

Il est tout aussi amusant de découvrir que l'un comme l'autre sont potentiellement télépathes.

Un psychanalyste, légitimant la théorie freudienne, au sujet des différents stades de préoccupation dans l'évolution d'un individu, me raconta un jour la réponse que fit « le maître » à un voisin de table qui, pour le contredire, prétendait que, dans certaines cultures lointaines, les hommes et les femmes ne connaissaient pas de stade anal : « Eh bien, cher ami, c'est qu'ils n'ont pas d'anus ! » C'est à peu près dans cet esprit que j'aimerais pouvoir en finir avec la négation de l'existence de la voyance. Un homme qui ne serait pas même *un tout petit peu* intuitif ne pourrait pas vivre longtemps. Car seule la pensée holographique est créatrice de solutions quand un nouveau problème se pose.

En simplifiant à outrance : placez devant une baignoire qui déborde un enfant de cinq ans encore illettré ; il va fermer le robinet, même si jamais aucune baignoire n'a débordé chez lui. Le robot le plus sophistiqué, s'il ne comporte pas de programme préenregistré « débordement de baignoire », ne saura jamais en faire autant. Notre humanité, elle, est dans notre intelligence holistique celle qui regroupe alors que notre cartésianisme découpe.

D'abord, bien avant les tireurs de Runes celtes ou le géomancien arabe, il y a eu le chaman.

Guérisseur, maître de cérémonie, juge parfois, devin et magicien, on trouve des traces de ces pratiques qui existent encore aujourd'hui sur les grottes du paléolithique. On peut les observer vivants au Mexique d'aujourd'hui, ou immortalisés sur les parois de la grotte des Trois-Frères en Ariège.

Les origines du chamanisme remontent à la préhistoire. Elles sont liées au monde animal et à la chasse. C'est d'abord un désir de symbiose avec tantôt le gibier, tantôt les prédateurs qui, d'après Joan Halifax, grande spécialiste américaine de la question, aurait provoqué les premières transes : la survie.

Or, c'est la même nécessité psychique « de survivre » qui semble, nous le verrons ensuite, permettre soudain à des hommes et à des femmes comme moi de devenir clairvoyants à des milliers d'années de ces premières angoisses de faim et de mort, bien physiques cette fois.

Éternelle humanité, avec toujours les mêmes défenses...

Or, en Sibérie, en Amérique du Nord, en Laponie, en Amérique du Sud et au Tibet, des hommes depuis la nuit des temps s'avèrent d'imbattables voyants, des guérisseurs efficaces intercédant, en transe, dans d'autres plans de conscience pour soigner d'autres hommes, utilisant la force de vie d'espèces animales en prenant parfois la forme de ceux-ci, au cours de danses rituelles.

Et rien de bien sérieux ne nous permet de penser qu'ils aient eu des contacts suffisants entre eux pour maintenir en ces points du globe des rites qui, s'ils diffèrent quant à la forme, sont, sur le fond, similaires.

Et tel le docteur Raymond Moody découvrant que les acteurs des Near Death Experiences, expériences proches de la mort, quelles que soient leur culture de base, leur religion ou leur absence de religion, décrivaient la même sortie hors du corps, le même tunnel, la même lumière au bout, la même compassion, je découvre, moi, que depuis l'aube de l'humanité des hommes se baladent dans des « grottes », des zones peuplées de créatures monstrueuses, « des tunnels » et passent par des phases d'initiation qu'ils peignent ou chantent à cinq ou six mille ans d'intervalle et à vingt mille kilomètres de distance, avec les mêmes qualificatifs et les mêmes émotions.

Mieux, je retrouve dessinées par les Mongols du XIVe siècle des créatures démoniaques qui peuplaient, parfois très intensément, mes rêves d'enfant. LES MÊMES. J'en ai sursauté…

Quant à l'initiation qui leur permet d'accéder à la « double vue », et au « voyage astral », elle passe par des chemins semblables, une fois de plus, depuis la préhistoire et à des continents d'écart.

Joan Halifax, dans *Les Chamans*, décrit les phases successives.

1. Les géographies psychique, cosmique et personnelle se rassemblent autour d'un centre.

2. La mort est causée par la mise en pièces du corps et par le sacrifice : l'individu est torturé, morcelé, puis les différentes parties sont rassemblées de nouveau ; il peut aussi être mort et parler avec les esprits.

3. Le retour à une période antérieure, au paradis ou au ventre maternel ; le thème de la régression peut aussi se manifester par une conduite enfantine.

4. L'émergence d'un conflit cosmique entre les forces du Bien et du Mal, ou d'autres opposés.

5. Le sentiment d'être dominé par l'autre sexe ; cette menace du contraire peut aussi se manifester en termes d'identification positive avec son propre contraire.

6. La transformation de l'individu aboutit à une apothéose mystique dans laquelle il s'identifie à un personnage cosmique ou royal.

7. La personne parvient à un mariage sacré, rassemblement des deux opposés.

8. Une nouvelle naissance fait partie des rêves et des expériences de renaissance.

9. L'anticipation d'un nouvel âge ou d'une nouvelle société.

10. L'équilibre de tous les éléments aboutit au monde carré, structure de quatre éléments d'équilibre et de profondeur.

Et si ces phases, qui procèdent d'une initiation volontaire et organisée, pouvaient parfois se déclencher *accidentellement* et lentement, les unes après les autres, à la suite par exemple de traumatismes ?

Cela expliquerait la pérennité, observée par tous les anthropologues, de ce que nous avons cru à tort être des traditions, mais dont, dans ma petite résidence de banlieue, je n'avais, à quatorze ans, lorsque les premières se produisirent, aucune idée et qu'il faudrait plutôt considérer comme des réactions psychiques universelles, des réflexes, dont la mise en place est involontaire, inconsciente et intérieure.

J'ai choisi de parler d'abord du chamanisme car, contrairement à la multitude, il faudrait y consacrer un ouvrage entier, de pratiques divinatoires et magiques inventées par les hommes pour guider leur sens de l'invisible, et dont il est plus facile de rétorquer que la construction n'est qu'un pur fantasme, l'existence du chamanisme pose un vrai problème aux rationalistes, pour les raisons énoncées plus haut… Et parce que sa pérennité tend à démontrer son efficacité : trente mille ans, c'est long pour une plaisanterie. Et ça fait beaucoup de générations de crétins, victimes de schizophrènes ou d'illusionnistes, puisque c'est ainsi que certains observateurs les ont de prime abord définis, en refoulant grossièrement une loi bien humaine : c'est que lorsqu'un individu ou un groupe ne permet plus de résoudre les problèmes auxquels il est confronté, il est impitoyablement rayé de l'Histoire.

Or, si les chamans ne voyaient rien et ne guérissaient personne, cela fait longtemps que leur communauté les aurait envoyés délirer dans les alpages.

Plus près de nous, les Grecs antiques se sont eux aussi intéressés à la divination et leur rationalisme ne les empêcha pas de vouloir tester les oracles.

Mario Varvoglis raconte dans *Rationalité de l'irrationnel* que Crésus, dernier roi de Lydie, chercha à tester les oracles grecs. Il envoya donc des messages pour demander aux différents oracles de tester leur capacité psy : le test consistait dans le fait d'être capable de prédire ce qu'il ferait le centième jour après le départ des émissaires.

Or, l'oracle de Delphes, très doué et adulé en son temps, déclara :

« Je peux compter les grains de sable, je peux mesurer les océans, j'ai des oreilles pour le silence, et je connais ce que le muet nomme.

« Mes sens sont remplis de l'odeur d'une tortue dans sa carapace, qui bout maintenant sur un feu, dans un chaudron, avec la chair d'un agneau.

« En bronze est le chaudron, et en bronze est le couvercle. »

Et que fit Crésus après s'être creusé la tête pour trouver une occupation invraisemblable, une « colle » indevinable ?

Il tua une tortue et un agneau, les démembra et les fit bouillir dans un chaudron de bronze. Belle performance de voyance pure !

Quant aux systèmes qui permettent d'organiser ce que Collin Wilson appelle la connaissance « lunaire », c'est-à-dire l'intuition et le voyage dans des plans invisibles, leur ancienneté et leur pérennité de fonctionnement semblent les mettre à l'abri de tout soupçon, là encore.

Pourquoi utiliserais-je aujourd'hui, chaque matin, les Runes dont les « grands-mères », appelées en Suède *Hallristningar,* ont été datées de l'âge du bronze récent (vers 1300 avant Jésus-Christ), et dont l'inspiration serait à relier aux cultes indo-européens de la fertilité et du soleil ? *Rune* signifie en gothique « chose secrète, mystère ». Le dieu Odin en aurait eu la révélation lors d'une épreuve terrible, durant laquelle il serait resté suspendu à l'Yggdrasil, l'arbre du Monde, neuf nuits durant.

Et voilà qu'en tirant la Rune Fehu, je sais ce matin que ma voiture va refonctionner après la réparation que le garagiste a faite hier, lorsqu'un de mes ancêtres, encore vêtu de peaux de bêtes, savait lui, tirant la même, que la chasse serait bonne... Puisque Fehu parle de biens matériels et de leur prospérité, de nourriture aussi ! Près de trois millénaires séparent nos deux gestes et nous obtenons l'un et l'autre une réponse juste, qui nous permet de mieux conduire, jusque dans des faits très humbles, nos vies respectives...

En continuant notre voyage dans les temps reculés, mais en changeant cette fois de région, nous arrivons en Chine.

Chaque matin aussi je tire un «*Yi-King*» avec des pièces de monnaie qui, en retombant sur le sol, forment avec un certain nombre de piles et de faces un dessin, appelé « hexagramme », accompagné d'un petit texte qui répond à ma question ; c'est-à-dire que j'interroge ce qui est considéré aujourd'hui comme le plus vieux livre du monde sur ce qui me préoccupe.

J'ai su ce matin que ma journée serait chaleureuse, déblayée, en tombant sur l'hexagramme n° 35 « Le Progrès », qui, comme toujours, allait décrire impeccablement le contenu de mon emploi du temps, puisque j'ai découvert, cet après-midi, deux manuscrits qui me manquaient pour la rédaction de cet ouvrage, et eu la chance d'avoir, avec un érudit en Kabbale, une conversation téléphonique d'une heure et demie.

Exactement comme le sage de la Chine ancienne jetait sur le sol quelques baguettes pour savoir lui aussi si sa voie était la bonne ou quelle attitude prendre vis-à-vis de son maître.

Quant au Tarot de Marseille, et à ses vingt-deux arcanes majeurs, qui m'accompagnent chaque jour en consultation, il daterait, selon De Givry, dans son *Anthologie de l'occultisme*, de 1329, date à laquelle on en découvre les premières traces en Allemagne, un siècle avant que les Bohémiens n'apparaissent en Europe.

J'ajoute cette précision car il semble en fait que personne ne soit vraiment en mesure de révéler l'exacte origine du Tarot, attribuée à tort aux Tziganes.

Car, comme le fait très judicieusement remarquer Collin Wilson, si ce chef-d'œuvre de retranscription symbolique de l'univers provenait des Tziganes, il existerait forcément diverses versions, et étrangement une seule et unique demeure au fil des ans, illustrée certes avec variété, mais ayant rigoureusement le même contenu.

Quand on pense aux persécutions de l'Église, aux différents points de vue des commentateurs, on ne peut qu'être ébahi de voir aujourd'hui toutes les significations et correspondances subtiles du

« Pape » de « l'Ermite » et du « Pendu » arrivées intactes jusqu'à nous.

Comment, lorsque l'on découvre la complexité de ces systèmes divinatoires, leur portée spirituelle, leur richesse philosophique, imaginer un instant que les hommes dont la principale préoccupation – surtout en ces périodes reculées de l'Histoire – était la pure sauvegarde, puissent avoir l'esprit traversé par cette idée absurde, consistant dans la simple émission de la question : « Est-ce que ça *marche* ou pas ? » Si ça n'avait pas marché, tout bêtement, ils n'auraient pas continué ! A-t-on vu souvent des hommes depuis la nuit des temps, et sur tous les continents réunis, se prendre pour des oiseaux ? Non.

Certains ont essayé et, devant la faiblesse des résultats, n'ont en général pas été suivis longtemps au pied de la falaise où ils se sont écrasés !

Tous ces hommes de couleurs, de races, de cultures différentes, à des millénaires de distance, et séparés par des continents, auraient ainsi, depuis le début du monde, perdu des heures précieuses à élaborer, étudier, et affiner des techniques leur permettant d'accéder à la connaissance intuitive du présent et du futur ?

Je ne parle même pas ici de l'étonnante géomancie arabe ni de la Kabbale. En ce qui concerne cette dernière, il y a des hommes qui, aujourd'hui encore, passent le plus clair de leur temps à l'étudier.

Et à ce point de ma démonstration, la question se retourne. Il ne s'agit plus de démontrer l'existence de la voyance et toutes les capacités appelées maintenant « parapsychologiques », il s'agit de comprendre comment deux cents ans d'oppression culturelle et de matérialisme ont pu réussir à persuader chacun d'entre nous qu'il avait brutalement perdu des facultés que ses ancêtres possédaient, depuis le début du monde et sans interruption.

C'est un long enchaînement d'événements historiques et aussi de nécessités politiques, mais je laisserai conclure W. B. Yeats, poète et occultiste contemporain d'Allan Kardec, qui réalisa lui aussi un jour le « pourquoi » d'une telle persécution des capacités parapsychologiques et médiumniques de l'homme :

« Si beaucoup d'hommes avaient accès à la mémoire de l'univers, on verrait se vider les parlements, les universités et les bibliothèques, les gens courraient au désert, et mettraient tant de fougue à épuiser leur corps et à calmer l'agitation de leur esprit que, bien que vivants, ils franchiraient les portes que poussent quotidiennement les morts ; car lequel de ces sages se soucierait de faire des lois, d'écrire l'Histoire, d'attacher de l'importance aux choses de la terre quand celles de l'éternité sont à portée de main ? »

… Et si au contraire, cette connaissance permettait soudain de réaliser tout cela différemment ? D'en changer le cours vers une amélioration dont nous pourrions tous voir les effets dans nos vies ?

… De hisser notre niveau de conscience, par exemple ?

Mes explorations dans l'espace et dans le temps

Comment voit un voyant ? Au début le voyant voit… sans toujours être au courant ! Parce que c'est la première question que l'on me pose en général, je vais commencer par cette mise au point pour préciser ce que sont vraiment les « flashes » de voyance.

Si surprenant que cela puisse paraître, la voyance n'est pas spectaculaire pour celui qui la vit. Elle ne l'a pas été pour moi.

Sincèrement, je ne savais pas que je voyais car cette fonction était intégrée dans ma vie comme n'importe quelle activité psychique normale. Et l'enfant n'a conscience de sa différence que dans l'œil de l'autre. Je me rappelle avoir lu une interview de Jean-Paul Sartre dans laquelle il expliquait n'avoir été conscient de sa laideur qu'à un certain âge et avoir été bouleversé par cette découverte qu'il mit un certain temps à digérer.

Je serais bien incapable de dire quand « cela » a commencé, parce que je crois que « cela » s'est mis en place assez vite, dès ma petite enfance, telle une réponse à une situation personnelle douloureuse.

François Favre rapporte, dans *Soixante années de parapsychologie*, son interview d'un voyant exceptionnel, Gérard Croizet, star de son temps et capable de prouesses à ma connaissance inégalées depuis dans les recherches de disparus et les localisations diverses. À la question : « Quand avez-vous commencé à voir ? » il répond sans hésiter : « Toujours. » Je serais tentée de dire la même chose.

Comme je l'avais déjà pressenti, l'apparition des dons de voyance, dans des cultures qui ne lui reconnaissent pas un rôle social majeur, voire la dénigrent, ce qui est le cas de notre société, semble être un réflexe de survie, une sorte d'adaptation ingénieuse à une situation d'angoisse et de blocage, dangereuse physiquement ou moralement.

Une forme de pirouette psychique, de S.O.S. pour savoir la vérité, de superantenne à génération spontanée pour établir ou rétablir un contact avec le monde.

En allant fouiller un peu dans la vie des voyants et des grands mystiques, on y trouve un bel échantillon de blessures en tous genres. Enfance décrite comme lugubre chez Gérard Croizet, avec persécution nazie. Problème de santé invalidant et récidivant pour Anne-Catherine Emmerick, mystique stigmatisée douée de pouvoir psychique, ou Marthe Robin, stigmatisée elle aussi, tout aussi étonnante dans ses clairvoyances, qui fut clouée au lit sa vie durant.

Terrible aussi : un viol le soir de sa nuit de noces pour Mme Fraya, la grande voyante du début du siècle, dont Marguerite Bevilacqua raconte que ce choc psychique fut le déclencheur de ses dons. Viol encore suivi d'une « crevaison » des deux yeux chez une vieille chaman indienne dont Lynn V. Andrews raconte l'étrange histoire.

Bien sûr, les blessures ne sont pas toujours aussi spectaculaires et les traumatismes évidents. Certains médiums d'ailleurs, comme Marcel Picart ou

Yaguel Didier, présentent leur enfance comme parfaitement normale.

Mais tout de même, ce qui poussa le docteur Elizabeth Laborde-Notale à étudier le phénomène, c'est l'observation clinique involontaire qu'elle fit de la clairvoyance chez ses patients. Et gardant le meilleur pour la fin, je dois préciser maintenant que le docteur Laborde-Notale n'est pas généraliste mais… psychiatre.

Ce n'est pas du mauvais esprit, mais il est communément admis qu'on prend rendez-vous chez un psychiatre quand on ne va pas très bien, plus souvent d'ailleurs parce qu'on est dépressif et angoissé plutôt que parce qu'on voit des animaux dans les placards ou qu'on se prend pour Napoléon.

C'est comme si la voyance venait éclore en des personnalités ayant subi des érosions, des dislocations, des privations, ayant été placées dans des situations où la logique et l'analyse s'avéraient insuffisantes ou carrément impuissantes.

De même, nous sommes aujourd'hui debout parce qu'il a bien fallu autrefois que nous nous levions pour survivre, nous battre contre les autres animaux et cueillir les fruits dans les arbres. Cela peut paraître simpliste, mais si nous avions eu à affronter des tortues ou de douces vaches à la place des prédateurs, et si les fruits poussaient par grappes au milieu des pissenlits, nous serions sûrement encore en train de ramper.

J'ai eu, à deux reprises, la chance de faire une voyance à une Arménienne exceptionnelle dont les dons m'ont éblouie. Elle n'a aucune envie d'exercer et ne s'en sent d'ailleurs pas la disponibilité psychique.

Or, le récit de sa vie tirerait des larmes à un huissier de justice. À l'âge de quatre ans, sa mère est fusillée sous ses yeux. À six ans, son père décède de la tuberculose. Elle est ensuite employée comme bonne à tout faire après un passage dans un orphelinat où des religieuses sadiques la maltraitent, car il n'y a, hélas, pas incompatibilité.

Elle échoue à Paris dans une boutique de lingerie qui prend feu, et manque de perdre son fils unique d'un accident de moto. Alors, les réponses raisonnables, les analyses détaillées, les déductions logiques, la pauvre dame n'en aurait eu que faire pour assumer une telle vie de douleur. Comment a-t-elle tenu bon ? Grâce à ses rêves prémonitoires, au « contact » qu'elle entretenait depuis l'âge de vingt ans avec son guide spirituel et grâce à ses propres tirages divinatoires du Tarot de Marseille.

Je ne sais pas très bien pourquoi elle vient me voir puisqu'elle rêve prémonitoirement les éléments majeurs de sa vie. Et, comme elle est artiste, elle les dessine.

Ainsi, elle m'apporte un jour une gouache représentant un visage d'homme rond, les yeux bleus, rieurs, dégarni, et me demande de but en blanc :

– C'est qui, ça ? Parce que je rêve de lui toutes les semaines.

– Votre futur compagnon, madame. Vous l'épouserez dans une ville toute blanche.

Elle se mariera trois ans plus tard avec l'homme qu'elle avait dessiné. Ingénieur pétrolier, son travail l'entraînant à l'étranger, ils firent étape à Casablanca et c'est lui qui insista pour s'y marier... C'est à cette occasion qu'elle tint à ce que je la rappelle. Ce que je fis. Elle me dit qu'elle avait fait, sans le chercher, une voyance me concernant, que j'avais un procès en cours (juste !) avec une femme rousse et un homme grisonnant (juste !). Que je devais en voir un troisième, avec des lunettes (juste !), et qu'après ça je serais tranquille (juste pour le moment).

Que s'était-il passé ? Rien. Si ce n'est de la psychométrie. Avant de partir, la dame m'avait rendu une petite visite. Elle m'avait involontairement subtilisé un stylo et, en le tenant dans sa main quelques semaines plus tard, avait été envahie par des informations qu'elle avait notées tout de suite.

Car les objets peuvent devenir les dépositaires de précieuses informations concernant leur propriétaire.

Puisque nous parlons de psychométrie, voilà précisément un bel exemple de travaux pratiques.

Voici deux ans, je reçois un coup de téléphone me proposant de participer à l'émission « Mystères ».

Corinne Spack, la productrice, est charmante et cultivée. C'est une femme qui s'intéresse vraiment à l'irrationnel.

Au début, il n'est pas question de démonstration, mais de participation à un débat.

Hélas, je ne vais pas m'en tirer si simplement. Philip Plaisance, lui, a eu vent de ma capacité à lire « dans des enveloppes closes ».

Et Corinne Spack essaye de négocier. Au début, je ne suis pas d'accord. Ce type d'expérience est extrêmement dangereux et dépend beaucoup de la qualité humaine de l'expérimentateur et de sa réceptivité.

Il est si simple de me couper toute capacité extrasensorielle. Il suffit de m'envoyer une franche hostilité ou une suspicion méprisante et la cécité s'installe ; je ne perds pas en revanche ma repartie qui a tendance à s'aiguiser dans le conflit. Des enveloppes closes passées au scanner de mes visions parfois par jeu, il y en aura beaucoup par la suite dans les bureaux de Sygma Plaisance, puisque cette aventure télévisée d'un soir m'aura amenée à travailler avec la même équipe sur un projet d'émission, qui n'aboutira pas pour un tas de raisons – la majeure étant que je n'ai pas beaucoup de souplesse quant à l'idée que je me fais de mon métier et que mon incapacité à la concession rend inenvisageable un travail de groupe qui m'échappe forcément un peu.

Durant ma collaboration, j'ai eu droit à tout lire dans des enveloppes... cartes d'identité, cartes postales envoyées par les copains, photos de célébrités ! Bref, on s'est bien amusés.

Mais au moment où Corinne prend contact avec moi, je suis sur la réserve. Et puis j'accepte. Au test de l'enveloppe close, je préfère la « psychométrie », c'est-à-dire une voyance d'après un objet.

Ma seule condition : je ne veux pas de public. Ils se débrouilleront au montage.

Le jour J arrive. J'étais tellement fatiguée ce soir-là, que je n'étais même pas anxieuse. Assise près d'Alexandre Baloud, j'attends mon expérience, docile. Il y a un nombre impressionnant de cameramen, preneurs de son... car « Mystères » est une émission de 20 h 00, très luxueuse. Je connaissais l'environnement pour savoir en outre qu'on me regardait en régie. Je ne devine cependant pas que le professeur Yves Lignon, parapsychologue, auteur de *L'Autre Cerveau*, que j'ai salué en salle de maquillage, est lui aussi en régie. Et heureusement, car j'ai une certaine inhibition face aux scientifiques qui traitent parfois les « sujets psy », c'est ainsi qu'ils nous nomment, comme des rats de laboratoire.

À chacun ses *a priori*, les miens hélas, sont tout aussi injustifiés que les préjugés des autres à mon égard.

Beaucoup de Français ont dû voir la suite car ma vie quotidienne a été troublée par des réflexions, telles que : « Regarde, c'est la fille qui a fait le coup de la montre d'Alexandre Baloud et du mur de Berlin à la télé », plus de dix-huit mois après l'émission. Il y a eu des versions moins *soft* et des déclarations d'admiration plus intempestives. J'assume.

Je frémis rétrospectivement en pensant au risque. Mais Alexandre Baloud allie l'intelligence et la chaleur. C'est un vrai curieux plein de bienveillance et de respect humain.

Le même exercice sous les projecteurs avec un présentateur sur le modèle exhibitionniste grossier avec préjugés matérialistes et chrono dans la tête, je ne me relevais pas.

Ça a été mon petit coup de folie, car il se passe tous les jours chez moi en consultation des choses incroyablement banales à mes yeux, qui tiennent du miracle pour ceux qui n'en ont pas fait l'expérience. Et j'ai eu envie ce soir-là de montrer simplement un tout petit peu de ce qu'on peut faire en matière de voyance, à des milliers d'hommes et de femmes auxquels une société tentait de faire passer la pilule la plus mutilante de tous les temps : celle qui les amène à penser qu'ils ne peuvent appréhender la réalité qu'au travers de leurs cinq sens. Les objets qui m'ont été présentés ce soir-là étaient au nombre de quatre et deux séquences seulement ont été conservées bien que les quatre expériences aient « marché ».

En ayant dans la main un petit bout de ciment gris, j'ai fait, comme d'habitude, le silence en moi.

Quand je vois, je disparais. Je m'évanouis à moi-même. Marie Delclos, qui est non seulement une voyante de talent mais une étonnante astrologue, parle d'un « écran gris pâle vide, uniforme ». Pour moi, il n'y a pas de couleur. Pas même de représentation. C'est le petit « infini » des mathématiques. L'infini. Là-dessus, des pensées me viennent. Ou plus exactement, des souvenances. Une sorte de mémoire des choses, des choses dont je sais très bien qu'elles me sont intérieures, mais avec lesquelles j'ai une sorte de « parenté ». « Des choses semblables qui ne sont pas attenantes mais qui sont séparées par un intervalle, sympathisant en vertu de leur ressemblance », comme le disait Plotin, philosophe néoplatonicien.

En effet, pour le voyant *tout* est familier, comme pour le bon acteur tout personnage est interprétable. Alors le petit morceau de ciment gris m'a raconté son histoire et, en décodant ses « ondes », j'ai pu parler de froid, de pays où il pleuvait, de gens qui dansaient devant, d'explosion, de révolution, de violence. Je l'ai cru venu de Pologne. C'était une erreur. Car le fragment provenait du mur de Berlin.

Tout démarrait bien. Alexandre semblait ravi, c'était pour moi le plus grand *stimulateur*. Je crois de plus en plus qu'une des motivations les plus fortes en matière de voyance, c'est de faire plaisir.

Il me donna alors une montre.

Changement d'ambiance, les sensations arrivent sous forme de mots, de contes, d'histoires. Je saisis une trame qui se construit peu à peu à l'intérieur de mon esprit comme se déplierait un paravent. Tout seul. Je suis aux premières loges. « Je vois un petit garçon… des livres, cette montre a été portée par quelqu'un qui a travaillé devant une bibliothèque. Je vois aussi un homme plus âgé. Cette montre a une valeur affective énorme pour celui qui la porte. Mais elle a dû rester dans un meuble ou un tiroir. »

Et voici l'histoire de cet objet : cette montre appartenait à Alexandre. Elle lui a été offerte à sa communion (petit garçon) par son père (homme plus âgé). Il l'a portée durant toute son adolescence et ses études (la bibliothèque) avant de la ranger, en panne, dans un tiroir. C'est sa femme qui l'avait récemment fait réparer (double valeur affective si on l'ajoute au père), et qui la lui a offerte à nouveau, lui faisant ainsi une agréable surprise.

À la sortie les techniciens me questionnaient : « Mais comment faites-vous ? »

Je ne *fais* rien, justement, je ne fais vraiment rien, c'est-à-dire que je n'ai aucune volonté, aucun désir, pas une once de vouloir, pas une trace d'élaboration. Je deviens un laser qui tourne sur un microsillon, une tête de lecture paisible. J'ai la sensation « d'être ainsi ». Et très naturellement, la connaissance intérieure des choses m'a toujours été bizarrement accessible. Je l'ai repoussée avec horreur car elle court-circuitait souvent le circuit logique que développe toute éducation.

L'école part du principe que nous sommes ignorants et, dans son état actuel, elle a raison. Un enfant ne peut subir l'abrutissement que constitue un programme scolaire moyen que si il a été préalablement conditionné à l'idée qu'il n'y avait pas d'autres moyens d'apprendre.

Et puis donner le même savoir à tous alors que chacun a besoin de quelque chose de différent, c'est créer un peuple dont les individualités affaiblies sont plus faciles à gouverner. L'état de notre société est aussi lié à l'aberration éducative.

N'aimant pas l'école, je me débrouillais bien puis très mal à partir de l'adolescence à cause des conflits familiaux qui me dévitalisaient. J'ai tout de même passé mon bac par miracle à dix-sept ans, puis j'ai fait du droit. Mais avec un dégoût et un désintérêt complets.

J'ai toujours communiqué intérieurement avec tout ce qui m'entourait. Comme durant cette première voyance sur une coupe de cristal, au travers de laquelle j'avais pressenti l'existence de l'atome comme des milliards de petits points qui bougent. Mais je sentais aussi le caractère des arbres, des lieux, des histoires qui s'y déroulaient.

Je faisais beaucoup de rêves prémonitoires, j'établissais un véritable dialogue avec les objets, qui étaient pour moi de vraies présences comme les pierres le sont pour les animistes ; capable de rester des heures dans ma chambre, je remédiais à ma solitude en découvrant sans le savoir d'autres champs de conscience. En pleine mode écolo, notre écolc primaire avait mis sur pied un petit programme de jardinage. On nous donnait des pousses diverses et nous devions les planter, les arroser, en prendre soin, ce qui était une très bonne initiative.

Or, lorsque je choisissais une plante, j'avais vraiment l'impression qu'elle était vivante, tout autant que moi, jouissant d'une personnalité, d'une propriété bien particulière. Sur mon balcon, je regardais les hirondelles. J'ai toujours su qu'elles migraient, mais aussi comment, bien avant de l'avoir vu. Elles me l'avaient dit. Je ne parle pas des terribles visions qui m'attendaient dans ma chambre. Tous les enfants du monde ont peur du noir. Et ils ont raison car les créatures du bas-astral ont un sens de l'humour sadique et se plaisent à les tourmenter. Mais je *voyais* très bien la créature pâle aux yeux effilés qui avait l'air de me guetter, dans l'ombre, ironique, effrayante.

Et ma mère avait beau me dire qu'il n'y avait rien, je savais bien qu'il « y avait ». Et comment me protéger ? Hélène Bouvier racontait ainsi que, dès sa plus tendre enfance, ses parents tenaient un bar-tabac à Paris dans le XVIIe, qu'elle avait vu des gens passer et lui sourire. Des gens que seule la petite Hélène voyait… Hélène Bouvier mena une carrière de voyante admirable de modestie, d'humilité et de générosité et époustoufla l'après-guerre de son talent.

Quant aux voyances sur le futur, c'est au travers de mes premiers exercices de graphologie que je m'y employai… Ainsi, mes camarades, mes amis et leurs parents me confièrent dès l'âge de onze ou douze ans des cartes postales et autres écrits pour que je dise ce que j'en pensais. L'alibi graphologique était grossier, car ce n'est pas les « Que sais-je ? » et autres manuels de vulgarisation qui traînaient chez moi qui auraient pu faire de moi une « pro » de douze ans.

Mais en touchant les feuilles, j'avais mentalement des images, telles de simples pensées, floues puis plus précises, plus nettes. Des mots me venaient à l'esprit, des lieux aussi. Le jour où la graphologie permettra de savoir que quelqu'un habite dans un pays chaud au bord de la mer ! Mais, comme ce que je racontais était à peu près juste, personne ne s'en s'étonnait. Et la demande était croissante. J'argumentais honteusement : « Oui, c'est normal avec un *P* ou un *D* comme ça, il vient de perdre sa femme ! »

La voyance, ce n'est pas un turban, un air inspiré au bord de la transe, une agitation soudaine, des roulements de prunelles, suivis d'une voix déformée qui lance : « Je vois dans le lointain un homme malfaisant qui vient du côté où le soleil se lève. » C'est plutôt une petite secousse, comme quand il vient une idée et que celle-ci se connote d'affectivité en se construisant lentement, mobile, fragile à la fois, et cela donne : « J'ai le sentiment que vous connaissez un homme un peu négatif, qui viendrait peut-être d'Asie ou d'U.R.S.S... » Lorsque je vois je n'ai pas de choc, parce que je n'ai pas l'impression de découvrir, mais plutôt de retrouver, comme si je mettais le doigt sur un souvenir gravé quelque part, ne m'appartenant pas mais pouvant m'être communiqué le plus naturellement du monde.

Ainsi, Blanche Orion, que consultait régulièrement le président René Coty, écrit-elle : « On peut dire que tout se passe comme s'il y avait en chacun de nous un être subconscient qui ait la connaissance de toute notre vie passée, présente et future, et peut-être de bien d'autres choses encore. Il semble parfois doué d'une véritable omniscience. »

Et tout cela n'a rien à voir avec un effort.

D'ailleurs Rosanna Nichols remarque, elle aussi : « Moins je me concentre, meilleurs sont mes messages. » Rien à voir, encore, avec l'apprentissage puisqu'elle écrit : « Dès l'âge de treize ans, je lisais des événements dans un simple jeu de cartes. Je n'avais rien appris, je voyais des figures s'animer. »

C'est comme si on se mettait à devenir voyant, après que toute la construction de la personnalité eut en quelque sorte... explosé suite à des événements qui bien involontairement font éclater les catégories mentales habituelles. Là encore, Rosanna Nichols a été très éprouvée : infection avec arrêt total de toute activité pendant dix-huit mois et tentative de suicide à vingt-cinq ans, durant laquelle une force spirituelle (son guide) lui apparut et l'en empêcha.

Je me rappelle un jour, sortant d'une boulangerie devant la gare de mon enfance, avoir vu intérieurement, en un instant, une sorte de préau en verre avec des montants de couleur, au-dessus du pont, alors que les yeux dans le vague, je mangeais un pain au chocolat.

En allant dîner l'année dernière dans la ville où j'ai grandi, je vois au-dessus de la passerelle... une sorte de gros tube transparent et coloré, fait pour protéger les voyageurs de la pluie.

Les voyants le sont... tout petits déjà ! Ainsi le très sérieux Bernard Sahli raconte qu'il avait prédit à une vieille Sicilienne effarouchée par les avions « qu'il voyait quelque chose tomber du ciel ». Une nuée de sauterelles s'est abattue alors sur le quartier.

Dès mon adolescence, tout s'est transformé. Je me suis mise à écrire d'étranges poésies dans lesquelles je racontais des histoires de « soleils verts hépatiques et ternes » ou du « morse merveilleux d'oiseau, chaude noix de plumes » : alors que j'écrivais ces poèmes, ce qui n'était encore qu'une voyance diffuse, parfois purement événementielle, se transforma en une conscience cosmique, doublée de cette certitude : tout correspondait avec tout et la connaissance de la nature des choses était dans l'air disponible partout pour celui qui saurait s'en imprégner.

J'ai réussi à avoir mon baccalauréat parce que j'ai imploré mon guide de bien vouloir me donner le sujet de géographie. J'avais fait une impasse totale sur tout le programme. La nuit, j'ai rêvé du carnaval de Rio. Mieux, j'y suis allée. Je me rappelle l'odeur de fruits, de poudre, de sueur, j'ai compris le sens de la transe des percussions, des plumes, des bouteilles par terre, du feu. J'ai potassé à fond « le Brésil ». Le sujet tomba trois jours plus tard.

Mais il me manquait la constance. Parfois, lorsque j'écrivais ces poèmes, j'avais ce réel sentiment de correspondance dont parle Baudelaire. C'était merveilleux. Mais dans le quotidien, je n'avais pas encore trouvé la possibilité d'être « reliée » à mon moi profond non plus épisodiquement, mais constamment. Je croulais sous les informations parfaitement inutilisables.

L'une d'elles était un drôle de chien avec la gueule carrée, il me faisait peur ; il y a dix ans de cela, je le voyais alors que je passais devant des chantiers ou des lieux en démolition. J'avais toujours l'impression qu'il y en avait un là, derrière les palissades.

Comment savoir ce quc serait l'abominahle pittbull ? Ou plutôt l'abominable usage qu'en feraient les dealers dans leurs squats ?

Voyance effective, bien sûr, puisque j'éprouve une passion sans bornes pour les animaux. Il semble d'ailleurs que les voyants soient plus doués à « repérer » ce qui les intéresse.

Ainsi, Gérard Croizet, prodige du métier, raconte que les voyances se font en association avec des émotions personnelles passées. Spécialisé dans la recherche des corps, il présenta lors des Journées internationales de parapsychologie de Bruxelles un film pris sur le vif dans lequel on le voyait d'abord localiser, puis retrouver avec la police, le corps de deux noyés. Et de quoi Gérard Croizet avait-il failli mourir enfant ? De noyade.

Au travers de ces anecdotes on se rend compte que le phénomène peut apparaître n'importe quand, toucher des événements majeurs ou mineurs, du passé, ou du présent et du futur. Toute communication extrasensorielle est une forme de voyance, télépathie mise à part, toute information que l'on peut découvrir avant qu'elle n'ait été dite, lue ou entendue, toute certitude qui ne procède pas de la conclusion d'une analyse est voyance.

Mais pour faciliter la compréhension du phénomène, les chercheurs en parapsychologie ont trouvé des noms permettant de cataloguer les différents phénomènes pour les regrouper massivement sous le terme de « voyance ». Il ne s'agit pas ici d'en faire l'inventaire mais d'en rappeler les principaux :

La clairvoyance ou la clairaudience

C'est la faculté de percevoir, soit par des images ou des sons qui sont entendus intérieurement ou, pour certains sujets, distinctement, des informations qui ne peuvent parvenir par les moyens sensoriels classiques.

Voir dans des enveloppes closes, c'est de la clairvoyance, tout comme décrire le paysage dans lequel je me trouve aujourd'hui en étant à deux mille kilomètres ou encore voir une tumeur au sein sur une femme qui est tout habillée.

La psychométrie, qui est la capacité à faire une lecture, au travers d'un objet, de son histoire ou de celle de son propriétaire, peut aussi rentrer dans cette catégorie.

La précognition

C'est la divination. C'est-à-dire la capacité de savoir ce qui va se passer. C'est la clairvoyance dans le futur. Toutes les images qui nous font traverser le temps et l'espace et permettent, dix ans avant, de décrire à un consultant l'emplacement, la couleur et le paysage de sa maison.

La télépathie

C'est la capacité de lire les pensées. Les pensées et non les événements ! Méfiez-vous du télépathe. Presque tous les voyants sont télépathes, mais tous les télépathes ne sont pas voyants.

Ainsi, bien souvent durant les consultations, je suis constamment en train de repousser le bruit mental de mes clients ! Pour ne percevoir que les événements et non leurs désirs. Je ne me savais pas télépathe jusqu'au jour où j'ai compris que, lorsque j'avais l'impression de voir dans les futurs un vrai et un faux, le faux était en fait bien souvent la construction mentale de mon consultant…

Et les supports ?

D'abord, je crois qu'il est important de différencier les systèmes divinatoires à part entière, tels le *Yi-King*, le Tarot de Marseille, les Runes ou les figures de géomancie, des simples « déclencheurs » de voyance qui peuvent être le marc de café, la boule de cristal ou le feu dans les coutumes de guérison chamaniques.

Les premiers sont structurés en un langage clé, une « écriture » de différents états énergétiques, repérés comme étant les stades successifs d'un cycle constant de vie, de constructions, de destructions, de transformations. Que dit l'Arcane majeur n° 2 du Tarot « La Papesse » ? Elle parle de fécondité, de germination, de petite élaboration dans un principe féminin. Exactement comme l'hexagramme n° 2 du *Yi-King* « Le Réceptif » qui signifie la puissance originelle du Yin, qui est sombre, malléable, réceptive.

Ces supports ont comme point commun de pouvoir être étudiés par n'importe quel esprit curieux, comme un système de représentation symbolique de l'univers.

Certains professionnels qui n'ont pas à proprement parler de flashes de voyance peuvent eux aussi prédire l'avenir pour peu qu'ils sachent se « relier » à une technique ou à une autre et qu'ils la maîtrisent parfaitement.

Les seconds, en revanche, n'ont de sens que pour une croyance et ne peuvent être à proprement parler étudiés car, sans capacité extrasensorielle, personne ne verra vraiment rien dans le fond d'une tasse, alors que certains arcanes du Tarot comme le 12, « Le Pendu », suscitent chez n'importe qui un minimum d'émotion.

Les supports ont sur la voyance pure un avantage non négligeable : ils permettent de situer si un événement pressenti en voyance pure va se passer dans un laps de temps proche ou moins proche.

Un tirage de Tarot de Marseille porte environ sur un an et demi à deux ans. Et les flashes, eux, peuvent aller beaucoup plus loin.

En outre, certaines représentations symboliques peuvent induire des voyances pures. Je travaille avec un Tarot qui est celui de Crowley. Si le cher Aleister a marqué l'Angleterre de toutes ses abominations et provocations diverses sur fond de magie érotique et d'excentricités douteuses, il n'en a pas moins créé, avec Lady Frieda Harris, un jeu particulièrement puissant, dont la profondeur de champ, la perspective et la sensation d'intense dynamique intensifient le déclenchement de mes voyances, même si, en terme de justesse symbolique, il est bien sûr inférieur au Tarot de Marseille dans sa représentation la plus classique.

En consultation, j'utilise aussi parfois les cartes astrologiques de Marie Delclos, pour répondre à de petites questions. Lorsque je tire « Saturne » sur un voyage que le Tarot ne sentait déjà pas très propice, je mets en garde mon consultant vers l'ennui qui l'attend.

Les Runes me passionnent. Je les laisse toujours sur la table où je travaille. Grâce à elles, j'ai mis au point un système de tirage accessible à tous. En consultation je m'en sers lorsque je « bloque ». Puissances symboliques, archaïques, pleines de références à la nature et à ses principes, on dit d'elles qu'Odin, le dieu celte, en découvrit alors qu'il était pendu à l'Yggdrasil, l'arbre du Monde, la tête en bas. Moi aussi, quand je ne vois « vraiment rien », il arrive que, vieilles de leurs millénaires, elles m'illuminent.

En ce qui concerne les autres supports, ceux qui ne sont pas construits en système, qu'il s'agisse du feu, d'une boule, du marc de café, il semble qu'ils permettent de jouer un rôle de réception, conducteur d'informations que le médium cherche....

Je m'explique : j'étais un jour à table avec Marcel Odier, sa femme Monique, Gabriel Veraldi, secrétaire de la Fondation de psycho-physique qu'ils ont instituée et dont Rémy Chauvin et Olivier Costa de Beauregard sont les conseillers scientifiques.

Étaient aussi présents ce soir-là Mario Varvoglis et Christine Hardy, que tout le milieu de la parapsychologie reconnaît pour la qualité de leurs travaux scientifiques.

Marcel Odier est un homme remarquable, mélange de rigueur, de discipline et de capacité à se remettre en cause. Banquier suisse, appartenant à une dynastie genevoise, rationaliste convaincu, il découvrit un jour que sa vision du monde était insuffisante et décida de consacrer le plus clair de son temps à l'étude des phénomènes parapsychologiques, ce que sa très jolie et très vive épouse l'encouragea à faire.

Ils avaient souhaité me rencontrer et Mario nous avait réunis. La soirée était tout à fait gaie et si informelle que nous avons décidé de nous livrer, à table, à quelques petites expériences. Celles-ci consistaient à demander aux participants de marquer un numéro sur un bout de papier et de me le tendre, plié.

Bien sûr, je devais me retourner pour ne pas risquer de voir ce qu'ils écrivaient.

L'expérience se reproduisit dans une proportion de réussite tout aussi spectaculaire que l'était leur motivation… Tout le monde avait très envie que « ça » marche.

Tout de même, étonné par mon score, Marcel se pencha vers moi et me demanda :

– Mais enfin, Maud, qui vous donne la réponse ?

– Le réverbère qui est derrière la fenêtre du restaurant… lui ai-je répondu avec le plus grand sérieux.

En effet, pour m'aider j'avais établi un « lien » avec le réverbère. C'est comme si il devenait une aide ; la chose peut paraître parfaitement saugrenue, mais la lumière brillante et pâle dans la vitre permettait d'accentuer le halo immaculé, devenant pour moi une source. Je « dialoguais » avec lui.

C'est comme si je m'étais servie de son énergie pour accéder à mon information. Il devenait le « satellite », le point de réception d'informations venant d'une zone où serait condensée toute la connaissance de l'univers. Mais quelle est cette zone dans laquelle les médiums se renseignent, une fois qu'ils ont trouvé la boule, la flamme ou le réverbère qui les y relie ?

La tradition hindoue parle des Annales akhashiques, en les décrivant comme une sorte de halo entourant la terre et dans lequel serait véhiculée toute l'histoire. Toutes les histoires. Histoire de l'humanité, de la planète, de chaque homme…

Erik Pigani parle longuement d'Edgar Cayce. Le médium, né en 1887, avait le pouvoir, lorsqu'il dormait, de devenir le canal d'entités qui lui donnèrent des traitements médicaux exacts, qui guérirent des centaines de personnes. Toute l'Amérique chercha à le rencontrer. Un hôpital fut même créé pour lui. Or, lui aussi disait se rendre dans un lieu où « ON l'emmenait dans son sommeil, dans un lieu où il y avait des millions de livres. ON sortait le livre qui correspondait à la personne, à la bonne page, et il lisait le traitement ».

Or, de quoi Michel Bounias, biochimiste et biophysicien, directeur de recherche de l'I.N.R.A., nous parle-t-il dans *Si Dieu avait créé le monde* ?

De vibration transversale, constituée en archives, et qui pourrait servir à « impressionner » les neurones du cerveau si bien que celui-ci, dans certaines circonstances – et il rappelle ici encore le rôle des chocs émotionnels –, est à même de se brancher sur la mémoire de l'univers : « Comme on capte une émission de radio en réalisant le bon accord d'antenne. Nos neurones pourraient y puiser alors des images, mais aussi des sons, des odeurs, des sensations et même des émotions… »

C'est ça, l'instant magique que j'attendais depuis mon adolescence. Une tentative d'explication de ce que je vivais tous les jours et que la culture atrophiée de la société dans laquelle j'étouffais niait, me signalant par là que ça n'existait pas.

Imaginez le cauchemar d'un enfant mélomane élevé au milieu des sourds et vous aurez une petite idée de l'inconfort complet dans lequel j'ai passé mon enfance et une bonne partie de mon adolescence.

Je trouvai enfin, avec la physique quantique, de quoi espérer qu'un jour on saurait *vraiment* comment voit un voyant ! La pointe des recherches de mon époque allait légitimer des siècles d'observation et ouvrir, peut-être, des perspectives d'utilisation plus grandes encore.

Mais le plus étonnant c'est ce voyage dans le temps que nous faisons. Tous les jours ? Cela m'étonne ! Se pose alors le problème du libre arbitre. Disons que celui-ci serait relatif. Il y aurait des natures d'événements plus ou moins modifiables. Vous ne naissez pas vierge, mais chargé du bilan, actif et passif compris, de vos actions passées. Or, la loi de l'univers est celle de la rétribution. Toutes nos pensées, tous nos actes semblent nous revenir, non pas comme des punitions, mais comme l'écho naturel de ce que nous avons produit dans le champ vibratoire de l'univers. D'où la nécessité d'avoir une grande compréhension de nos mécanismes intérieurs et de vivre le présent comme la construction du futur.

La nouvelle physique apporte un début d'explication.

En attendant de pouvoir faire plus et à une autre échelle, il y a déjà, chaque jour, le miracle de la rencontre avec le consultant.

Car la voyance c'est aussi ma profession et la plupart de mes expériences, j'ai eu la joie de les faire en travaillant. C'est cet aspect des choses, fondamental, que je vais aborder maintenant.

Les consultations m'ont déformée. En bien. Parce que je ne connais pas d'autres relations que profondes, avec ceux qui viennent me voir. Cela dure une heure. Je n'y pense plus ensuite. Peut-être est-ce ma façon à moi d'intégrer le secret professionnel. Des centaines d'hommes et de femmes sont passés au travers de ma vie.

Mais toujours pour l'essentiel. Connaissez-vous une seule situation sociale où vous pouvez dire à une dame assise en face de vous au bout de deux minutes, sans qu'elle ait prononcé le moindre mot : « Bon alors, cet homme très brun et qui boit, vous ne trouvez pas que, pour un mari, il y a d'autres choses à faire que de tout casser dans la cuisine ? » Ou encore à un homme : « Vous qui travaillez dans les chiffres, dans une société multinationale, comment se fait-il, alors que vous ne supportez pas la hiérarchie, que vous ne mettiez pas un terme à votre ulcère, là… je le sens là, dis-je en montrant mon estomac, en envisageant une reconversion ? »

J'aime la surprise que je provoque durant mes jours de forme. « Mais vous voyez *vraiment* ? » Leurs yeux s'écarquillent. Qu'imaginaient-ils ? Que j'allais leur poser de ronronnantes questions ou débiter doucement des généralités ?

J'assume alors un cruel « c'est pour ça que je ne suis pas bénévole » qu'on peut trouver d'un goût douteux, mais sur lequel je reviendrai car il y a souvent un soupçon de malhonnêteté autour du voyant, dans l'esprit de celui qui consulte. Le soupçon d'arnaque, de tricherie. Le débat s'élève d'un ton, avec ce type de petites démonstrations spectaculaires.

Alors je démarre.

Je tire un Tarot pour situer un peu leur actualité. L'état de souffrance ou de stress surtout. Je m'en sers pour savoir *comment* dire les choses.

Bien sûr, je ne suis pas toujours en forme. Alors je les renvoie en douceur, mais sans fléchir, ou encore je me décommande. Bizarrement, je me fais souvent injurier. J'ai beau expliquer que je pourrais parfaitement leur raconter n'importe quoi pour toucher mes honoraires et qu'il ne m'est d'aucune utilité de prendre le temps et l'énergie de les renvoyer, il n'y a rien à faire.

Ma consultation commence par une phrase rituelle : « Je vais déjà faire un test pour être sûre que je vous capte bien. Si ce que je vous dis ne vous paraît pas assez juste ou précis sur votre présent et votre passé, n'hésitez pas à me le dire, vous en resterez là et vous ne me devrez rien. »

L'exercice professionnel de la voyance n'est possible que si l'on prend cette précaution.

Si tout va bien, le puzzle se construit. Au début, j'étais timide. Je n'osais pas dire mes images. Maintenant, ça ne me gêne plus. Je sens une réelle bienveillance de la part de neuf personnes sur dix. Elles semblent contentes d'être avec moi et confiantes, dès le début.

Je ferme les yeux, je me promène. Je les ouvre, je leur raconte.

Les lieux d'enfance me reviennent souvent, avec les odeurs, les sons.

Cela peut être très précis. Des dates aussi, dans le passé, arrivent.

Comme une très belle chanson de Louis Chedid parle du film d'une vie, de la naissance à la mort, *Ainsi soit-il*.

La voyance, c'est ça.

J'ai tellement pris goût à cette relation symbiotique que j'ai beaucoup de mal à vivre des relations sociales courantes. Il y a toute la douceur nécessaire pour ne pas blesser, ou au contraire l'emploi de la colère revigorante. Dans mon courrier abondant je trouve à peine quatre lettres courroucées par an, ce qui, sur le nombre de gens rencontrés, n'est pas énorme.

Il y a quelques années, Bernard Martino, écrivain et réalisateur, m'avait proposé de filmer ce qui se passait dans mon cabinet. J'avais refusé catégoriquement, parce que je pensais qu'aucun consultant ne le supporterait. Je me suis trompée. Georges de Bellerive, figure respectable de notre métier, n'hésita pas à laisser François Laplantine passer son cabinet au scanner: cela donna lieu à un livre fondamental: *Un voyant dans la ville*.

Parce que l'utilité première de la voyance, ce n'est pas de faire parler un morceau du mur de Berlin, mais d'aider les humains à y voir un peu plus clair.

Mon test sur le passé et le présent dure à peu près un quart d'heure. Comme je l'ai déjà dit, je ne souhaite pas que le consultant intervienne, car cela trouble plus qu'autre chose.

Mon seul déclenchement nécessaire n'est plus le réverbère évoqué tout à l'heure mais... un simple prénom. Lorsque je commence à brosser la personnalité du conjoint, j'ai besoin, pour continuer, du prénom.

Je devine le caractère et soudain je vois une zone industrielle, un volume carré, des machines bruyantes. Normal. Le monsieur est chef d'atelier. Lentement l'histoire arrive.

Une fois que je suis sûre de posséder mon sujet, *j'embraye* sur le futur.

Autre déclencheur, les yeux. Qu'y a-t-il, dans les rétines des hommes, qui brille si étrangement ?

Je me promène dans l'abîme des pupilles, dans les cratères irisés des rétines, et les images montent en moi, intérieures, plus ou moins floues, dansantes, comme si la prunelle me soufflait toute l'histoire dans son chatoiement subtil.

Comme un fleuriste, je les compose, je les interprète. Pourquoi ai-je dit à D. qui était encore célibataire et avait passé trente-cinq ans qu'elle aurait des jumeaux ? Je n'en sais rien. Elle les a eus !

Un homme qui propose une explication s'impose. Je l'ai rencontré sur un plateau de télévision avec sa fille à Bruxelles. Il s'agit du professeur Régis Dutheil, il se consacre à la recherche en physique fondamentale et est professeur de physique et de biophysique à la faculté de médecine.

Il explique longuement sa théorie (ardue) au travers de son livre *L'Homme superlumineux*. Je vais essayer d'en résumer le principal.

Il existerait un univers parallèle au nôtre, complémentaire et symétrique, dans lequel la vitesse est supérieure à celle de la lumière. Il l'a baptisé « espace-temps superlumineux ». On pourrait se déplacer dans cet univers, non assujetti aux lois de notre monde, de manière instantanée dans le passé, le présent et le futur. Cet univers n'est constitué que d'informations et de conscience. En effet, quand on a atteint une vitesse infinie, le concept de vitesse n'a plus de sens. Car comment puis-je, à l'énoncé du prénom de « Marie », dire d'une personne qui est la mère d'une de mes consultantes et dont je n'ai même pas la photo : « Elle souffre de migraines (vrai) et elle a un grave problème à l'œil » (faux le jour de la consultation, vrai six mois plus tard) ?

Tout simplement parce que le temps ne s'écoule plus.

Il y a pour moi, lorsque je suis dans la dimension superlumineuse du professeur Dutheil, une instantanéité complète de tous les événements constituant la vie de mon consultant, dans laquelle les notions de passé/présent/futur disparaissent.

Et là, la physique tombe d'accord avec la tradition bouddhiste, l'extrême pointe de la recherche rejoint des millénaires de tradition orientale, puisque Bouddha explique que la notion de temps découpé en présent, passé, avenir, est une illusion et que le sage peut appréhender ensemble tous les événements.

Comment puis-je m'y retrouver ? Assez simplement. Les images du passé ont une sorte de glaçage. Elles sont moins lumineuses, moins vives que celles du futur. Ce qui, bien sûr, ne veut pas dire que je ne me trompe jamais.

La voyance m'étonne toujours. Tous les jours. Et je rêve vraiment d'un observateur bienveillant, caméra au poing. Au bout de trois jours de tournage et une diffusion grand public, plus personne ne se demanderait si la voyance existe ou si c'est un sens dérivé de la psychologie.

Le professeur Yves Lignon évoque le cas de Mme de Châtelet, une voyante du Midi, avec laquelle il a mené de brillantes recherches. Il raconte que cette dame très douée avait pris l'habitude de lui téléphoner lorsque des voyances spontanées se succédaient pour elle en rafales. Elle l'appela un dimanche soir pour lui dire qu'elle voyait de grandes explosions lumineuses, de multiples cortèges funéraires et « une petite fille qui se noie alors que tout le monde la regarde ».

Une éruption volcanique éclatait en Colombie une semaine plus tard et le professeur Lignon vit, comme tous les Français, l'agonie de la petite Omayra, s'enfonçant dans la boue lorsque l'eau montait : bel exemple d'un déplacement dans l'univers superlumineux.

Seulement voilà, l'enchantement a des limites. Dans le règne des images tout s'emmêle parfois. Même avec un voyant doué et de bonne foi. Le professeur Lignon raconte encore que Mme de Châtelet avait proposé son aide à la police pour démêler une affaire de disparition. Or, « la façade décentrée dans un bâtiment très blanc, avec sur la droite la porte d'entrée et un escalier » avait bien un rapport avec l'enquête, mais aucun avec le coupable.

Alors, il faut rester prudent. Surtout pour les mauvaises nouvelles.

Je vois arriver un homme, la quarantaine, posé et agréable. À peine est-il assis que j'entends « leucémie ». Je vois les mains d'un enfant, très pâle. Une odeur d'hôpital m'envahit. Je ne dis rien. Je vois la photo du fils de ce monsieur. Je lui vois bien un futur, mais je tremble. Il n'y a pas de quoi. Le monsieur était médecin et travaillait au chevet d'enfants cancéreux.

Yaguel Didier avait aussi prédit un mariage éblouissant à une amie intime. Elle voyait une église, de la musique, des fleurs partout, une cérémonie grandiose, des orgues. Or, tout cela arriva, mais il ne s'agissait pas du mariage de la jeune femme. Mais de son enterrement, puisqu'elle décéda encore jeune d'une maladie foudroyante.

Je fais moi aussi, comme *tous* les voyants, de terribles erreurs d'interprétation. Car les voyages dans le futur ne sont pas sans surprises.

C'est ce qu'évoque très bien Mme de Châtelet en disant : « J'ai l'impression de devoir raconter une séquence d'un film, dont je ne connais ni le scénario, ni les personnages. Alors, s'il s'agit d'une bagarre, comment vais-je m'y prendre pour désigner le bon et le méchant ? »

Je me suis souvent demandé si ces erreurs ne devraient pas m'interdire d'exercer professionnellement. Lorsque je vois tous les jours les résultats majoritairement heureux de ma pratique, et de celle de bon nombre de mes confrères, je n'ai plus aucune hésitation. Cependant il est nécessaire de faire un vrai travail d'information et d'éducation auprès du public, pour qu'il apprenne à ne jamais être victime de notre travail.

Heureusement, les arts divinatoires comme le Tarot ou les Runes permettent de « recadrer », comme je l'ai expliqué, toutes ces images disparates et enchanteresses en leur donnant parfois la trame qui leur manque.

La voyance peut changer le destin

À l'époque de la rédaction de mon premier livre, *Pour en finir avec Madame Irma,* je croyais que je ne pouvais rien voir me concernant ou concernant mes proches. La cécité pour soi-même est un postulat bien établi chez la majorité de mes confrères.

Je tirais bien de temps en temps quelques jeux de Tarot et quelques *Yi-King,* le livre des transformations chinois, qui, telle une radiographie énergétique, décrit à la fois le présent et le futur de n'importe quelle situation, mais une crainte superstitieuse me laissait penser que, tel le cordonnier mal chaussé du proverbe, je risquais de faire de dangereuses erreurs.

Pourtant j'étais déjà en train de vérifier que de nombreux rêves, faits petite fille, étaient prémonitoires, puisque je les voyais se réaliser avec un luxe de détails.

J'avais également remarqué que je pouvais me livrer à des voyances sur moi-même en pensant faire fonctionner mon imaginaire.

Ainsi, en emménageant, je venais de découvrir que quatre des noms des copropriétaires – pas particulièrement courants – correspondaient aux noms de famille que j'avais trouvés d'une seule traite un soir pour les personnages secondaires d'un roman.

Mais je ne pensais pas pouvoir recevoir à l'état d'éveil de véritables autoprédictions.

Collin Wilson, auteur de *L'Occulte,* rapporte que durant la rédaction de son livre il fut sensible à un nombre impressionnant de coïncidences, qui lui faisaient trouver presque miraculeusement les documents dont il avait besoin. Et plus il était sensible et réceptif à ces forces qui le guidaient, plus celles-ci intensifiaient leur présence et redoublaient d'efficacité.

Il prétend ainsi avoir été tiré d'affaire dans sa vie pratique et avoir reçu des messages parfaitement clairs sur la voie à suivre spirituellement.

J'ai appris, moi aussi, que le cosmos est bavard, peuplé d'aides et de guides attentifs et aimants, comme les chamans mexicains qui communiquent entre eux au travers de flammes, à des centaines de kilomètres les uns des autres ; j'ai appris à lire le sens de certaines images qui tombaient sous mes yeux, de divers objets qui se cassaient sans raison et dont l'ombre dessinait soudain la réponse à mes questions.

Prenant peut-être au fil du temps davantage de recul sur ma vie et mes passions, j'ai commencé à percevoir les messages de mes guides et ma pratique du *Yi-King* s'est intensifiée, à cause de sa richesse spirituelle et du garde-fou qu'il représente quant à la vérification suprême de mes perceptions directes.

Je n'ai plus besoin aujourd'hui d'être endormie ou de me croire en train d'écrire une fiction pour arriver à avoir, pour moi aussi, des phénomènes de clairvoyance et de divination.

Un ami, témoin de la réalisation d'une voyance que je m'étais faite à moi-même, me demanda s'il n'était pas terrible de « voir pour soi ».

D'abord, si j'ai quelques lumières, elles ne sont que de faibles lucioles dans une nuit d'encre de Chine, car je m'en remets à Dieu pour décider de mon sort, mais je suis on ne peut plus heureuse des balises qui bordent mon chemin.

La divination m'a économisé des larmes, des efforts inutiles et des doutes. Elle a pacifié mes relations avec le monde.

Elle m'a aidée à dénouer des situations douloureuses, à trancher des obstacles imaginaires, puis m'a permis de faire retraite en limitant les dégâts alors que je m'engageais sur des chemins qui, sous des dehors séduisants, se seraient révélés trop tard hérissés de pièges et de barbelés.

Frédérique Lenoir, catholique convaincue et auteur d'un livre remarquable sur Mère Teresa, m'objecta un jour que mon autodivination m'économisait des réflexions, amplifiait mon processus de pensée et ma liberté.

Je comprends d'autant mieux la réticence que j'ai eue moi aussi au début, le même rejet, pour les mêmes raisons.

Mais que d'heures de rumination inutiles j'évite chaque semaine !... Combien d'instants ai-je passés autrefois à « penser » à des projets qui ne voient jamais le jour, à dresser des barricades pour me protéger d'une brise alors que j'allais me brûler en toute innocence sur des braises que je prenais pour des joyaux parce qu'elles brillaient de la même lumière tentatrice !...

Que de souffrance évitée à condition de pouvoir connaître dès aujourd'hui le germe de succès ou d'échec, presque toujours invisible et logé au cœur de chaque chose, petit ou grand projet !

Que de descentes brutales transformées en sages attentes, lorsque la destinée n'est plus subie mais comprise grâce à la divination !

J'ai aujourd'hui la certitude que, avant de produire des effets dans le monde matériel et de se concrétiser sous forme de rencontre, dispute, contrat, construction, réussite ou échec, les événements existent dans une autre dimension avec une vibration subtile, éthérique, que certaines pratiques peuvent capter et analyser, comme je le fais.

C'est dans cette zone de « prématérialisation » que mes guides m'ont appris à naviguer.

Et si les formes extérieures peuvent être trompeuses, dans le monde de la matière, il n'y a aucune illusion dans cet « univers des racines ».

Les réponses que j'ai trouvées m'ont parfois fait douter tant elles différaient de ce que l'analyse pouvait me laisser croire et la logique imaginer.

D'abord les éléments qui servent de base à la réflexion nous sont souvent donnés d'une manière incomplète et superficielle. Rien n'est plus trompeur que ce que nous nommons la réalité. En outre, ils n'échappent pas à notre subjectivité car, faisant tous les jours l'expérience des perceptions sensorielles et extrasensorielles, je sais qu'en terme de finesse les premières sont aux secondes ce que les œufs de lump sont au meilleur caviar !

Alors je ne place plus ma liberté dans le fier exercice de la rumination mentale, et j'essaye d'employer mon énergie psychique à autre chose qu'au « mâchouillage-rabâchage » qui emplit la tête de tout un chacun et emplissait la mienne autrefois. Combien de consultants arrivent chez moi épuisés par des heures et des années de cogitation sans repos, sur des sujets divers, alors qu'un judicieux conseil peut être donné grâce à vingt-deux cartes en une minute.

La divination est tellement miraculeuse qu'elle transforme radicalement la vie de celui qui la pratique. Remis en contact avec sa propre essence intérieure, éclairé sur sa motivation, renseigné à la fois sur ses possibles et aussi sur les opportunités du moment, elle n'est jamais tragique que pour celui qui ne sait pas en tirer une force. Car lorsqu'elle bloque une issue, c'est pour nous faire monter plus haut, à l'étage au-dessus, dans la réalisation de nous-mêmes. Il n'y a pas d'échec qui soit autre chose qu'une invite à se dépasser, un temps gagné dans l'accomplissement de notre mission.

Si cette énergie avait été utilisée à être vigilant à chaque instant, telle une sentinelle observant l'horizon, beaucoup n'auraient pas sombré dans les enchaînements de catastrophes inéluctables dans lesquels nous chutons lorsque nous sommes décentrés.

Vu qu'il est (parfois...) possible de savoir quelle position adopter puisque l'on peut prévoir l'issue d'un problème, pourquoi s'engluer dans l'erreur lorsque la seule pensée qu'on peut alors y trouver est de s'y être placé seul en faisant une belle démonstration de la réalité du libre arbitre ?

Ma liberté n'est peut-être pas dans le choix des événements, mais dans la manière dont je saurai les vivre et dans la leçon que je tirerai de mes épreuves et de mes joies.

Quand j'étais enfant, je mettais de côté les petites pièces jaunes de la monnaie des courses. J'allais acheter en les serrant bien fort dans mes mains de lourdes fraises roses chimiques, des rouleaux de réglisse que je tordais voluptueusement avant de les manger et des crocodiles transparents qui coloraient mes gencives de bleu, d'orange, de vert.

Elles cessèrent de m'intéresser le jour où je découvris la pièce de dix francs, puis bien sûr le billet. J'avais perdu mon innocence. Mais la petite monnaie se vengea quelques années plus tard de cette injuste désaffection. Elle réapparut dans ma vie il y a dix ans maintenant. Aujourd'hui la maison en est truffée et les petits ronds de laiton jaune trônent sur les tapis, dans la cuisine et sautent joyeusement dans le fond de mon sac.

Si j'ai une répugnance particulière à les écouler, c'est peut-être parce que la modicité de la somme que représente l'addition de trois d'entre elles est paradoxale lorsque je pense à la richesse, à la profondeur des réponses que j'obtiens grâce à elles, aux questions que je me pose depuis des années… À condition de noter soigneusement le nombre de piles et de faces qu'elles forment en retombant successivement six fois sur le sol… et d'avoir la patience d'étudier le *Yi-King*.

Il y a peu de gens pour lesquels je serais capable de faire de nombreux kilomètres dans la seule intention de déposer sur leur tombe une gerbe de fleurs. Mais je le ferais volontiers pour Richard Wilhelm, qui bouleversa ma vie à tout jamais.

Missionnaire protestant arrivé en Chine en 1899, il fut initié par un lettré appartenant à la famille de Confucius à l'étude du plus vieux livre de la Chine, et peut-être du monde… Le *Yi-King*, appelé aussi *Livre des transformations*.

Le fameux livre jaune édité par la librairie Médicis ne me quitte plus. Il a fait naufrage dans la mousse de mon bain, n'a pas échappé aux innocents gribouillages de ma fille, la couverture est recollée tous les mois, mais les 830 pages me suivent pas à pas… Pour en comprendre les secrets, il n'y a qu'une issue : l'inspiration lorsqu'elle se conjugue avec un sens de la métaphore. C'est un livre que Baudelaire aurait aimé traduire, lui pour lequel les « correspondances » n'avaient pas de mystères.

Voilà un système divinatoire qui m'a réconfortée quand je souffrais, m'a rappelée à l'ordre lorsque je me suis éloignée du droit chemin, m'a incitée très justement à l'action ou à l'immobilité, à l'espoir ou au renoncement avec une parfaite justesse, une mesure exemplaire, quelle que soit la complexité de la situation que je lui exposais.

Je l'ai questionné des heures durant. D'abord sur ma vie personnelle, bien sûr, puis, expérimentant la précision des oracles et des conseils, j'ai cherché des réponses à des questions morales (la peine de mort), spirituelles (le rôle de la souffrance dans la vie de l'homme), éthiques (le bien-fondé des recherches génétiques).

Là encore, j'ai eu des réponses. Nuancées, généreuses, guidantes… Alors j'ai cherché à le « coincer », à savoir qui ou quoi me répondait ainsi au travers de ce système.

Et, selon la nature de mon intention, j'ai obtenu des réponses éclairantes et tantôt… une bordée d'injures bien méritées ; je possède des kilos de papier remplis de ses commentaires.

Il faut s'y faire, le *Yi-King* a toujours raison. C'est agaçant lorsqu'on est faillible, mais c'est une leçon d'humilité quotidienne.

Ma première rencontre avec lui se fit autour de 1985. Yves, mon ami d'enfance, m'offre un jour une petite édition vulgarisée. « Essaye de lui poser des questions », me dit-il.

À cette époque de ma vie, je suis ballottée et douloureuse. J'ai la sensation de ne pas trouver ma place dans la société même si je réussis correctement dans la publicité. Tout me semble vain. L'étrangeté de ma perception du monde – que je ne nomme pas encore complètement voyance – m'oblige à une sorte de traduction simultanée constante pour communiquer avec mes semblables.

C'est fatigant, car mon système de valeurs n'inclut pas les paramètres avec lesquels les hommes naviguent et, par souci légitime d'intégration, je me livre à des concessions qui me tordent aussi brutalement que du fer sur une forge.

Ma vie intérieure est dense, ma vie spirituelle aussi, je dors à plat, par terre, et je ne mange plus un gramme de viande car il n'y a que par un ascétisme forcené que je maintiens mon équilibre. J'ai des rêves prémonitoires à foison. Je cherche...

Je me rappelle la rencontre avec le *Yi-King*...

C'était un soir d'été. J'habitais à l'époque un grand appartement à la Défense. Il tenait du paquebot échoué par son volume et par le bazar qui y régnait, et de la navette spatiale grâce à la vue du ciel, mon seul vis-à-vis au dix-septième étage.

J'étais seule. Deux questions me tenaient à cœur. Avant de les avoir posées, j'étais déjà sceptique. Pour moi, trois pièces de monnaie lancées en l'air retombaient par hasard. Et je n'arrivais pas à admettre qu'il y ait une raison, une volonté ou une intention dans le fait qu'elles se mettent à former tantôt trois piles, trois faces, deux faces une pile ou deux piles et une face.

En outre, j'étais rétive à l'idée que le devenir d'une question dans laquelle je puisse intervenir par mes actes soit déjà écrit quelque part. Et mon libre arbitre, alors ?

J'ai mis des années à admettre que la liberté totale dans laquelle j'aurais aimé pouvoir concevoir ma destinée était un leurre grossier, c'est essentiellement pour ça que je n'ai pas admis facilement d'être voyante.

Ma première question portait sur un livre que j'étais en train d'écrire, un roman.

J'avais eu la chance de rencontrer Claire Martin du Gard, petite-fille du romancier, qui faisait partie à l'époque du comité de lecture des éditions Grasset et qui m'avait très vivement encouragée à le terminer car elle le pensait publiable.

Bien sûr, j'étais flattée à vingt ans d'un tel honneur, et je m'appliquais à travailler le plus régulièrement possible.

C'est donc dans un esprit plutôt optimiste que j'interrogeais l'oracle...

Il y a différentes façons de tirer le *Yi-King,* l'une avec des baguettes, des tiges d'achillée. Elle est belle, plus rituelle et plus respectueuse que la méthode des pièces de monnaie, mais elle est longue et, de toute façon, je n'avais pas le matériel à ma disposition.

J'optai donc pour la seconde et allai me munir de trois pièces de vingt centimes...

Le *Yi-King* est un ensemble de soixante-quatre hexagrammes représentant chacun un état énergétique donné à un moment, une radiographie d'une situation. Les hexagrammes sont des petits dessins composés de six traits, droits (YANG) ou brisés (YIN). Ces traits correspondent au nombre de piles ou de faces obtenu en lançant les pièces.

Dans certains cas, l'hexagramme que l'on a tiré se transforme en un autre lorsque les Yin et les

Yang sont « mutants » et deviennent leur contraire. On a alors un second dessin qui décrit l'évolution de la situation dans le futur.

Et ces soixante-quatre combinaisons, comprenant éventuellement jusqu'à six combinaisons internes, arrivent tout à fait miraculeusement à décrire toutes les innombrables possibilités du jeu du Yin et du Yang en formant une trame au travers de laquelle il n'y a pas une question qui n'aura de lumineuse réponse.

Assise par terre, je me lançai donc dans la consultation de l'oracle…

J'avais clairement formulé ma question : « Mon livre sera-t-il publié ? » Après avoir fait un lancer de pièces six fois de suite, j'obtins l'hexagramme n° 1 nommé « Le Créateur ».

Je mis plus de sept ans à me familiariser avec l'étrange langage du *Yi-King*, mais là, bien sûr, le mot « Créateur » me convenait naïvement. Le chiffre des sept années revient souvent, mais il correspond à un cycle qui se termine seulement aujourd'hui. Cycle d'enseignement ésotérique et de recentrage spirituel intense.

Cet hexagramme est le premier du livre des transformations. Il est uniquement composé de traits pleins « masculins ». La lecture du texte me parut poétique mais je fus ravie de savoir que « Le Créateur » était un hexagramme fort de nature qui parlait de persévérance, de courage, de puissante action créatrice de la divinité et de réussite des entreprises en cours. Je déchantai quelques lignes plus loin…

Mon premier, mon troisième et mon sixième trait étaient « mutants », c'est-à-dire que de masculins ils allaient devenir féminins, et à chacun d'entre eux correspondait un petit texte particulier…

Je ne résiste pas aujourd'hui à révéler leur contenu.

Le premier disait que tout allait encore très bien, qu'un homme remarquable (ça fait toujours plaisir) était encore inconnu. Qu'il devait attendre dans une patience paisible et forte, car « les temps s'accompliraient bientôt ».

Me sentant ce jeune sage vertueux, je jubilais. J'ajoute que ce texte contenait l'idée de force créatrice agissant sous terre, ce qui est une image des plus justes puisque j'écrivais dans la solitude et bien sûr dans un total anonymat.

Mais le « troisième trait » annonçait l'ambiguïté de la situation avec un texte disant qu'il y avait un « danger à la place du passage de la position inférieure à la position élevée » et que « plus d'un grand homme s'était déjà perdu parce que les masses accouraient vers lui et l'entraînaient dans leur sillage ».

Là encore la phrase « sa réputation commence à se répandre » collait à merveille à la situation puisque j'avais rencontré Claire quinze jours plus tôt.

Mais la lecture du dernier trait me dégrisa. Le *Yi-King* est boxeur parfois… Je pus lire que, lorsqu'un homme veut s'élever si haut qu'il perd le contact avec les autres hommes, il devient isolé et cela le conduit fatalement à l'échec.

Je venais de passer plusieurs mois dans une maison presque isolée, à Subligny, près du Mont-

Saint-Michel. J'y avais vécu dans une solitude totale en plein hiver, pour y commencer ce manuscrit. Là encore un double signe : la maison s'appelait « La Croix Chapitre ». Non seulement c'est là que je commençai à écrire, mais elle portait ce curieux nom car la partie supérieure d'un très grand crucifix était... tombée par terre – disons-le sans frémir – peut-être en se retournant.

Cette énergie inversée m'a fait vivre dans une situation analogue à celle du « Pendu », l'Arcane 12 du Tarot qui, dans un blocage et un emprisonnement involontaires, reçoit une grâce venue de plus haut. Et inutile d'aller chercher un pieu et des gousses d'ail, c'était moi la victime et non pas le démon dans cette étrange maison au crucifix décapité.

Le passage d'une vie parisienne et nocturne à une vie champêtre et solitaire ne s'était pas fait sans accrocs. Tel un plongeur sous-marin, je n'avais pas respecté les paliers de décompression réglementaires. J'avais tenu le choc, mais cela avait nécessité le déploiement d'une énergie et d'un courage qu'on ne peut trouver à vingt ans sans se durcir et sombrer dans une étrange mélancolie.

Mon retour à la Défense ne fut pas plus heureux. Étrangement, la solitude et l'expérience m'avaient transformée. Je n'avais plus envie de sortir, de m'amuser. Mes problèmes avec mes parents atteignaient des sommets. Me sentant fragile, ils me harcelaient.

Je suis tombée récemment, dans mon étude du *Yi-King*, sur le chapitre VIII : « Usage du livre des transformations », sur cette phrase parlant des traits du *Yi-King* : « le sage dit alors "Tu n'as pas de maître ? Approche-toi d'eux (les traits) pourtant comme de tes parents." »

Il est vrai que j'ai trouvé aujourd'hui dans l'étude quotidienne du livre qui est à la racine du confucianisme et du taoïsme deux parents hors concours !

Mais, à cette époque, la première réponse que me donna le livre ne me plut pas beaucoup...

Car l'hexagramme « Le Créateur » se transformait pour devenir « L'Accablement ».

Si, comme j'en fis l'expérience par la suite, certains mots sont ambigus, surtout traduits du vieux chinois, « L'Accablement », c'est clair pour tout le monde. Et pas très riant comme perspective.

Je ne comprenais pas. L'hexagramme « L'Accablement » parlait de tarissement, d'épuisement, de contrariété, d'adversité... ce n'était pas possible.

Il osait en plus me conseiller de rester très sereine car, à de telles époques, il n'y a rien d'autre à faire que d'assumer son destin et de demeurer fidèle à soi-même.

Perplexe, j'ai regardé mes pièces jaunes sur la moquette. Le profil énigmatique de Marianne avec son bonnet phrygien et d'un côté ses cheveux flottant dans un vent patriotique, et de l'autre l'épi de blé.

Tout cela ne pouvait pas être sérieux. Dehors les voitures passaient sur l'autoroute, le bruit des moteurs arrivait jusqu'à moi. Des enseignes dans la nuit, des avions dans le ciel me rassuraient.

Comme autant de preuves du triomphe de la technique sur la superstition et de la liberté sur la fatalité.

L'expérience que je venais de faire ne pouvait être qu'un jeu dangereux et imbécile. Enfin, s'il était possible de prévoir l'avenir avec trois pièces de monnaie, les entreprises avec lesquelles travaillait mon agence de publicité ne se seraient pas cassé la tête à payer à prix d'or des études de marché avant de lancer un produit. Trois petites pièces de dix centimes et hop ! on aurait pu connaître l'issue d'une affaire ? Risible.

Je me rappelle avoir pensé que les Chinois étaient d'abominables bouffeurs de chiens, ce qui, en tant qu'inconditionnelle des quadrupèdes aboyeurs, est à mes yeux un crime innommable. Par conséquent, la philosophie et les systèmes divinatoires d'individus qui mettent dans leur assiette ce que j'embrasse tous les jours ne pouvaient être qu'un supplice de plus « *made in China* » comme les fleurs en papier de mauvais goût.

Bref, je me défendais car la publication de mon livre me paraissait vitale.

C'est précisément ce qui se passa. Malgré les encouragements nombreux que je reçus à l'époque de la part d'amis presque aussi avisés que Claire, je ne le terminai jamais.

Mon désir d'écriture disparut, remplacé par les sorties nocturnes, à nouveau nombreuses, une passion chaotique.

Rien ne me fut refusé. C'est moi qui ne tins pas parole en laissant inachevée (d'un quart) une histoire de jeune homme habile et mystérieux.

Ce roman devait s'appeler *Le Caméléon*. Savez-vous quel est l'emblème du *Yi-King* que l'on trouve imprimé en couverture de certaines éditions ? Un caméléon…

Ce petit signe scelle à mes yeux l'histoire d'amour mal démarrée qui me lie au livre des transformations.

« Prends d'abord les mots, réfléchis au sens, puis les lois fixes de l'univers se révèlent, si tu n'es pas l'homme qu'il faut, le sens ne s'ouvre pas pour toi », me dit le chapitre VIII.

J'ai mis quelques années à devenir « l'homme qu'il faut » et je m'emploie à le devenir chaque jour davantage.

La raison qui me conduit aujourd'hui à travailler à la rédaction d'une édition du *Yi-King* accessible à tous, c'est la capacité de réponse philosophique que ce livre recèle.

Au moment du procès des assassins de la petite Céline, victime de sévices sexuels et d'une mort atroce, devant la colère populaire qui rouvrait soudain le débat sur la peine de mort, j'ai, par curiosité, demandé son avis au *Yi-King*. Voici la réponse obtenue :

Je suis arrivée à l'hexagramme n° 30, « Le Feu ».

D'une façon générale, celui-ci explique que la condition du feu est bien d'avoir quelque chose à brûler et que la combustion implique une transformation énergétique. Jusque-là, je trouve le message opaque. J'arrive tout de même à l'interpréter comme le fait que la colère des hommes se nourrit de drame et de sang, comme le feu du bois. Tout cela est vague.

Mais c'est le petit texte du dernier trait qui me répondra avec une clarté déroutante :

« Le but du châtiment est de créer la discipline et non d'imposer des peines aveugles. Il faut guérir le mal à la racine. »

« Dans la vie de la cité, il importe de se débarrasser des chefs des complots mais d'épargner leur compagnon. »

Et enfin :

« Car une ascèse trop rude, comme un châtiment trop brutal, ne donne rien de bon. »

Je répète que ma manipulation des trois pièces de monnaie pouvait donner trois cent quatre-vingt-trois autres possibilités.

S'il reste un sceptique, je le laisse méditer sur la loi des probabilités mathématiques.

Bien qu'ayant répondu à ma question puisque dans le choix du vocabulaire le *Yi-King* me laissait un doute avec l'allusion qu'il faisait de la nécessité de se débarrasser du chef des complots… cela voulait-il signifier que dans les cas particulièrement crapuleux la peine de mort était envisageable ? Un cas comme celui des assassins d'enfants par exemple…

J'ai relancé six fois mes pièces jaunes sur le tapis. Mon nouvel hexagramme s'appelait « Mordre au travers » !

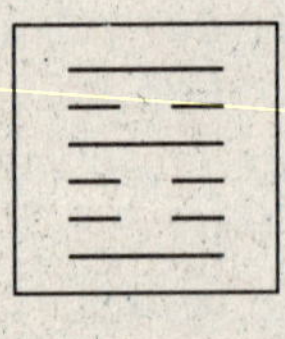

Il portait le n° 21. Et de quoi parlait-il ? Eh bien, justement des procès et des châtiments qui triomphent des troubles introduits dans l'harmonie de la vie en société. Ce n'est pas une blague. C'est le *Yi-King*, je l'ai dit, il est infaillible.

Le texte du sixième trait venait répondre impeccablement à ma question :

« On a à trancher un cas qui, s'il n'est pas facile, demeure pourtant clair. Mais l'on possède une nature portée vers la mansuétude. Il faut se ressaisir pour être comme de l'or jaune, c'est-à-dire impartial. »

La « mansuétude »... Pas besoin de consulter de dictionnaire pour comprendre que la peine de mort, même pour les assassins d'enfants, n'est pas indiquée.

J'ajoute au passage que cette réponse ne m'a pas étonnée. La colère de chacun s'enflamme, à juste titre, cinq ou six fois par an lorsqu'un enfant est tué dans des conditions abjectes par des pervers qui n'étaient en général pour lui que des familiers. Quitte à créer un froid dans l'imaginaire collectif, je rappelle qu'un enfant par jour meurt officiellement de mauvais traitements en France.

Ce qui veut dire que l'on peut sûrement doubler le chiffre en ajoutant ceux qui sont prétendument tombés dans l'escalier.

Or, ces mauvais traitements ne leur sont pas infligés par des sadiques criminels dont la presse nous dresse un portrait pathétique, mais par leurs parents en personne !

Et je ne parle pas du thème de l'inceste où les chiffres pulvérisent le box-office de l'horreur.

Il est difficile de dire sans frayeur que le principal danger pour l'enfant c'est... son père et sa mère, c'est ainsi. Et je ne crois pas que les géniteurs qui brûlent, écrasent, noient, séquestrent et affament le fruit de leurs entrailles terminent sur l'échafaud.

Peut-être notre civilisation, si prompte à guillotiner les étrangers à la famille qui assassinent un enfant, nourrit-elle encore, en héritage du droit romain, une quelconque indulgence pour les parents indignes.

Les faits sont là : il coûte juridiquement moins cher de torturer, violer et assassiner son propre gosse que celui du voisin.

Comment ce que je nommerai « l'Esprit du *Yi-King* » pourrait-il conseiller la mise à mort du coupable, quand un certain nombre de ceux qui exultaient autour de la guillotine se seraient déjà rendus responsables chez eux de ce que le code pénal appelle pudiquement « mauvais traitements à enfant » ?

Je ne sais qui est « l'Esprit du *Yi-King* »...

Est-ce ma propre part de sagesse qui se manifeste au travers des hexagrammes ou encore une connaissance extérieure, la somme de milliers d'âmes qui ont cherché, sur des chemins tortueux d'une quête spirituelle, des réponses à leur tourment ?

J'aime à penser que ce qui guide mes mains lorsque je lance mes pièces est la partie la plus élevée de ma conscience dont le bruit mental, l'intellect mais surtout mes angoisses et mes désirs me coupent habituellement.

Mais, au fil des expériences, j'acquiers l'intime conviction que cette part supérieure de moi-même n'est qu'un vecteur, un canal qui reçoit une connaissance infiniment plus élevée, provenant de plans de conscience supérieure. J'accède ainsi à un collège de sages invisibles : irradiant d'amour, d'humour et d'impartialité dont la disponibilité à ce jour n'a jamais failli.

Car, contrairement au Tarot de Marseille, dont une consultation trop fréquente, ou faite dans des états émotionnels mal équilibrés, peut laisser s'introduire des parasites fâcheux, donnant des réponses affolantes ou discordantes, l'Esprit du *Yi-King*, lui, ne se départ jamais de son objectivité.

Enfin, lorsque ma question elle-même est stupide, mal formulée ou n'est que l'expression de doutes injustifiés, l'Esprit du *Yi-King* m'envoie promener.

Ainsi, en proie à une crise d'angoisse et de doute narcissique, je demandai un jour au *Yi-King* si j'allais être à la hauteur d'une rencontre amoureuse – en l'occurrence avec celui qui est aujourd'hui le père de ma fille et mon ex-mari.

J'obtins une réponse qui me renvoya à ma névrose, et en T.G.V. ! Ainsi parlait le premier trait mutant de l'hexagramme n° 48, « Le Puits » :

« Celui qui se méprise lui-même ne voit plus les autres venir à lui. Finalement personne ne se soucie plus de lui. »

Exprimant ainsi une vérité psychologique élémentaire selon laquelle on ne peut espérer être aimé sans se considérer soi-même, l'Esprit du *Yi-King* semble avoir été capable de détourner une question. Cette étrange intelligence le place au-dessus de tous les autres systèmes divinatoires.

Mais, en parlant avec des praticiens déçus, je me suis rendu compte que le *Yi-King* n'était pas accessible à tout le monde. D'abord certaines personnes obtiennent des tirages qui ne font que refléter leurs espoirs et leurs craintes. Comme si la divination n'arrivait pas à transpercer la couche de conscience habituelle, tel un avion perdu dans les nuages ne pouvant pas encore voir briller le soleil.

Je reconnais que la fréquence de ma pratique a amélioré mes résultats divinatoires et que les quelques « ratés » que j'ai eus se sont espacés jusqu'à presque disparaître, comme si l'Esprit du *Yi-King* était d'autant plus accessible et sa sagesse donnée que j'avançais, moi, dans ma connaissance de l'œuvre.

En outre, certains thèmes traduits du vieux chinois en allemand puis en français sont tout de même difficiles à saisir. Et les erreurs et contresens dont j'ai souffert sont venus de ma difficulté à accéder à ce langage.

C'est pour cette raison que je travaille aujourd'hui à une adaptation de ces textes qui permettront bientôt à chacun de bénéficier de la sagesse et de la clarté du vieux livre que consultent actuellement les dirigeants du Japon, puisant dans ce livre sacré les conseils les plus avisés qu'il soit possible de recevoir.

Dimanche, devant mon bureau. Je venais de relire le passage consacré au *Yi-King*. Pour m'amuser, je lui ai demandé ce qu'il pensait de ce que je venais d'écrire à son sujet et s'il était aussi bon de me comporter en une propagandiste de son enseignement.

Je le laisse conclure :

« Il y a des hommes qui dispensent des bénédictions au monde entier. Tout accroissement de force, toute augmentation qui leur échoit tourne au bien de l'ensemble des hommes...

« Mais ce que l'on réalise n'est pas quelque avantage personnel et limité : c'est un bénéfice public accessible à tous. »

(Sixième trait mutant) Hexagramme n° 41, « La Diminution »

qui parle d'une multiplication et d'un amoindrissement de la prospérité et des formes extérieures qui doivent être déplacées plus spirituellement…

Il ne me reste plus qu'à travailler.

Lorsque je l'ai écrit, je ne savais pas que ce roman était une large voyance me concernant.

J'ai retrouvé sur les interphones de l'immeuble dans lequel je vis aujourd'hui les noms de famille, pourtant peu répandus, comme je l'ai déjà signalé, de quatre de mes personnages.

Je me souviens très bien d'avoir cherché un soir, un peu fatiguée, le nom de famille de trois héros d'ailleurs subalternes. Bien sûr, comme toujours, j'ai écrit les premiers qui me passaient par la tête et je me suis déplacée dans le temps pour choisir.

Il n'y a pas que dans le temps qu'il m'arrive de me déplacer involontairement, mais aussi dans l'espace. Je me permets de raconter aujourd'hui une histoire tellement folle que j'aurais suspecté de mythomane sérieux n'importe qui se targuant d'une telle aventure. Mais l'intéressé lui-même et beaucoup de mes amis furent témoins de cette séquence aussi vaudevillesque que surnaturelle, bien que ce genre de mésaventure ne fasse jamais vraiment plaisir.

L'étudiante en droit que j'étais alors ne savait pas non plus qu'un livre pouvait tomber tout seul de la bibliothèque et qu'en le ramassant je pourrais lire au-dessus de mon pouce l'inquiétant « Attention au chien », lequel annoncerait à la fois le décès accidentel d'un de mes chiens, mais aussi dans la même semaine l'agression dont un autre me menacerait au beau milieu de mon living. Peut-être serais-je décédée ou handicapée aujourd'hui si cette petite phrase étrange ne m'avait pas permis de réagir avec promptitude dans le feu de l'action.

Mais la voie mystique n'est pas dénuée de surprises humoristiques et de confrontations à une réalité parfois triviale.

À la lueur de l'expérience qui va suivre, je compris pourquoi le mari de Samantha, cette charmante « sorcière bien-aimée », demeurait, lui, irréprochablement fidèle à son épouse au fil des épisodes de ce feuilleton qui enchanta les années soixante…

Peut-être est-ce parce que je l'avais aimé très jeune et très fort que mon premier grand amour était revenu sept ans plus tard. Il avait voyagé, dérivé parfois, mais il m'avait séduite une nouvelle fois et il venait de rentrer à nouveau dans ma vie.

Entre-temps j'avais connu d'autres aventures, des belles, des plates et des sublimes. Je m'étais aussi mariée à la naissance de ma fille. Puis j'étais repartie sur mon chemin de solitude volontaire. Il n'y a rien à faire, ma quête s'accommode mal de deux brosses à dents dans un verre et ma soif de passion se transforme en sauve-qui-peut lorsqu'un soir retentit du fond de la cuisine ce genre de cri poétique : « Chérie, tu as descendu la poubelle ?… Y a plus de sacs ! »

Au fil des ans, j'ai appris à parler aux étoiles, aux arbres et aux anges ; une compagnie permanente n'étant plus une nécessité, j'avoue que mon degré de tolérance face aux fausses notes du quotidien est devenu proportionnel à mon indépendance.

Les retrouvailles avec lui annonçaient le climat mystérieux qui gouverna la seconde partie de notre histoire.

Après être restée des années sans penser à lui et sans avoir la moindre envie de le revoir, je fus interpellée un jour à un feu rouge par l'homme au volant de la voiture voisine : c'était son sosie.

Quelques jours plus tard, une erreur téléphonique insistante se produisit :

« Allô ! C'est toi ? C'est moi. Tu te rappelles ? »

La voix était étonnamment ressemblante, là encore, et je me mis à m'adresser à cet homme quelques secondes comme s'il avait été mon ancien ami. Il nous fallut un petit temps avant que nous comprenions l'un et l'autre notre méprise. Mais l'inconnu avait tout de même eu le temps de me dire : « J'aimerais te revoir. » Troublée, je partis le soir même dîner chez une amie qui, sans raison, se mit à me lancer entre deux plats, distraitement : « Tu te rappelles quand tu sortais avec ton musicien ? Je me demande bien ce qu'il a pu devenir ! »

L'écoute des signes est un art qui demande autant d'harmonie que la musique, autant de réceptivité aussi... et il m'a fallu pas mal d'années avant d'oser me laisser guider par cette musique intérieure.

Mes consultants me rapportent souvent, sans s'en rendre compte, des anecdotes bourrées d'invites ou d'avertissements parfaitement clairs, auxquels, faute d'éveil, ils demeurent aveugles et sourds.

J'essayerai plus loin de guider le lecteur pour lui permettre, au travers de quelques exercices, de savoir lui aussi faire parler les événements.

À condition toutefois de se rappeler l'histoire racontée par Rajneesh, maître spirituel célèbre. Pour lui faire comprendre que son esprit était trop plein de questions pour qu'il reste une place pour les réponses, Nan-In, maître zen, servit à un visiteur une tasse de thé qu'il fit volontairement déborder sur ses pieds.

Devant l'étonnement de son disciple, il répondit : « À l'image de cette tasse, ton esprit déborde et se répand partout dans ma main. Rentre chez toi, et fais de la place pour les réponses, tu reviendras me voir ensuite. »

C'est peut-être pour cela que les signes du destin s'intensifient dès que commence un chemin spirituel.

À ce stade du récit, alors que je racontais un jour mon histoire à mon ami Hervé Lewis, entraîneur entre autres stars de Johnny Hallyday et surnommé à juste titre « l'Indien » pour son sens surprenant de l'anticipation, il devina sans hésiter la suite : « Si je comprends bien, ton bonhomme, après ça, a dû réapparaître tout entier pas longtemps après. »

Eh oui, le lendemain même, en effet, ce n'est pas longtemps après.

Pour m'éclairer – alors que j'étais en proie à une certaine hésitation –, je téléphonai à la mère de mon premier amour. Quelle ne fut pas ma stupeur lorsque après un bonjour d'usage, et après de longues années de disparition, elle me répondit :

– Comme c'est gentil de rappeler mon fils, voilà trois semaines qu'il vous cherche car il veut vous revoir… Mais vous êtes sur liste rouge, alors il a laissé un message à Neuilly sans savoir s'il tombait chez vous !... Vous habitez donc toujours Neuilly ?

– Non, madame, je n'habite plus Neuilly depuis trois ans. Votre fils a laissé un message sur le répondeur d'un dentiste qui ne m'a jamais vue de sa vie, mais en revanche ça fait une semaine que mon ange gardien me signale son appel au travers de signes bizarres, et c'est d'ailleurs pour cela que je vous téléphone...

L'ange de Gitta Mallatz lui dit : « Je suis toujours présent sur le chemin, moi aussi j'ai UN chemin, UN avec le tien. »

J'essayerai d'initier le lecteur à la découverte de son guide, mais pour le moment je ne peux que demander aux membres de l'Union rationaliste de m'expliquer « mathématiquement » et « scientifiquement », comme ils aiment à l'ânonner dans les médias, les ressorts de ce qu'ils qualifieraient de coïncidences. Car après en gros deux mille cinq cent cinquante-cinq jours de silence réciproque, je le trouve un peu lourd, le hasard qui me ferait contacter mon ex-amant juste au moment où il essaye, à plusieurs reprises, de me parler lui aussi !

Je laisse aux incrédules le calcul des probabilités de ces retrouvailles, et je m'achemine vers la suite de mon histoire dans laquelle les cinq sens physiques et toute la logique de Descartes ne seront pas utiles à grand-chose.

Nous nous sommes revus. Nous étions encore plus éloignés que par le passé. Cela ne nous empêcha pas de réussir à nous dire ce dont nous avions souffert autrefois, lorsque notre histoire s'était terminée, et le contentieux était lourd.

J'étais troublée d'entendre que je n'étais pas la seule à avoir gardé de cette époque des souvenirs de descente aux enfers sur fond de banlieue-dortoir, de disputes dans des petits matins jaune acide…

Longtemps, j'avais eu peur de revivre ces nuits passées à regarder par la fenêtre d'une tour la brume, le froid. Bouffée par la colère ou le chagrin, je fixais au loin sur l'autoroute les voitures qui passaient dans la nuit. J'aurais voulu skier sur les traînées de lumière qu'elles esquissaient en roulant, redevenir libre, ne plus aimer.

Ma nature médiumnique ne me servait à l'époque qu'à vivre en permanence au bord de la rupture, sensible comme un radar, noyée sous un flot de perceptions, tendue tel le petit fil d'une ampoule électrique qui brûle une courte vie en deux cent vingt volts…

Cette période avait sûrement créé entre nous des liens hors langage, de ceux qui permettent les communications « télépathiques ». C'est cet espace en amont de la parole dans lequel s'épanouissent tous les phénomènes parapsychologiques… Dans cette communion mystérieuse d'accord sans mots, où chaque cellule de l'un semble adopter le même rythme que celles de l'autre, dans cette similitude soudaine où l'ego s'évanouit un instant pour ne laisser de l'homme que sa part d'immortalité.

Malgré les mauvais souvenirs, je ne sais plus très bien pourquoi je suis retombée dans ses bras, mais après plusieurs nuits passées ensemble une étrange évidence s'imposa à nous : nous faisions les mêmes rêves dont nous nous réveillions ensemble au même moment… en pouvant nous raconter en détail nos péripéties interactives.

Mais l'aspect fusionnel de l'histoire n'interdisait pas un quotidien un peu grinçant…

À la différence – considérable – que je ne vivais plus les crises comme autrefois. Depuis plusieurs années, ma vie se déroulait déjà un peu comme une parade de cirque... Je pouvais rire, pleurer, attendre, en pleine sincérité, je n'oubliais plus que tout cela n'était que passage.

« Soyez passant », disait Jésus. C'était venu tout seul, sans que je le recherche.

Nos relations pouvaient être difficiles, il maintenait cependant un lien serré et, s'il m'avait parlé de son ex-petite amie, il prétendait en être complètement guéri.

Cet homme-là collectionnait les chagrins d'amour comme d'autres les revolvers, c'était dangereux mais il en avait l'habitude...

Tout allait donc tant bien que mal (et plus mal que bien...) jusqu'au jour J...

Cette nuit-là, je me suis réveillée au beau milieu de mon sommeil, après avoir très distinctement entendu sa voix me dire : « Je suis en train de faire l'amour avec Véronique. » Je n'en crus pas mes oreilles ! La paupière accablée mais l'œil féroce, je poussai deux fois quarante kilos de chiens, Melchior et Léo qui ronflaient, indifférents à mes états d'âme, pour saisir un jeu de Tarot sur ma table de nuit. Véronique, c'était le prénom de l'ex !... C'était fromage ou dessert, j'étais folle ou trompée. N'ayant pas projeté de fonder un foyer avec le jeune homme, ni de passer ma retraite en charentaises à ses côtés, je fus presque soulagée lorsque, en tirant les cartes au sujet de sa fidélité, j'eus droit à une baffe insolente.

Pendu, Maison-Dieu, Mat, Lune, tout y était pour que rien n'aille plus, mais je n'étais donc pas folle !

Mon désappointement se mitigeait avec une certaine excitation : si tout cela était vrai, je venais d'avoir pour moi-même une voyance étonnante de précision. Je me suis recouchée sagement puisque les deux hypothèses attendraient largement le lendemain matin.

Interrogé dès la première heure, un confrère confirma, gêné, mon impression.

Je rassemblai les quelques affaires qui appartenaient au suspect et les mis dans un sac, avant de partir à l'attaque de l'opération vérification.

J'avais quand même du chagrin et je me trouvais minable sur ce palier vieillot, en train d'écouter à sa porte. Les sons me parvenaient clairement. Il venait de se lever et il n'était pas tout seul !

Une fervente catholique, choquée par la divination, rétorqua à une de mes amies qui lui racontait l'histoire : « Mais enfin, quel intérêt ? Si les sciences occultes se penchent sur des choses aussi basses… Il faut faire confiance à son destin et à son jugement avant tout… C'est frauder avec le sort… »

Et si le sort, au lieu d'être tranchant et cruel, se plaisait à chuchoter dans les oreilles réceptives quelques petites mises en garde bien précieuses ?

Pourquoi mon ange gardien n'aurait-il pas envie, si j'ai confiance en lui, de disposer un tapis de mousse sur le ciment quand la chute est, de toute façon, inéluctable ?

En décollant ma grande oreille de la porte, je laissais au Tarot de Marseille le choix de conclure : partir en silence et ne jamais le reprendre en ligne, ou alors foncer !

Avec ma main libre j'ai tiré « Le Chariot », Arcane majeur n° 7, qui signifie la mise en route, appelée encore « Le Triomphe » et représentant un jeune homme derrière un attelage… Dans l'autre j'avais le sac… le tirage me décida pour la seconde version. Il est facile de faire au mieux ce que les arts divinatoires conseillent.

L'esprit n'étant plus torturé par la décision, il devient créatif jusque dans l'adversité.

Preuve en est la formule qui me vint alors à l'esprit, après avoir sonné, lorsque son visage affolé s'encadra dans la porte : « Eh bien voilà, pas de parole, pas de couilles, et pas de goût. » Sans un mot, j'ai tourné les talons.

Dans la rue, je trouvai l'air frais et, bien que vexée, j'avais envie de rire en pensant à la surprise de sorcière que je venais de lui offrir en cadeau final.

Après tout, n'était-ce pas lui qui m'avait d'une certaine façon prévenue dans mon sommeil ? Alors que je lui racontais mon histoire, presque affolé par sa précision, un ami me rappela que les textes sacrés et toutes les légendes du monde entier regorgeaient de récits de femmes et d'hommes tout à fait ordinaires, prévoyant à tour de bras et pour eux-mêmes des retours d'enfants, des blessés de guerre, des naissances, des décès et des destins divers.

En y réfléchissant, mon « prodige » est banal : d'abord on ne voit que ce qu'on est capable de supporter et je pouvais entendre cette vérité-là sans songer à me suicider au gaz…

Ensuite, la relation amoureuse, lorsqu'elle est fusionnelle, rappelle le lien maternel « mère-nourrisson » dont tous les pédiatres reconnaissent aujourd'hui la composante non verbale.

En perdant un amant, j'ai réalisé un jour d'été que tout me parlait et que ma destinée s'accomplissait dans une économie de souffrance. Il valait mieux découvrir la vérité tout de suite à mon bureau, *in vitro,* que me cogner dessus en subissant des mensonges prolongés et la décomposition inévitable d'une relation dont je n'aurais rien compris.

Au-delà de mon rêve, les vingt-deux Arcanes majeurs de mon Tarot m'apparaissent souvent comme vingt-deux énergies solidaires, fiévreuses et zélées, dessinant sur mon destin des cartes routières avec flèches, passages cloutés et... risques d'éboulement !

C'était un soir d'orage, l'été. Je venais de monter fermer la porte de ma terrasse. Des éclairs surgissaient partout comme des griffes violacées qui électrisaient les nuages dans un vacarme impressionnant.

Toutes les portes et les fenêtres étaient maintenant closes. Je voyais la pluie tomber sur le balcon.

J'avais eu le temps de prendre une énorme rafale de vent sur la tête et je ruisselais, moi aussi.

En allant m'essuyer le visage, je suis passée devant ma bibliothèque.

Je ne me rappelais pas un livre en équilibre, mais j'entendis le bruit que fit l'un d'eux lorsqu'il tomba ouvert en deux ; je me suis retournée et l'ai donc ramassé.

Avant de le ranger, j'ai eu le temps de lire en grosses lettres au-dessus de mon pouce cette petite phrase : « ATTENTION AU CHIEN », qui restera gravée dans ma mémoire.

Je n'avais pas encore découvert qu'au travers des livres mon ange gardien pouvait s'exprimer et me laisser des messages de conseils, mais aussi des prédictions plus générales sur l'avenir du monde ou le mien.

Je ne sais plus comment j'ai interprété ce premier épisode. Je me suis lavé les mains et rincé le visage sous la douche. En ressortant, j'ai vu mes deux chiens ronfler sur le tapis et la vie a continué.

Je sais que cette phrase m'avait marquée car, le soir même, en jouant sous la table avec Léonard, mon gros bâtard préféré, j'avais réalisé qu'il n'avait pas mon nouveau téléphone sur sa médaille et j'avais décidé de le faire graver dès le lendemain. Une petite précaution vaut toujours mieux qu'une grosse catastrophe.

Je ne pensais plus à cette histoire lorsque je pris ma voiture pour me rendre à la banque, une quinzaine de jours plus tard. Comme d'habitude, j'avais mis Léonard dans le hayon arrière du 4 X 4.

Mais, ce jour-là, la serrure s'ouvrit sans raison, toute seule. Léonard sauta probablement tout seul aussi. Et je devais retrouver son corps agonisant sur la table du vétérinaire local. Il mourut d'une hémorragie interne alors que nous essayions de le transférer dans une clinique pour tenter de le réanimer.

J'avais adopté Léo à la S.P.A. un an plus tôt, c'était un croisement de berger et peut-être de dogue. Il était d'une douceur, d'une tendresse et d'une malléabilité exceptionnelles.

Il était si maigre lorsque je l'avais trouvé que j'avais honte de le promener. Il avait été ramassé dans la rue à l'âge de huit ou neuf mois. Errant, couvert de puces, le poil pelé et manquant par endroits. Les premiers jours à la maison, il bougeait à peine, remuant juste la queue en signe de gratitude lorsque je le caressais ou après avoir mangé.

Puis il était devenu gai, vif, drôle comme n'importe quel chien dignement traité.

Voilà que la vie me le reprenait alors qu'il était à peine adulte. Ma fille me dit encore parfois:

« Tiens, dans le ciel, j'ai vu Léonard, hier, il courait dans les nuages. »

Mon ange gardien avait-il essayé de me prévenir de sa mort ? Difficile à dire. Car cet avertissement était double.

Mon amie Axelle, me voyant très choquée par cet accident, me proposa de m'emmener dans les jours qui suivirent à la S.P.A. pour en adopter un autre.

Intérieurement, je ne me sentais pas encore prête mais, devant son affectueuse insistance, j'ai accepté.

J'ai adopté à nouveau un gros chien juvénile et joueur. Cependant, au bout de quelques jours, il devint excessivement difficile à contrôler. Je l'ai trouvé, un soir, couché sur mon lit, ce qui à la maison ne représente rien d'anormal, mais je me suis vue obligée de lui demander de descendre car j'avais l'intention de l'y remplacer.

À ce moment-là, il me montra les dents.

Je commis l'erreur de hausser la voix. Je ne sais pas ce qui s'est passé par la suite, ni d'où m'est venue l'agilité et la rapidité de me protéger derrière la porte, mais je sais qu'il m'a tout simplement sauté à la figure, seule réponse à ma tentative de négociation. Avait-il été battu et craignait-il de revivre le même type d'événement ?

N'ayant pas le loisir de m'en expliquer avec lui, je lui ai trouvé un maître à la campagne par le truchement d'une inconditionnelle des chiens. Il paraît qu'il y est bien.

Mais, vu sa taille et la détermination atroce qu'il avait manifestée là, j'aurais au minimum été blessée gravement. Peut-être même aurais-je gâché les vacances d'une quinzaine de personnes, contraintes de rentrer à Paris à l'occasion de mon enterrement !

Quoi qu'il en soit, un livre est tombé quinze jours plus tôt, ouvert sur le sol avec « ATTENTION AU CHIEN ». Et j'ai vécu en deux semaines un décès et une attaque.

D'année en année, je deviens plus vigilante. J'ai intégré ma voyance et toutes les formes de communication extrasensorielle dont je suis l'actrice, parfois involontaire, à la vie, à ma vie. Ma communication au monde est large, ludique, complète. J'ai développé une forme de relation au monde qui fait que tout peut devenir support. Le sacré m'apparaît au travers de la vie quotidienne, tel un petit fil rouge plein d'humour et d'amour, qui relie chaque chose. Invisible pour les autres, il me livre le sens des situations. Ce qui passe souvent à tort pour des coïncidences recèle un tas de messages cachés, de connivence explicite pour l'œil exercé.

Les chamans lisent l'avenir dans d'étranges boules de divination, dont ils prétendent qu'elles apparaissent spontanément chez eux, alors qu'ils avancent dans leur voie initiatique. Ils prêtent à celles-ci des exigences et des sentiments humains. Elles font partie de leur univers. Ils disent qu'elles peuvent se charger de leur énergie.

Dans mon univers à moi, ce qui apparaît spontanément, c'est un jouet qui tombe du rayon d'un supermarché en chantant « Happy Birthday to You », alors que depuis dix minutes je me creuse la tête en cherchant ce que j'ai encore oublié de faire ce jour-là, me signalant ainsi que j'étais sur le point d'oublier de souhaiter son anniversaire à un ami intime et susceptible.

C'est cette dame d'âge mûr qui, dans l'ascenseur, répète deux fois à son interlocuteur grave et silencieux : « Pierre, ne transige pas, sur rien… sinon tu ne t'en relèveras pas, c'est trop dangereux », répondant ainsi mot à mot à la question que je suis en train de me poser, moi, mentalement, au sujet d'un grave litige familial dont je suis victime ainsi que mon mari.

C'est cette rose rouge intacte, fraîche, que j'aperçois soudain à mes pieds sur le bitume enneigé d'une impasse parisienne, sans le moindre commerçant aux alentours, sans la plus petite trace de pas. En proie à un découragement massif, je venais de demander à mon guide de m'envoyer un signe de sa présence… Peut-être une vingtaine de secondes avant de tourner dans la ruelle.

C'est une ombre que j'observe dans l'avion. Elle dessine le visage d'un homme barbu, avec une pipe. Je n'en connais qu'un que nous appellerons Franck, célèbre dans certains milieux cinématographiques étrangers.

Je pense alors à lui, en sentant qu'il m'a ou va me contacter. De retour à Paris, je trouve plusieurs messages de lui. Il m'a cherchée en vain pendant que je fêtais le nouvel an à Saint-Pétersbourg.

C'est ce rêve étrange qui me tira de mon sommeil au beau milieu de la nuit : on me vole ma couette, je vois les boutons de la housse qui sautent, la plume qui se répand, un couteau lacère l'édredon.

Un peu secouée, je vais chercher un Coca dans le réfrigérateur et je regarde ma montre : cinq heures dix du matin. Dans le lavabo, il y a un insecte qui en avale un autre. Amoureuse de la nature, c'est un spectacle qui habituellement m'indiffère.

Et là, je ressens l'agression. J'ouvre le robinet pour faire glisser les deux malheureux hors de ma vue. Le lendemain matin, je me sens oppressée, je retrouve ma voiture cambriolée, les bas de portes ont été découpés avec une lame assez fine... Il y a du capitonnage partout, c'est du boulot de pro, pour piquer les enceintes. Par terre, tout est renversé. Déçus de ne pas trouver grand-chose, les voleurs se sont un peu énervés...

Je ne vais même pas porter plainte, je suis lasse. Je saurai par un voisin rentré à trois heures qu'à ce moment-là tout était encore normal.

C'est fort probable. J'aurais aimé faire ce cauchemar à minuit et aller me garer ailleurs. J'ai souffert pour rien, mais le déplacement de l'agression de la voiture à la couette est intéressant.

J'ai le sentiment que les atomes peuvent se « parler » s'ils ont un vecteur commun. Le vecteur entre ma voiture et ma couette... c'est moi ! Pour un primitif ou un mystique, il y aurait plusieurs sortes d'explications :

a) mon guide m'a prévenue ;

b) le Skaï que l'on déchirait s'est plaint jusque dans mon sommeil en « communiquant » l'information à la couette qui, elle, me l'a transmise.

Évidemment, cela peut sembler une théorie parfaitement fantaisiste, et j'entends déjà le rire du rationaliste de service, sur les S.O.S. que la mousse de voiture qu'on éventre peut envoyer aux plumes d'un édredon qui me recouvre durant mon sommeil.

Mais ces deux matières sont subtilement imprégnées d'une énergie semblable : la mienne.

Elles me touchent l'une et l'autre chaque jour. Tout autant chargées de ma personne que la montre d'Alexandre Baloud l'était de la sienne, lorsque, sur le plateau de « Mystères », j'en fis la lecture.

Si nos sens physiques nous permettent de vérifier que le parfum d'un individu peut imprégner de la même façon une écharpe, un veston ou ses cheveux, pourquoi ne pas imaginer une sorte de marquage individuel invisible et inodore pour tous les sens physiques, mais perceptif par la « faculté X » que chacun produirait sur ces objets d'information et qui pourrait se transmettre entre objets « marqués » à la même fréquence ?

Ce qui explique le cri d'alarme passé de la banquette à la couette, puis à ma conscience, cri d'alarme d'ailleurs assez vigoureux pour me tirer du sommeil ; comme l'électricité peut être conduite par l'eau et parfois d'une incarnation à l'autre, il semblerait possible que nous « aimantions » des vestiges de notre passé. Les correspondances invisibles traversant non seulement l'espace, mais les siècles.

Cela m'amène à raconter une autre histoire : une histoire de brocante.

J'arrive un jour aux Puces et je me sens irrésistiblement attirée par un objet, pas particulièrement beau ni coûteux, devant lequel je manque de crier : « C'est à moi ! » comme un malheureux détroussé qui retrouve sa bague sur un voleur.

L'émotion qui me saisit alors est infiniment nostalgique. Je deviens double. D'un côté, j'essaye de rester en dehors de ce que je suis en train de ressentir en tâchant d'aiguiser mon auto-observation et aussi ma mémoire ; de l'autre, j'ai envie de pleurer, je suis indignée et à la fois heureuse de retrouver ce que je sens être *mon* encrier.

Née à l'apogée du Bic et du Waterman à cartouche, l'encrier ne fait vraiment pas partie de mes souvenirs d'écolière. Celui que j'observe là est banal, style années 30, transparent, massif, chromé. Mais c'est le mien.

Je sais avoir vécu dans une vie antérieure, en Allemagne, entre 1902 et peut-être 1942 ou 1944, dans une maison ronde et colossale, dans un quartier résidentiel, sur une hauteur. Mes rêves d'enfant furent peuplés de ces visions inexplicables, dont j'ai aujourd'hui l'intime conviction qu'il s'agissait de souvenirs « mal digérés » de ma vie passée.

Je crois même m'être appelée Magdalena Khellerman, ce nom m'ayant été donné durant – et j'ai d'ailleurs arrêté depuis ce genre de pratique – une séance de spiritisme faite avec des camarades.

Ce qui est étrange, c'est que l'amie qui me baptisa « Maud Kristen », lorsque je choisis en 1987 de devenir voyante, n'avait pas connaissance de l'autre M. K. (car il s'agit bien des mêmes initiales), celle d'avant cette incarnation.

Là aussi, ces initiales sont peu communes, et la coïncidence me laisse à penser qu'elle s'est sûrement livrée à une voyance karmique.

Mon encrier me regardait donc toujours. En le touchant, la sensation se prolongeait, plus forte encore.

Je le serre entre mes mains, décidée à l'acheter (enfin, plutôt à le racheter), lorsque mes yeux se posent sur une pile de vieux disques et de cartes postales allemandes.

Tout cela ne fait bien sûr pas preuve scientifique, mais lorsque j'ai demandé au vendeur d'où venait cet encrier, il m'a assuré que celui-ci provenait du même carton que les revues et les disques.

J'ai donc fouiné avec attention, me disant que peut-être je trouverais autre chose. Mais rien. J'ai tout de même enragé à l'idée que *mon* stylo à plume avait peut-être été vendu une heure auparavant.

Mais il n'y a pas de rue des Morillons – siège des objets trouvés – pour les objets égarés dans des vies antérieures.

Et la suite de l'histoire me laisse à penser qu'il n'est pas une sage idée de vouloir se réapproprier ce dont la mort vous dépouille d'une vie à une autre.

L'encrier se brisa à peine un mois après m'être revenu. Comprenant le message, je n'ai pas cru bon de garder les morceaux comme des fétiches.

C'est avec une certaine douleur que j'ai mis les débris dans la poubelle. Mais c'est aussi à ce moment-là – cette histoire date d'une dizaine d'années – que j'ai commencé à cesser de me laisser gouverner par le passé tumultueux de Magdalena Khellerman. Un an après, je devenais Maud Kristen, nom que je porte aujourd'hui tout à fait légalement. Merveilleuse transcendance.

Jean Charon, physicien éclairé, développe une théorie selon laquelle les particules auraient une forme de « mémoire » invisible, éternelle, comme si chaque particule de matière avait en fait une âme et presque une « personnalité » puisqu'elle pourrait avoir conscience du contenu de cette mémoire.

On sait aujourd'hui que l'organisme est construit grâce à une cellule de base qui se reproduit à l'infini, en passant une sorte de message spécifique à chacune de ses « sœurs », selon les rôles qu'elle aura à jouer dans l'organisme. Et on a encore une idée grossière de la manière dont le message transite exactement.

Mon expérience de réalité parallèle me laisse à penser que si les photons jumeaux et autres particules rentrent dans d'étranges et inexplicables transmissions d'informations, et si certaines cellules de l'organisme passent un message à d'autres, il se crée des connexions encore inobservées à l'œil nu, mais infiniment plus riches et plus complexes.

Je parlerais même sans hésiter de véritable *conversation*, pas seulement de particule à particule, ou de cellule à cellule, mais de chaque atome de matière physique, animale, végétale, lumineuse, inanimée, céleste, avec chaque autre. Et pourquoi pourrais-je lire la mémoire d'un bijou ? Parce que au fond je *suis* ce bijou.

Je m'explique :

J'ai eu l'extrême grâce de vivre une expérience, de celles que l'on dit mystiques en me couchant un soir.

D'abord, j'ai senti le poids de mon corps comme je peux le faire parfois durant un voyage astral ; je le réinvestissais, devenant un observateur minuscule, promenant ma conscience au travers de mes lèvres, de mes poumons, m'enroulant dans la lymphe, dans les nerfs, traversant les os, les oreilles... Cette exploration se passa à une vitesse sidérante, comme si j'avais été un laser accroché à une formule 1. Puis j'ai cessé d'entendre mon cœur, ma respiration, le flux de mon sang, l'activité de mes intestins.

Ce fut un grand silence. Et je me mis à voir une sorte de lumière qui se promenait entre chaque cellule. Elle était dorée, mouvante, vivante, magnifique.

Contrairement à la rapidité extrême de la première perception, celle-ci se passait comme au ralenti, la matière était sans secret. Je voyais s'évanouir son aspect physique au profit de tout ce courant subtil qui la reliait. N'ai-je pas vu là tout ce que les traditions religieuses et ésotériques du monde ont repéré comme étant l'énergie vitale, le *Prana* des hindous que l'on peut comparer au fameux *Ki* des Chinois ?

Mais je voulus revenir aux cellules : qu'étaient-elles ? Tout et rien. Je découvris que j'étais poussière d'étoile, après avoir réalisé que les cellules qui me composaient avaient une part de leur noyau qui avait déjà existé avant et autre part, comme si chacune d'entre elles avait une âme et une histoire distincte.

Ma vision se fit en deux temps.

D'abord, je compris que la part immortelle de mes cellules avait vécu dans d'autres corps et pas seulement humains. Certains se rappelaient l'agilité du léopard, la férocité du caïman, la peur de la gazelle. Mon corps n'était pas un petit pull-over tout neuf, tricoté par un créateur avec de la laine fraîchement tondue. C'était un rendez-vous de cellules ayant dans un noyau immortel des expériences distinctes, une sorte de grand pudding, d'alliage étonnant rassemblant des milliards de petits soldats qui avaient déjà été employés ailleurs, dans d'autres assemblages, dont le tout finit peut-être par s'appeler crocodile, chien, paysanne, courtisane, jardinier ou boursier.

Mes cellules étaient des morceaux de Lego, manipulés des centaines de fois par des milliers d'enfants dans une maternelle. Elles s'étaient assemblées pour faire des maisons, des ponts, des constructions diverses.

Mes parents étaient bien deux étoiles dont j'étais l'enfant pleine de gratitude.

Quelle est la différence entre l'organisme qu'on appelle « souris blanche » dans sa forme extérieure et matérielle, et le nôtre ? À la fois énorme et à une ce[illegible]portante : la proportion de ce[illegible]vec des informations spécifi[illegible]elles seront agencées, mais su[illegible] vibration à laquelle elles ré[illegible]e alarme peut répondre à u[illegible]a les différencie en profond[illegible]

[illegible]ma propre fréquence. En c[illegible]étique subtil. C'est lui qui a[illegible] cellules remontant jusqu'à la[illegible], tel un chef d'orchestre g[illegible]ette fréquence que celles-ci s'étaient à ma conception rassemblées, telles des brebis regroupées par une corne de berger.

Mon corps, que je croyais âgé d'à peine trente ans, était composé de cellules qui avaient quelques millénaires et dont seule l'organisation actuelle était nouvelle.

De même, je peux fabriquer demain un flacon en verre qui aura une parfaite apparence de nouveauté, et dans sa forme et dans son épaisseur, il sera une *création* nouvelle et unique.

Mais que dire des atomes qui le composent et qui ont déjà composé des bouteilles depuis l'invention de la consigne jusqu'au premier recyclage du verre ?

Ma création aura en mémoire l'histoire de toutes les bouteilles dont elle sera issue et celle de ceux qui les auront bues ! Car la particule inanimée a le pouvoir d'emmagasiner des informations venant du monde animé pour des règles et des longueurs d'onde, sur lesquelles je reviendrai dans quelques lignes.

Découvrant donc que mon corps était un assemblage de cellules ayant déjà un passé et reliées par une énergie vitale au son d'une fréquence unique, celle de cette « incarnation », j'eus la chance d'aller encore un peu plus loin…

En descendant plus encore dans le noyau de la vie, j'y ai découvert que derrière l'histoire de chaque cellule il y avait encore une autre dimension que je ne saurais nommer ici.

Ma vision se ralentit encore. D'ailleurs, je ne sais si l'on peut encore parler de vitesse à ce stade de perception, puisque la notion de temps n'a pas de prise sur cette réalité-là.

Au centre même de chaque cellule, il y a la même chose. Une essence que je ne peux nommer. Je peux encore la comparer à un son.

Or, ce son, cette fréquence est la *même* dans tout l'univers. Toutes les manifestations de la vie reposent sur une « formule », une « essence », qui est identique partout.

Je sus alors que je vibrais du même bruit que les étoiles, que j'avais la même équation au fin fond de mon programme. Plus de différence, plus de séparation.

Il se passa alors un instant magique où j'eus une contemplation parfaite de la vie. Je garde de ce trop court instant un souvenir ébloui. Je me souviens de m'être dit quelque chose du style : « Mais si, bien sûr » et avoir eu l'extrême privilège, quelques secondes durant, de ne plus être dans la dualité habituelle de la conscience.

Je voyais avec mes yeux physiques ma bibliothèque, le pied de mon lit, mon corps qui y reposait et le ficus qui étalait ses feuilles jusque sur mon bras. Je vis ensuite avec ce que la tradition nomme encore mon « troisième œil », ou ce que j'appelle mon « sonar », les multitudes de cellules bavardes et diversement organisées pour se composer, j'entendais leur diapason qui les reliait (plutôt grave et clair).

Je vis à nouveau circuler le « Prana » conducteur qui les regroupait. Je vis en même temps les cellules végétales du ficus, j'entendais le son différent qu'elles produisaient, plus lent, plus doux, je vis la lumière bleu pâle qui les organisait pour faire le tronc, les branches, les feuilles.

Je vis aussi les atomes qui composaient mes livres, c'était un vrai concert de matière ! L'inanimé parle peu de lui-même mais, telle une bande magnétique, il enregistre tout. J'entendais à la fois la voix des penseurs ou des auteurs qui les avaient écrits, mais aussi ce qu'on en avait dit et, surtout, mes livres avaient aussi absorbé des morceaux entiers de ce qui s'était déroulé devant eux !

Enfin, j'eus l'expérience la plus troublante qui soit. Je découvris que si j'allais plus loin encore tout cela n'existait plus. Il n'y avait plus rien. Plus qu'un drôle de « son », qui était le même partout, une fréquence d'amour et d'intelligence pure qui jouait parfois à prendre la forme d'un être humain, d'un ficus ou d'une bibliothèque ; et le son s'intensifia.

Qu'importe ! Cette fréquence-là ne connaissait ni la peur, ni l'envie, ni le désir. Elle était pleine d'elle-même dans un temps où le temps n'existait pas.

Je compris ce que les hindous voulaient transmettre en disant : « Le seul pêché, c'est de penser je *suis* seulement ce corps. » Ce que notre état de conscience habituel percevait comme étant la réalité n'était qu'une illusion, notre corps un vêtement dont les éléments de composition avaient déjà servi à une autre construction.

Car le fait de prendre nos sens physiques pour des instruments de mesure de ce qui existe, ou n'existe pas, est une erreur grossière que le progrès scientifique aura au moins permis de démasquer. On n'a pas besoin de « voir » un microbe pour se faire infecter par celui-ci, ni d'entendre un ultrason pour dresser l'animal qui, lui, le percevra lorsque pour nous tout sera silence.

Et qu'auraient pensé les médecins de Louis XIV si on leur avait parlé d'une machine appelée échographie, qui, en envoyant des ondes, bute sur des volumes et dessine ainsi ce qui se trouve à l'intérieur du corps et qui est donc invisible à nos yeux ? Ils auraient sûrement beaucoup ri.

Le professeur Régis Dutheil rappelle l'affolante subjectivité des sensations et leur modification possible.

Qui n'a pas, un jour, fait l'expérience de la modification d'une couleur sous une lumière orange, dans un tunnel ou sous un réverbère ? La lumière orange a, en effet, cette particularité de « réduire » toutes les teintes à une sorte de marron-gris-caca d'oie. Transformant en une seule seconde un Monet ou un Renoir en une sinistre croûte !

C'est ça, le regard rationaliste sur le monde. C'est la lumière orange des tunnels. Elle tue le bleu, le rose, le vert et décrète que les couleurs n'existent pas après les avoir assassinées.

Vos yeux sont aussi compétents à l'entrée ou à la sortie du tunnel pour apprécier un beau dégradé de mauve, mais à l'intérieur un certain conditionnement les empêchera purement et simplement de marcher.

Toute une éducation à refaire ! Si j'emploie des analogies entre les expériences parapsychologiques et les expériences physiques, c'est parce que selon le vieil adage occulte « tout ce qui est en haut est en bas », c'est-à-dire que les mêmes règles et les mêmes lois régissent à peu près les différents mondes et plans de conscience.

Étant bien établi que nos sens sont déjà insuffisants pour nous révéler tout ce qui existe dans la matière et dans la réalité que nous traversons tous les jours, comment pourrait-on imaginer que ceux-ci pourraient nous permettre de comprendre ce qui se passe dans des univers non matériels ?

Non matériels mais bien réels, à condition de les observer avec l'outil qui convient.

Il m'est arrivé depuis l'enfance de faire des voyages astraux.

Le monde astral est un plan de conscience un petit peu plus élevé que le plan physique. C'est là que naviguent un tas d'êtres désincarnés, de guides, d'esprits plus ou moins bénéfiques… et vous. Vous quand vous dormez.

Je m'explique.

Il arrive que pendant le sommeil vous changiez de véhicule. Pendant que votre corps dort tranquillement, votre conscience va faire un tour à bord d'un autre corps. Le même que le vôtre, mais dont l'alliage est plus « léger ». Qui avance et peut se déplacer à la vitesse de la pensée.

C'est avec celui-ci que certaines personnes « biloquent », c'est-à-dire sont observées au même moment, par des témoins différents dans deux endroits à la fois, comme je l'ai expliqué au sujet de mère Marie-Yvonne Aimée. L'aspect est plus brillant, un peu transparent, lumineux. C'est avec celui-ci que j'ai vu certains de mes amis au pied de mon lit m'adresser des messages.

Pendant le « voyage », il est retenu au corps physique par une sorte de cordon argenté ou doré. Et au réveil il réincorpore le corps physique. D'où cette sensation que vous avez peut-être déjà éprouvée de sentir quelque chose rentrer brutalement lorsqu'on vous réveillait par surprise.

Les voyages astraux sont quasiment impossibles à programmer volontairement pour un non-initié.

C'est en me dédoublant astralement que j'effectue certaines voyances sur des lieux, en étant consciente et éveillée.

Mais il est arrivé à beaucoup d'entre vous de rêver plusieurs fois du même paysage que vous pensiez imaginaire, avant de découvrir celui-ci dans la réalité quelques années plus tard. Vous vous y étiez déjà rendu, mais sous une autre forme. Et vous ne vous en souveniez plus.

Cela peut provoquer des situations fantaisistes.

Une dame arrive à la maison : « Mais je vous connais ! » me dit-elle.

À cela rien d'anormal, elle m'a parfois vue à la télévision.

Ce qui est plus étrange, c'est que j'ai moi aussi la sensation de l'avoir déjà rencontrée.

Nous passons nos relations et notre passé au peigne fin. Rien ne nous relie. Elle a habité quinze ans aux États-Unis lorsque je vivais en France.

Elle habite maintenant le Midi et ne voyage pas. Pas de goûts ni d'amis communs.

Soudain, je réalise. Nous nous sommes déjà rencontrées, mais dans notre sommeil, en voyage astral.

J'ai longtemps « rêvé » d'une ville blanche, au bord d'un fleuve, baignée de lumière rose, il y fait doux. C'est en Inde. Je ne sais pas où, mais c'est en Inde.

Elle me confesse avoir eu des expériences de décorporation suite à une pratique intensive du yoga.

Lorsque je me risque à lui parler de la ville blanche, elle réagit, elle aussi, elle connaît ce lieu.

C'est elle qui me dit : « Nous avons prié ensemble au bord de l'eau. » L'énigme est résolue.

Imagination ? Peut-être. Je n'ai pas gardé de souvenirs de ce beau voyage. Elle non plus.

Je ne pourrais en dire autant d'une aventure plus récente dont j'ai ramené un souvenir peu plaisant et qui s'est « répercuté » jusque sur mon corps physique. Sous forme d'un hématome de vingt centimètres de long sur dix de large, au niveau du mollet et de la cheville.

La lésion, d'ailleurs étrange de par sa localisation, a été observée par mes proches, dont les plus incrédules ont tout de même été bouleversés.

Car, si j'avais reçu un tel coup d'un être humain, je n'aurais pas hésité cette fois à porter plainte. Et quel agresseur se serait contenté de s'escrimer ainsi sur ma cheville et mon mollet *uniquement* ?

J'ai eu récemment à travailler sur un meurtre. Je ne travaille pas pour la police, car j'ai une grande peur de l'usage qu'une institution pourrait faire de mes propos et des dérapages que cela pourrait produire. Mais pour les familles, j'accepte.

Un mercredi, une femme très éprouvée arrive au rendez-vous. Elle me tend sans rien dire un objet. J'ai dans les mains le bracelet de Loïc. Le bracelet me parle de souffrance, d'un appartement sombre derrière une cour. Je vois le plancher cassé, puis je ressens la vibration particulière du sang. Je respire, car l'émotion monte. Je comprends l'agonie de Loïc, transpercé de plusieurs coups de couteau dans le ventre.

Séropositif, toxicomane, il était accessoirement dealer. Il s'est fait assassiner par un semblable pour trente mille francs d'héroïne… Sordide.

Sa maman authentifie ma voyance. Peu lui importe l'identité de l'assassin de son fils, ce qu'elle veut, c'est communiquer avec lui.

Hélas, je n'y arrive pas.

Je n'entends rien. Je suis très embarrassée, car la douleur de cette femme m'émeut. Mais je ne suis pas responsable de ma défaillance…

Après son départ, quelque chose cependant me gêne. Loïc est décédé il y a six mois. Il ne peut être déjà réincarné. Sa mère n'a aucune « mauvaise intention », elle ne souhaite que faire la paix avec son fils pour commencer son deuil et non pas pour rentrer dans le cycle infernal de l'accoutumance aux communications spirituelles.

C'est une femme bienveillante, douce, modeste, cassée par la vie, rongée de culpabilité.

Toutes les conditions avaient été réunies pour que « quelque chose » se passe, et pourtant rien. Panne sèche.

Elle s'en va, déçue, et – acte manqué – oublie le petit bracelet en poils d'éléphant.

Je ne découvre celui-ci que le soir, je le regarde une dernière fois, presque distraitement, et je me couche. Je me souviens d'avoir pensé quelque chose du genre : « C'est quand même bizarre que je n'aie pas pu communiquer avec ce garçon, je me demande bien où il est… »

Petite fille, ma curiosité m'a parfois fait traverser la rue un peu vite pour voir de plus près un animal ou une vitrine. Je me souviens aussi d'avoir échappé une ou deux fois à des pneus, dont le crissement en freinant a laissé dans ma mémoire une trace encore chaude de peur.

Mais cette peur est à ce qui m'arriva cette nuit-là ce qu'un manège de chevaux de bois est à un grand huit déchaîné : une douceur.

À peine endormie, je me suis retrouvée dans l'appartement de Loïc, puis en plein milieu d'un salon. J'ai été comme happée par un tunnel noir, sale, poisseux. Je me souviens d'une sensation d'humidité et d'une odeur de pourriture, semblable à celle des champignons. J'ai progressé ainsi à tâtons, sans très bien comprendre ce qui m'arrivait, mais sans véritable angoisse. Je suis arrivée à un carrefour où d'autres tunnels, tout aussi repoussants, débouchaient.

J'étais dans ces régions dites du « bas-astral », dans lesquelles les chamans subissent leur initiation. Ces mondes sont peuplés de créatures abominables qui, de nos jours, passent pour être seulement imaginaires, mais dont nous sommes bien obligés de reconnaître que les artistes de tous les continents et de toutes les époques les ont grosso modo immortalisées sous les mêmes formes quand ils les ont sculptées ou peintes.

Gargouilles de cathédrales gothiques ou gorgones échappées des tableaux de Jérôme Bosch, Vampires en Occident, Langsior en Extrême-Orient, Loogaroo aux Antilles, Hatsara dans la culture chamanique, Dracula ou Alien à Hollywood, tous les artistes les ressentent, les représentent et les traduisent à leur façon avec les moyens et les cultures de leurs époques.

Je me demandais où était Loïc. Je l'ai trouvé. Il était prostré dans une position de renoncement, le visage couvert de larmes, assis sur le sol. J'ai voulu m'approcher pour communiquer avec lui. Un être de petite taille, au visage porcin, a bondi sur moi. Un autre est arrivé. J'ai encore en mémoire les visages de ces monstres – je n'arrive pas à appeler ça autrement – qui se sont rapprochés du mien.

Depuis l'« accident », je cherche à comprendre ce qui s'est passé et j'ai trouvé il y a trois semaines les photographies d'un masque du Liberia en Afrique, qui ressemble trait pour trait à mon agresseur : le nez n'est qu'une pomme de terre décomposée au-dessus de dents redoutables implantées étrangement (on retrouve d'ailleurs cette implantation dans la démonologie asiatique), les canines « rebiquant » sur les côtés, les yeux sont inexistants et le crâne est couvert d'excroissances de chair informes.

Détail curieux : je suis hantée par l'« odeur » de cette scène et de cette antichambre de l'enfer.

Une odeur âcre, grasse, forte.

J'ai alors été empoignée par le premier qui m'a jetée par terre avec une force inouïe. Ce cauchemar était parfaitement réel. L'homme s'est rué sur moi, d'un bond, et m'a administré une paire de gifles, j'ai perdu l'équilibre.

Je me souviens d'avoir prié et pensé à ce que j'avais entendu un jour de la bouche du père Marie-Dominique Philippe, au sujet des manifestations sataniques : « Si vous êtes importunés par le diable, plaignez-le, la compassion le détruit. »

C'est ce que je me suis efforcée de faire. Mais j'ai été soulevée par le second, qui m'a prise par un pied et m'a fait tournoyer dans les airs au-dessus de sa tête. J'ai perdu conscience et me suis réveillée de ce qu'on pourrait considérer comme un cauchemar épouvantable, si je n'avais pas rapporté un souvenir.

J'avais très mal à la hanche. En me levant, j'ai même eu peur de l'avoir cassée. Je me suis tout de suite mise à prier, j'ai brûlé de l'encens et j'ai travaillé sur mon corps énergétique. Ma cheville me faisait mal. Je me suis rendormie.

Le lendemain matin, j'avais à la cheville l'énorme hématome décrit plus haut.

Je l'ai gardé une quinzaine de jours. Il a très classiquement viré du noir au violet, puis au vert, puis au jaune…

J'avoue l'avoir montré autour de moi presque systématiquement, comme si le fait de raconter cette épouvantable aventure l'exorcisait un peu.

Le *Bardo Thödol,* livre des morts tibétain, fait clairement allusion à des apparitions monstrueuses et effrayantes, qui peuvent assaillir le défunt dans son chemin *post mortem*.

Il semble bien que Loïc soit resté coincé dans ce que nous appelons communément, depuis Hélène Blavatzki et la théosophie, « le bas-astral », ou encore ce que les chamans appellent « le monde des esprits destructeurs », où d'abominables monstres comme les Kelet dévorent les âmes des morts les plus faibles.

Loïc était héroïnomane. C'est-à-dire qu'il avait détruit certaines connexions entre ses différents niveaux de conscience. L'usage régulier de la drogue, s'il permet d'arriver à des états de « bonheur » par piratage, casse littéralement les chemins qui mènent les mystiques à l'illumination, en les défonçant tous les jours artificiellement, tels des bulldozers ou des chars blindés qui, pour gagner du temps, démoliraient de délicats sentiers qu'on ne doit emprunter qu'à pied ou à cheval pour rejoindre un point convoité.

Les héroïnomanes expliquent qu'ils se sentent parfaitement bien, puissants, indifférents à tout et en proie à un plaisir énorme, à un bonheur sans nuages quand ils se « fixent ».

Sous héroïne, rien ne peut les atteindre ou les gêner. Ils ne se sentent plus agressifs ou en colère, puisqu'ils n'ont plus de frustration. Cet état ressemble à s'y méprendre à ce que cherchent, par une ascèse et un travail sans relâche, les moines zen tibétains... Et si cette transformation agréable de la conscience habituelle est à l'authentique extase ce que la fanfare est à la musique classique, elle ne constitue pas moins une expérience de modification de la réalité.

Mais l'initiation chimique se paye.

Les lésions ne sont pas que physiques ou neuronales. Le corps spirituel, lui aussi, est détruit.

Les règles qui régissent les mondes invisibles sont les mêmes que celles qui sévissent ici-bas. Qu'arrive-t-il à un organisme affaibli ou à un être couvert de plaies ? Sans la protection de l'immunité ou sans la carapace de la peau, un être humain s'infecte, devenant la proie des maladies.

En décédant, brutalement de surcroît, Loïc avait perdu son chemin, happé par des mondes inférieurs. Malgré la commotion, je suis allée prier pour Loïc. J'ai même tenté de retourner le « chercher » dans l'« astral », après m'être livrée cette fois à des rites de protection, dont certains dangereux, que je ne peux révéler ici. En vain.

J'ai revu sa maman, qui ne s'est rendu compte de l'oubli du bracelet de son fils que plusieurs jours après sa visite. Je ne lui aurais pas touché le moindre mot de mon aventure si elle ne m'avait raconté les faits suivants.

Elle m'a dit avoir vu Loïc, en pleurs, au pied de son lit un soir. Elle se trouvait alors dans un demi-sommeil et l'avait entendu murmurer : « Maman, je t'aime, je voulais te dire que je serai toujours près de toi, car je suis " délivré ". »

Je lui ai fait décrire son apparition le plus précisément possible. L'aspect lumineux, transparent, semi-matériel tendrait à faire penser qu'il s'agissait bien d'une apparition spectrale.

En outre, j'ai remarqué que les défunts affectionnent la chambre à coucher de ceux qu'ils ont aimés.

Peut-être parce que le moment intermédiaire entre le sommeil et l'éveil est le seul instant où les individus, qui ne sont pas spécialement doués de capacités médiumniques, captent assez facilement des messages provenant d'autres plans de conscience. La question qui reste la plus étonnante pour moi est la répercussion d'une illusion du corps astral sur le corps physique. Répercussion directe, complète, flagrante, car qui dit hématome dit destruction de vaisseaux, de capillaires, suite à un choc physique.

Je n'ai ici qu'une hypothèse ésotérique.

Les chamans opèrent des guérisons sur les corps subtils de leurs patients, dans des réalités parallèles, où le symbole et la réalité sont confondus. De même, lorsque, en voyance, on pose une sorte de diagnostic, c'est, nous l'avons vu, la lecture du corps éthérique de mon consultant, ou de la personne pour laquelle il sollicite ma vision, qui me renseigne sur les affections qui, pour certains, ne sont pas encore présentes.

C'est donc comme si la maladie, avant de se manifester dans la réalité physique, se manifestait dans une réalité non matérielle, sur ce que nous pouvons nommer corps éthérique ou corps astral, et pouvait mettre un certain temps avant de s'inscrire dans la chair.

Que s'est-il donc passé cette nuit-là ? Le cordon d'argent qui reliait mon corps astral à mon corps physique a dû jouer un rôle de « conducteur » pour des informations que rien, hélas, n'a pu trier ou sublimer pour les empêcher de venir *littéralement* se reproduire.

Qu'importe, le dommage subi sur mon mollet me laisse croire que, si la rencontre faite dans le monde astral avait été protectrice et bénéfique au lieu d'être celle d'un agresseur, j'aurais pu, si j'avais été malade, connaître une guérison. Cette hypothèse me fait m'intéresser plus encore à ces voyages effectués par les guérisseurs.

Comme Fleming, qui découvrit par hasard la pénicilline, j'ai mis le doigt, cette nuit-là, sur la preuve d'un phénomène dont je ne faisais que soupçonner l'existence : des forces provenant d'autres mondes pouvaient se traduire dans notre réalité et y laisser une empreinte.

Comment être victime de tels incidents sans voir à jamais bouleversé son système de valeurs et de priorités ? Mais que faire pour comprendre ce qui s'est vraiment passé !

Loin de moi l'idée d'aller consulter un innocent généraliste et de lui raconter : « Cher docteur, je me suis couchée un soir en me demandant où était passé l'esprit d'un jeune drogué défunt. Voyez, le hasard fait bien les choses, je l'ai retrouvé prostré dans une caverne, si, si… alors que je m'étais dédoublée. Seulement, au moment où j'avais décidé de lui porter secours, j'ai été agressée par deux monstres repoussants, et l'un d'eux m'a fait tournoyer au-dessus de sa tête en attrapant ma cheville. C'était très désagréable et voilà… à cause de cette brute, j'ai un hématome énorme. Que puis-je faire ? »

J'imagine que je ne tarderais pas, après avoir débité sur un ton badin ma petite histoire, à voir arriver une ambulance et deux infirmiers qui me conduiraient dans un paradis blanc, où quelques gentils docteurs m'auraient préparé une chambre capitonnée.

La confidence ésotérique doit se manier avec précaution. Le scénario a juste un peu varié au travers des âges, et l'on est passé des tortures au fer rouge à l'injection de Tranxène, de Valium ou de Mogadon, qui ne m'enchante guère davantage.

Depuis l'incident, tout récent, je hante les bibliothèques spécialisées et je mène ma petite enquête…

En simplifiant, il existe des grandes hypothèses, à peu près les mêmes que celles qui sont proposées pour expliquer l'apparition des stigmates du Christ sur de grandes mystiques comme Marthe Robin ou Anne-Catherine Emmerich.

En effet, celles-ci ont été capables de produire, et ce, devant des centaines de témoins, les blessures de la Passion, saignant d'ailleurs tous les vendredis, abondamment et régulièrement leur vie durant.

J'ai conscience qu'il est immodeste de comparer mon trivial et petit hématome, mon accident de voyage astral, à des phénomènes qui semblent être la trace de la manifestation d'une volonté un peu plus élevée que celle des deux loubards de zone, non identifiés, qui m'ont réglé mon compte une nuit de pleine lune.

Mais n'ayant absolument aucun point de repère pour démarrer ma petite enquête, je suis dans l'obligation de faire feu de tous bois, y compris avec des postulantes de la sainteté, ce qui n'est pas sans humour lorsque l'on pense au sort fumeux qui était réservé aux créatures de mon espèce durant l'Inquisition.

Cette parenthèse fermée, revenons sur les explications, plutôt les hypothèses.

La première est celle du subconscient qui, dans certaines circonstances, s'avérerait capable de produire des manifestations sur le corps.

C'est également l'explication de ce que le corps médical, dans son ensemble, propose de donner au miracle, une sorte d'autoguérison.

La seconde serait que d'autres mondes, invisibles, pourraient agir sur la matière. Elle est évidemment beaucoup plus effrayante et encore plus éloignée de notre vision des choses que la première, car elle oblige à la reconnaissance de plans et de créatures étrangers à l'homme et à ses facultés.

Mortagne Summers relate le cas d'une pauvre paysanne roumaine, Éléonore Zugun, qui présentait des « morsures du diable » sur les mains et sur les bras.

Un enquêteur relate qu'elle s'apprêtait à boire une tasse de thé lorsque des marques de dents apparurent sur le dos de sa main et firent bientôt un bleu.

Que penser ? Était-ce un « fantôme », un esprit malveillant ou le propre subconscient déchaîné de la jeune femme ?

Pas plus que dans mon cas, je ne suis dans la mesure de trancher. Je risque de surprendre le lecteur en ajoutant que cela n'a pour moi pas grande importance, puisque le phénomène ne m'intéresse que dans la mesure où je crois qu'il est possible de le vivre aussi dans un sens curatif et bénéfique.

Un ami, qui eut droit lui aussi à l'exhibition de mon hématome, blêmit en me demandant si je n'étais pas trop effrayée par de telles aventures que je ne pouvais expliquer.

Je lui ai répondu qu'il m'était souvent arrivé de me réveiller avec des piqûres d'insectes douloureuses et gonflées, et qu'il m'avait été bien égal de savoir précisément quelle variété d'araignée avait transformé ma cuisse ou mon épaule en passoire, ou encore s'il s'agissait de moustiques ou de fourmis rouges. La seule chose qui m'avait alors préoccupée avait été de faire cesser la démangeaison. Mon sens pratique et si terre à terre !

Je partage avec les enfants une curiosité qui me fait me poser des questions différentes. Si je cherche aujourd'hui à retrouver le mécanisme qui provoqua l'hématome, c'est dans le but de découvrir son *contraire* et de me débarrasser avec lui de quelques petits problèmes de santé et non pas de répertorier les démons de tous les continents pour pouvoir porter plainte contre eux dans un commissariat intergalactique.

L'avenir verra si j'arrive à en savoir davantage.

Le sommeil n'est pas toujours aussi agité et dangereux. Il est l'un des états où la voyance apparaît chez tout un chacun, puisque la conscience se relâche. La forme qu'elle prend est celle du rêve prémonitoire.

Beaucoup de consultants se sont ouverts à moi des expériences qu'ils avaient faites en matière onirique.

Nous passons un tiers de notre vie à dormir. Personne ne sait encore vraiment très bien ce qui se passe pendant notre sommeil ; même si le monde scientifique a longuement mesuré les changements de rythme cardiaque, les modifications de l'activité cérébrale, le sommeil demeure un grand inconnu.

Nous savons cependant qu'au bout de un, deux, voire trois jours sans sommeil, un être humain perd la tête.

Mais que faisons-nous lorsque nous dormons ? Là aussi j'ai tendance à penser que si les occupations de chacun sont différentes dans la journée, elles le sont aussi pendant la nuit et nous ne faisons pas tous la même chose. Il y a dormeur et dormeur, rêveur et rêveur.

J'ai parlé, il y a quelques pages, de la possibilité durant le sommeil de sortir de son corps avec un autre véhicule nommé corps astral et de se rendre en visite chez des amis ou dans de lointains paysages. Il semblerait que certains d'entre nous choisissent non plus une destination lointaine quant à l'espace, mais préfèrent simplement se déplacer sur l'axe du temps.

Mon expérience de ce type de promenades me pousse à croire qu'il n'y a pas forcément besoin pour ça de se servir de son corps astral. La lecture du futur qui est faite dans ces moments-là est une voyance involontaire facilitée par l'état de sommeil qui met de côté le moi rationnel et le bruit mental.

Le rêve prémonitoire obéit à plusieurs caractéristiques que j'ai retrouvées dans ceux que j'ai vécus, comme dans ceux qui m'ont été racontés. Contrairement au rêve classique lourd de symboles et le plus souvent irréalisable, le rêve prémonitoire met en scène des situations plausibles.

Si le rêve ordinaire laisse à la mémoire des zones blanches, puisque l'on ne se rappelle au réveil que les détails marquants ou quelques paroles, le rêve prémonitoire revient au dormeur dans une totalité logique, bien enchaînée, telles les images bien léchées d'une superproduction hollywoodienne.

Enfin, le rêve commun laisse dans la mémoire une trace souvent émotionnelle d'ordre affectif, une sensation de bien-être ou, au contraire, d'angoisse et de désirs divers.

Le rêve prémonitoire, lui, ne produit plutôt qu'un souvenir mental, de type intellectuel, avec une pensée claire, qui laisse souvent le sujet étranger à ce dont il rêve et qu'il ne comprend, en général, pas du tout sur le moment.

C'est pour ces raisons qu'il me semble important de parler aussi ici d'une troisième catégorie de songes, qui ne sont pas à proprement parler *prémonitoires,* puisqu'ils ne décrivent pas en une parfaite succession d'images des événements à venir tels qu'ils se passeront vraiment dans la réalité, mais dont une habile lecture symbolique peut permettre de faire l'interprétation divinatoire et que je nommerai « rêves inspirés ».

Enfin, il semblerait que les rêves prémonitoires ne portent pas forcément sur des événements très importants pour le rêveur, alors que les rêves inspirés surviennent pour fournir les clefs de nos problèmes.

En retraite près du Mont-Saint-Michel, tout occupée à la rédaction d'un roman, j'avais une nuit rêvé de taches d'encre, comme celles des tests de Rorschach. J'avais vingt ans. Je ne compris rien.

Au moment où celles-ci défilaient devant mes yeux, j'avais entendu en substance une phrase du type : « Voilà quelle est la solution à la question que tu te poses sur ta vie professionnelle et sur la voie que tu dois suivre. »

J'étais, à l'époque, publicitaire. Or, il se trouve que, sans me rappeler ce rêve, j'ai utilisé pendant les premières années de mon existence professionnelle des taches d'encre comme support durant mes consultations. En effet, j'avais eu, enfant, des expériences de voyance sur des dessins faits par des camarades, au travers desquels j'avais en les touchant capté des informations les concernant.

Il semble que l'encre ou la peinture soient des substances au travers desquelles se gravent facilement des ondes subtiles.

Par la suite, j'ai rencontré des artistes, tel Mario Matsui, un des peintres nationaux du Japon, qui illustre les couvertures des cahiers d'écoliers, ou Espilit, inspiré par l'Inde, qui, par leur approche de l'art, ont confirmé mon intuition.

Ainsi, au fil des années, Mario Matsui a eu l'impression de s'effacer derrière une sorte de miracle de la matière. Comme s'il devenait le peintre de l'infini, du cosmos, « la main de Dieu ». Il m'a également confié qu'il avait parfois eu le sentiment qu'en séchant, la matière s'organisait d'une façon qui lui paraissait ne pas toujours dépendre complètement de sa volonté personnelle et dans laquelle s'inscrivait une expression qui ne semblait pas due uniquement au hasard.

En regardant ses toiles, j'ai compris que l'ego de Matsui s'évanouissait d'année en année et que la réalité qu'il peignait était celle de l'éternité des champs vibratoires, la musique de Dieu.

En m'approchant des premières, j'ai senti la personnalité du peintre, telle qu'elle était à l'époque, ses tourments, ses préoccupations.

Dans les plus récentes, je ne captais plus rien le concernant. L'artiste avait cessé de se raconter dans toutes ses versions. Il était devenu un ouvrier traducteur de l'invisible.

Dans l'encre que je faisais manipuler à mes consultants, il y avait la trace de leurs préoccupations. Tel le musicien du film *The Crow* qui revient en fantôme vengeur un an après sa mort, il me suffisait de toucher les feuilles tachées d'encre que mes consultants avaient manipulées, pour avoir des séries de flashes sur leurs maisons, leurs enfants, leurs situations.

Si je n'ai plus aucun besoin de ce type de support aujourd'hui, je n'aurais pas pu m'en passer au départ.

Or, mon rêve de « taches d'encre » n'était, à l'époque, pas clair du tout. Si je me posais de nombreuses questions au sujet de ma vie professionnelle, je n'avais aucune envie de devenir psychologue, et la seule explication que je connaissais à l'époque de ce genre de dessins était les tests de Rorschach.

Je me suis souvenue de lui au réveil et je l'ai tout de même noté, avec un gros point d'interrogation en face.

Quelques années plus tard, il devenait limpide.

J'encourage d'ailleurs ici le lecteur à aller acheter, de ce pas, un cahier qu'il range précieusement sur sa table de chevet et dans lequel il note chaque rêve, que celui-ci lui paraisse symbolique, inspiré ou prémonitoire.

Ma vie amoureuse a toujours été un assez bon champ d'expériences parapsychologiques – comme j'ai déjà commencé à le raconter –, sûrement parce que l'état amoureux est l'expérience la plus commune pour, comme le dit l'expression populaire, être « hors de soi », ne plus « savoir comment on s'appelle », « perdre la boule », attraper le « démon de midi », bref, pour voir les frontières de l'ego s'évanouir, se dégonfler, pour se dénuder et se retrouver face à soi-même.

En effet, l'amour parle de manque, de désir, de souffrance, de privation mais aussi de béatitude, d'absolu, et le vide devant lequel il nous met parfois est proportionnel aux extases dans lesquelles il a le pouvoir de nous plonger.

L'état amoureux est un merveilleux dilatateur du champ de conscience habituel, une réserve d'énergie qui peut soulever des montagnes.

Il met en place des systèmes de communication extrêmement puissants entre les êtres, hors de tout champ social, de toute convenance. Et les liens qui se perpétuent d'une manière tout à fait extrasensorielle, même chez des individus qui ne sont pas *a priori* médiums. L'amour est un vrai phénomène irrationnel. Il échappe à toute démonstration scientifique et pourtant chacun d'entre nous connaît son pouvoir.

Ainsi, je fis une nuit un rêve qui se réalisa jusque dans ses moindres détails un an et demi après.

Sans aucune raison, je me suis mise à rêver d'un garçon que j'avais connu autrefois et que j'avais totalement perdu de vue après une rupture froide, que je n'avais pas parfaitement assimilée. Cela dit, je vivais ma vie et je venais d'avoir une petite fille avec un mari que j'aimais.

J'ai rêvé d'une chambre sombre dans un curieux immeuble, sur lequel je savais qu'il y avait un échafaudage et un grillage. J'ai noté au réveil le décor : un grand lit avec des draps bleu-gris imprimés de motifs de Cachemire, au pied du lit, un secrétaire sur lequel il y avait une bougie allumée.

Je passais avec lui une nuit de retrouvailles très pure, infiniment sentimentale. Au matin, je sais qu'il partait en laissant un mot sur une carte : « Merci pour cette nuit. » Je regardais le ciel et voyais une lune pleine. Je me recouchais en proie à un sentiment de parfait bonheur.

Le rêve me poursuivit une journée durant. Je ne le savais pas prémonitoire, car j'avais des bouffées nostalgiques intenses, bien que non douloureuses, puisque je me sentais comblée par ce que j'avais revécu en rêve.

Peut-être est-ce parce que j'ai été obligée de rompre définitivement avec mes parents, ce qui est, je crois, le plus radical chagrin d'amour qu'un être humain puisse connaître, mais je dois dire que je supporte assez mal les séparations en queue de poisson, surtout si ce n'est pas moi qui en suis l'auteur.

Je me suis donc arrangée pour n'en connaître que deux – j'ai déjà parlé du premier – qui sont l'un comme l'autre revenus dans ma vie suffisamment pour me permettre ensuite de faire un vrai deuil.

Au moment où je fis ce rêve, je n'avais aucune raison de revoir le second. Et je n'ai d'ailleurs même pas pensé à le contacter.

J'ai interprété ce rêve comme un message de mon inconscient qui me signifiait par là qu'il devait rester au fond de mon cœur quelque tendresse non exprimée.

Je ne savais pas qu'il m'était à ce point difficile de vivre en couple et que les divergences plutôt stimulantes que je connaissais à l'époque avec mon mari se transformeraient en agacement perpétuel, en ras-le-bol conjoint, et que le couple plutôt complice que nous formions viendrait à ressembler à celui des héros des *Bidochon* de Binet… À la place des amoureux de Peynet…

Tout alla de mal en pis, et parfois sauvagement, avant que dans un salutaire mouvement de saturation mutuelle nous nous décidions à reprendre nos libertés réciproques, ce qui nous permit d'avoir depuis des relations dont la courtoisie et la fidélité morale nous ont transformés en un couple de divorcés modèles, sur lesquels certains de nos amis nous ont avoué ironiquement qu'ils aimeraient pouvoir prendre inspiration, puisque nous ne nous sommes jamais disputés une seule fois au sujet de notre fille, de nos biens et que nous avons l'un et l'autre respecté nos accords sans avoir un quelconque besoin de la justice.

C'est donc à la fin de cet épisode conjugal pathétique que j'ai décidé, un soir, de recontacter cet homme, auquel je repensais parfois. J'étais dans un bar avec une amie et je sentis soudain un besoin fiévreux de l'entendre, peut-être parce que j'étais dans son quartier. Il n'avait pas eu de mes nouvelles depuis longtemps mais il nous rejoignit aussitôt. Il passa la nuit avec moi le soir même.

Or, tout se déroula précisément comme mon rêve me l'avait annoncé un an et demi plus tôt, avec chaque élément que je me propose de reprendre maintenant :

Le curieux immeuble dans lequel il y avait des échafaudages : c'était le mien. À ce moment-là, il n'y avait pas à proprement parler d'échafaudages, mais une séparation en vitres dépolies et en grillage était en train d'être construite entre mon immeuble et le club de sport voisin. Il y avait donc des escabeaux et des tiges métalliques sous mon nez.

Je reste stupéfaite devant la précision temporelle de ce rêve, car les fameux travaux ne durèrent que dix ou douze jours… Et que sont à peine deux semaines dans l'échelle du temps sur laquelle ce type de retrouvailles peut se produire ?

Les draps aux motifs de Cachemire : là encore parfaite description. Je tiens à dire que je ne les avais pas choisis, puisque ces draps sont un cadeau, et que je ne les avais pas non plus placés dans mon lit moi-même ce jour-là.

Ils étaient donc là sans que ma volonté ait agi d'aucune façon.

La bougie allumée : elle était éteinte et placée sur mon secrétaire depuis plusieurs mois, sans jamais avoir servi. Là encore ce n'est pas moi, mais lui qui l'a allumée.

Quant à la phrase : « Merci pour cette nuit », il ne l'a pas écrite au matin, il me l'a dite directement. Je conviens que ce n'est pas très original mais c'est du mot à mot.

Enfin, ces retrouvailles se sont passées un soir de pleine lune. J'ai vérifié sur le calendrier, il y a quelques mois.

Je suis donc obligée de me rendre à l'évidence que ma conscience s'est déplacée dans le temps pour me permettre de vivre avant qu'il ne se produise un événement qui semblait avoir été gravé très précisément dans mon chemin de vie, et qui a eu, psychologiquement, une très grosse importance pour moi.

La naissance de ma fille fait aussi partie de ce qui m'a été annoncé.

Je ne connaissais son père que depuis quinze jours. Or, bien que toujours célibataire à trente-trois ans, il avait déjà manifesté au matin le désir d'avoir un bébé avec moi.

Quelque peu surprise et, pour ma part, exempte de tout désir maternel, j'avais été embarrassée jusqu'à ce qu'un rêve vienne bouleverser mon regard sur le sujet.

J'ai rêvé une nuit d'une petite fille blonde aux yeux bleus.

Ce détail est original car j'ai les cheveux noirs et les yeux très sombres, quant à son père, il est châtain aux yeux verts. Ce qui me vaut d'être régulièrement prise pour la baby-sitter quand je promène mon ange blond et d'entendre régulièrement un « Elle est à vous, la petite ? » dubitatif chez les commerçants, qui ne sont pas encore habitués à notre contraste chromatique.

Cette petite fille irradiait de douceur, de force et de bonté. Toutes les institutions, mais aussi les baby-sitters, qui ont approché Lorène ont apprécié son sens du partage, sa tendresse débordante et se sont parfois plaintes… de son autorité, qui, si elle est toujours motivée par des sentiments chevaleresques, la rend difficile à vivre pour certains camarades, qu'elle veut mener à sa guise.

Enceinte, j'ai parfaitement ressenti le caractère bien trempé, concret, décidé de mon enfant.

Je me sentais presque rassurée en étant traversée par une âme aussi limpide et carrée.

Mon état médiumnique m'a fait vivre la maternité avec une grande intensité.

J'ai aussi senti le processus d'« approche » de l'âme de Lorène qui, véritablement, me tournait autour, d'abord présente quelques secondes, quelques minutes par jour, puis vers la fin ne me quittant plus, compagne invisible avec laquelle je commençais un discours que la naissance interrompit et que la vie et le langage reconstruisent maintenant différemment au fil des années.

Mais mon rêve contenait aussi les indications d'un drame familial qui se greffa sur cette naissance et qui gâcha ma vie pendant plusieurs années. Indications symboliques, mais claires.

Alors que je tenais, en rêve, ma fille dans mes bras, ma mère venait me la prendre des mains et la plongeait dans une marmite… d'huile bouillante ! Or, l'enfant restait parfaitement silencieuse, n'avait aucune blessure. Quant à moi, je me contentais de la sortir et de la sécher comme s'il s'était agi d'un bain ordinaire. Alors qu'elle était intacte, je me brûlais moi-même douloureusement en la manipulant, mais je me contentais de dire très calmement à ma mère, dans une tentative pédagogique non dénuée d'humour : « Maman, les enfants, ça ne se met pas dans l'huile bouillante, voyons… sois raisonnable. »

À cela, elle ne répondait rien. Puis ma tante prenait le relais et elle aussi plongeait ma fille dans une marmite… d'eau bouillante. Même scénario, même absence de blessure pour elle, même brûlure pour moi. Je me souviens encore aujourd'hui de l'expression d'un calme parfait de ses grands yeux bleus contemplant le monde avec une douce sagesse.

Là encore, je tentais de ramener ma tante à des méthodes de puériculture plus convenables.

Ni l'une ni l'autre ne me répondaient dans ce rêve, d'aucune façon.

Puis, Thierry, son père, se rapprochait de moi et m'embrassait. J'ai alors entendu une voix d'une grande douceur me dire : « Tu vas avoir une petite fille qui fera ta joie. »

J'étais enceinte le mois suivant. Je pense pouvoir dire aujourd'hui que cette voix extérieure, qui s'est remanifestée depuis dans des rêves, était celle de mon guide, de mon ange gardien.

Je sais cependant que mon rêve se terminait par un orage violent, suivi d'une belle accalmie. Le genre d'intempérie spectaculaire que la peinture « pompier » décrit dans un luxe de couleurs et d'images, que n'égalent même pas les chromos des cartes postales.

Et l'orage en question s'est traduit sous la forme d'un procès, peut-être le plus douloureux, le plus ontologiquement inacceptable puisque ce sont... mes parents en personne qui me l'ont intenté. Le droit français, et c'est une bonne chose lorsque les parents sont défaillants, permet aux grands-parents de maintenir des relations avec leurs petits-enfants. J'ai, au début, à peine osé me défendre tant le procédé me choqua.

Mais, pour des raisons graves, qu'une enquête sociale, puis une autre psychiatrique confirmèrent, me donnant raison dans ma détermination bien involontaire de protéger Lorène, j'ai dû après des tentatives, aussi périlleuses qu'infructueuses, refuser tout contact entre eux et l'enfant. Ivres de rage, ils se lancèrent alors dans une vengeance sans fin.

J'avais déjà pratiquement totalement coupé les ponts avec ma famille avant ma grossesse, mais la naissance de Lorène me fit, c'est classique, me rapprocher quelque peu. Le caractère des problèmes qui se greffèrent outrepassait largement le cadre du supportable, y compris pour mon mari. Il m'apporta, et m'apporte encore aujourd'hui, tout son soutien dans ce combat pour préserver notre fille.

L'orage du rêve se matérialisa sous la forme de persécutions diverses, y compris policières, ce qui se retourna contre nos agresseurs puisque, là encore, un rapport du commissariat chargea, plus que lourdement, mes parents et nous innocenta, me permettant de persévérer dans ma fermeté sans trop risquer les foudres de la loi.

Il n'empêche que je me serais bien passée de la sympathique indignation de cet inspecteur courageux qui n'hésita pas à témoigner en notre faveur pour nous mettre à l'abri, et protéger notre fille des manœuvres que mes parents tentaient. Tous mes proches surent m'épauler et me rassurer, car il m'arriva parfois, sous la pression, de désespérer.

Et si j'ai été « brûlée » par les diffamations nombreuses, les tentatives de corruption et les fausses déclarations, ma fille, elle, n'a pu être touchée le moins du monde, puisque nous avons su, son père et moi, « encaisser » les chocs et servir d'écran.

Mais même lorsqu'ils vous donnent totalement raison, les intrusions des enquêteurs sociaux, experts psychiatriques et inspecteurs de police dans votre petite vie intime, que vous vous voyez alors contraints de déballer bien involontairement, sont autant de blessures qui entament très sérieusement la confiance que vous pouvez avoir en la vie, puisque ceux qui vous l'ont donnée se comportent comme les ennemis les plus farouches que vous rencontrerez jamais.

Ce rêve fait en janvier, il y a maintenant sept ans, m'annonça non seulement la naissance de Lorène, mais les risques auxquels elle serait confrontée, sans danger par la suite.

Durant toute cette période, je me suis accrochée à ce rêve. Je me rappelais son absence de blessure en sortant de l'huile bouillante et je me disais que tout se terminerait donc bien…

Enfin, ce rêve relatait encore une autre prémonition psychologique et spirituelle, celle-ci :

Je sais qu'à un moment du rêve, je langeais ma fille. Je me retournais alors et je voyais un blouson de cuir pendu à la poignée d'une porte. Il avait des franges comme les vêtements des Indiens. Il y avait aussi, au sol, une sorte de tambour et des plumes.

Je sais que ces objets me paraissent maintenant réconfortants, mais je ne savais pas encore que je m'intéresserais au chamanisme indien et que je trouverais là une voie spirituelle suffisamment guerrière pour concilier en moi ma recherche de vérité, mais aussi un désir d'action et de réalisation.

Or, je ne sais si sans la destruction psychique que j'ai eu à subir durant ce drame je me serais tournée vers une telle recherche.

Ce rêve est donc à classer dans la catégorie de ceux que je nomme « les rêves inspirés ». Il ne s'est, bien sûr, pas déroulé point par point, puisque ces messages étaient des symboles, d'ailleurs fort simples à décrypter.

On reconnaît un rêve inspiré à la sensation d'évidence que l'on éprouve au réveil, et aussi parce qu'il ouvre une voie et permet de prendre une décision, ne serait-ce qu'en la présageant.

Ces rêves apparaissent à des moments où les questions auxquelles ils répondent ne sont pas forcément prioritaires consciemment. Je ne savais pas que je serais mère deux mois avant de décider d'être enceinte. Je ne savais pas non plus que je serais voyante au moment où les taches d'encre sont apparues dans mon sommeil.

Mais ces deux événements, qui sont chacun extrêmement importants, m'ont bien été « annoncés ».

Le rêve inspiré touche toujours à des choses fondamentales. Il précise de grandes orientations de l'existence, amène des révélations psychologiques, synthétise l'orientation de périodes complètes de la vie.

Il n'y a pas que la psychanalyse pour s'intéresser aux rêves, puisque, pour la plupart des gens, ceux-ci sont le seul lien conscient qu'ils ont avec la part inconnue d'eux-mêmes.

Il n'est pas toujours facile d'en faire l'analyse tout seul mais il faut se méfier des soi-disant spécialistes, qui n'ont pas toujours le talent qu'avait Brigitte Lahaie sur Radio Monte-Carlo, lorsqu'elle analysait ceux des auditeurs avec une part d'intuition qui venait appuyer des connaissances analytiques. Car, les symboles qui se manifestent dans les rêves, s'ils sont pour certains universels, sont pour d'autres culturels, voire parfaitement personnels.

Il est bon de noter chaque rêve et de relire régulièrement ses cahiers. C'est à la relecture que presque chacun d'entre nous découvre qu'il a fait des rêves inspirés et des rêves prémonitoires.

Comme toute communication, l'entraînement joue aussi un rôle considérable. Plus vous souhaitez vous rappeler vos rêves, plus vous développez la faculté de vous en souvenir. Plus vous apprendrez à les décoder, plus vous recevrez de messages, et de plus en plus clairs, par ce canal.

Nos guides invisibles sont comme nos amis. Plus nous les sollicitons, plus nous maintenons avec eux des liens, plus ils nous soutiennent, plus la complicité et, disons-le, l'amour s'accroissent.

Si le rêve purement et strictement prémonitoire me semble être à classer comme un phénomène de « voyance sauvage », les rêves inspirés sont, eux, soufflés par nos guides. J'ai cette conviction car ceux que j'ai faits étaient empreints d'une qualité affective particulière, d'une tonalité d'amour universel que l'on retrouve dans toutes les Near Death Experiences (expériences proches de la mort), où des hommes et des femmes de tous âges et de toutes cultures racontent, alors qu'ils sont déclarés cliniquement morts, leur rencontre avec un être de lumière apaisant « comme une des phases presque systématique de leur expérience ».

Le rêve est le premier murmure du dialogue émerveillé que chacun d'entre nous peut entretenir avec son guide, les balbutiements de la plus complète et invraisemblable des histoires d'amour. Il m'apparaît extraordinaire, en roulant sur les périphériques, un téléphone portable à la main et en me rendant dans un aéroport qui va me permettre d'aller au bout du monde en six heures de vol, de sentir soudain la bienveillance généreuse de mon guide retentir amicalement dans mon esprit.

Car, lorsque notre mental est au repos, lorsque nous sommes en silence, étendus et vulnérables, ronfleurs impénitents parfois, les poings serrés pour d'autres, abandonnés au milieu des draps, notre ange peut s'approcher sans que nous ne l'effarouchions par notre colère même légitime, notre agitation inutile et le tintamarre agaçant des pensées récurrentes. Il peut alors nous souffler dans le cœur un peu de cet amour inconditionnel, récidiviste, actif, dont il est rempli et que nous chassons vulgairement comme des mouches, lorsque, éveillés, nous préférons nous complaire dans notre marasme et notre aveuglement médiocre.

Le sommeil a fait l'objet de recherches constantes qui n'ont jamais permis d'établir avec certitude ce à quoi vraiment il pouvait bien servir, et les hypothèses restent aujourd'hui contradictoires.

J'en avancerai pour clore, une de plus, à laquelle une société comme la nôtre n'aura – bien sûr – jamais l'idée de penser :

Et si le sommeil était imposé aux hommes pour qu'ils échappent, le tiers de leur vie, à la prison mentale que le mauvais usage de l'intelligence provoque chez le plus grand nombre d'entre eux ?

Si, durant ce repos forcé, notre ange nous revitalisait à notre insu, allant laver notre âme à l'inépuisable fontaine des énergies célestes... un tiers de notre vie durant lequel nous redeviendrions ce que nous ne devrions jamais cesser d'être : quelques gouttes de lumière au milieu d'un océan d'amour infini.

Évidemment, ma vie a l'air d'être encore mieux organisée et balisée qu'un circuit pour touristes dans une réserve africaine, ou une réception présidentielle à l'Élysée. Mais il n'en est rien, je tombe des nues régulièrement et je goûte encore comme tout le monde aux surprises épatantes que constituent les catastrophes domestiques, matérielles, mais aussi humaines.

Tout simplement, parce qu'il y a des domaines entiers de ma vie sur lesquels je ne m'interroge *jamais*.

Soit parce qu'ils ne m'intéressent pas beaucoup, soit parce qu'ils me paraissent aller de soi.

C'est bien sûr, au travers de ceux-ci, que les calamités diverses peuvent s'exprimer en toute liberté, avec leur cortège de conséquences fâcheuses, voire dramatiques.

Parfois aussi, j'interprète de travers les informations que je reçois, et mon entourage en a marre.

Car je vois aussi des choses qui n'existent pas, ou existent partiellement.

Je ne parle pas des visions qui concernent des films qui me marqueront et dont je pense abusivement qu'elles me concernent !

Ainsi, j'ai fait longtemps un rêve difficile dans lequel je passais… par un vide-ordures ! poursuivie par plusieurs hommes.

Cela m'inquiéta réellement et me fit craindre une agression physique qui d'ailleurs arriva, mais sans gravité et sans aucun rapport avec les images de ce rêve, et dont je n'avais eu aucune prémonition.

En revanche, j'ai retrouvé l'exacte scène dans le superbe film *Nikita* de Luc Besson, dans lequel c'est Anne Parillaud qui subit ce traitement de choc avant d'atterrir dans une poubelle. Devant l'écran c'était comme si chaque image appartenait à mon patrimoine émotionnel.

Une bonne chose au moins : je ne refais depuis plus jamais ce cauchemar.

Sans parler du revers de la médaille, qui est ce cortège d'angoisses, que me donnent parfois des voyances mal comprises. Toujours en rêvant, je me vois au fond de mon lit, défigurée par d'étranges boutons et tremblante. J'ajoute que je voyais la scène se passer dans un pays chaud et que j'avais bel et bien le sentiment que l'histoire se terminait par… mon décès.

J'ai eu, quinze jours plus tard (merci à ma fille pour ce cadeau inattendu qui tomba pile, quinze jours après la fête des Mères, juste le temps de l'incubation), une varicelle carabinée, mais inoffensive, dont je n'ai même pas gardé de cicatrices.

Il faisait en effet très chaud ce printemps-là, et j'ai suffoqué de fièvre sous les draps sans cependant risquer autre chose que de perdre les quelques kilos que j'avais d'ailleurs en trop.

En outre, il est bien évident que je ne peux voir que ce que je peux supporter, et que si ma destinée me réserve quelques surprises par trop difficiles à accepter, celles-ci ne frapperont pas à la porte avant d'entrer.

Malgré cela, je sens qu'au fil des années, ma capacité de pressentir les rencontres qui traversent ma vie et les événements majeurs qui la façonnent m'est d'un grand secours pour donner du sens à des épreuves sur lesquelles je médite avant qu'elles ne surviennent, exerçant ainsi ma créativité à créer des solutions palliatives et à préparer le rebondissement nécessaire, sans pour autant refuser le message que comprend toujours un échec.

Or, en ce qui me concerne, les bonnes nouvelles, la certitude que j'ai de celles-ci avant leur arrivée, me maintiennent parfois dans un état d'optimisme au milieu des tempêtes.

Lorsque j'étais adolescente, je dessinais souvent un visage de femme aux pommettes saillantes, aux yeux effilés et à la bouche large. Elle avait les cheveux longs et un air perçant, des yeux clairs et magnétiques ; ce dessin me soulageait inexplicablement, comme si ce visage me donnait *déjà* de l'amitié. C'est sous ces traits que m'apparut Laëtitia en 1978, à la porte du lycée. Elle est toujours, en 1994, aussi proche de moi qu'elle le fut pendant ces années noires.

Nous avons déjà commencé à nous entraider avant de nous être effectivement rencontrées sur le plan matériel, puisqu'elle aussi eut un véritable « flash » en m'apercevant.

Peu importe de savoir si nous nous étions déjà connues dans des vies antérieures. Le fait de l'avoir vue avant de la rencontrer m'a aidée à tenir le coup. C'est pour ça que je ne cherche plus à freiner les perceptions qui me concernent, car je vis comme une réelle chance d'être branchée sur plusieurs plans de conscience à la fois, même si cela peut donner des malentendus ridicules et me laisse, quoi qu'il en soit, plus écorchée que les autres, puisque, tel un radar, je pressens d'infinies nuances qui ne sont pas toujours très tendres. La voyance est une forme d'intensité et de présence au monde qui se paye d'exigences et d'idéal bien involontaires. Et la facilité relationnelle qu'elle engendre n'est pas étrangement dénuée d'un moment d'isolement puisque les autres ne peuvent pas toujours partager ce que je ressens. Pourtant, j'ai la conviction que beaucoup d'entre nous taisent à tort des images intérieures qui ne sont peut-être pas leurs désirs, mais un savoir du futur qui pourrait les aider à dépasser des moments difficiles. J'ai remarqué que certains de mes clients, juste après un choc grave, avaient vu en quelques secondes le film des années à venir devant leurs yeux, devenant, sous la modification et l'effondrement que provoque l'extrême chagrin, aussi voyants que moi.

J'aurais pu être avocate. Je ne saurai jamais ce que cela aurait donné.

De l'affirmation polie de mon don de voyance à aujourd'hui, sept ans ont passé.

La voyance a fait basculer ma vie. Toute ma vie, y compris mes croyances. D'abord, il y a la compassion. Je ne suis et ne serai jamais une sainte, mais tout ce que j'ai vu et entendu depuis sept ans a complètement bouleversé mon système de valeurs et de croyance. J'étais un peu frileuse, je suis devenue ouverte. Fragile, je me suis fortifiée.

J'avais tendance à employer ma facilité de parole pour entretenir des demi-vérités diplomatiques et pas toujours très saines. Je suis devenue tranchante et claire. J'étais, comme toute jeune fille, un peu mystifiée par le pouvoir et ses accessoires. J'ai découvert leur pauvreté et leur inaptitude à rendre les hommes heureux.

La voyance m'a désenchantée et réenchantée. Désenchantée, parce que j'ai perdu toute illusion sur la sécurité que l'on croit avoir ou la supériorité supposée de certaines positions. J'ai compris qu'un top model se faisait aussi souvent larguer qu'une petite boulotte à lunettes, et parfois encore plus rudement, pas par les mêmes c'est tout. C'est dommage que la presse féminine ne raconte pas clairement aux femmes que ça ne sert absolument à rien d'être parfaite car, pour d'étranges raisons, l'amour n'a rien à voir. Que l'industriel un peu parano, qui croyait tout contrôler, pouvait s'effondrer plus bas qu'un clochard, lorsqu'il découvrait par hasard que sa femme aimait son propre fils d'un premier mariage, et entretenait avec lui une liaison passionnée...

J'ai compris la relativité du vécu des hommes, en rencontrant cet avocat qui me confia qu'il gagnait cent cinquante mille francs par mois, mais qu'il était terriblement fauché en ce moment, et dans l'heure qui suivit, une dame charmante qui termina la consultation en me disant : « Financièrement, je ne vous demande pas de me faire une prédiction, j'ai un très bon salaire, je gagne sept mille francs brut, alors voyez, j'ai pas de problèmes. »

J'ai vu aussi la misère de solitude affective et morale, qui se cachait derrière le silence de tous les foyers respectables pour leurs voisins.

Désenchantée aussi de comprendre avec quel acharnement les hommes se prenaient toujours les pieds au même endroit du tapis... Comme si l'expérience ne servait pas de leçon.

Réenchantée, parce que, au fond, malgré les apparences, nous étions donc bien dans le même bateau et qu'au travers de mes découvertes, je voyais bien qu'il était inutile de courir après une « vie sans douleurs », car elle n'existait pour personne. Il fallait, au contraire, accepter nos épreuves – ce qui ne veut pas dire s'y complaire – et chercher à les résoudre. S'en sortir, et pas tout seul. Parce que au travers des différences, si spectaculaires, de condition, d'intelligence, de possibilité et d'apparente chance des hommes, tous, moi comprise, étaient là pour apprendre, encore et toujours ; et les leçons n'étaient jamais faciles. Alors autant s'aider.

Que dans un effet de bascule à la fois génial et absurde, chance et malchance s'annulaient aussi mathématiquement que + 2 + – 2 = ... 0.

Un mouvement où chaque lumière si brillante soit-elle projette sur le sol une ombre aussi grosse qu'elle, qui parfois grossit, grossit jusqu'à l'aspirer totalement. Et nous voilà revenus à zéro.

Vous êtes séduisant, talentueux, fortuné. Tant mieux. Mais quelle que soit la façon que vous aurez de le vivre, vous allez souffrir quand même. Peut-être aurez-vous peur de tout perdre, car celui qui possède craint le dénuement. Alors ça sera une vie de trouille, d'angoisse, de superstition et de hantise. À force de craindre le pire, vous finirez par le provoquer.

Comme des milliardaires paranoïaques et obsédés par les microbes qui finissent par les ronger tout doucement d'un cancer des intestins, dans une clinique aseptisée, ils espèrent une guérison, alors que toute leur vie n'a été qu'une maladie.

À moins que vous ne préfériez la désinvolture du prédateur. Mais Dieu ne vous a pas fait jaguar mais homme. Votre arrogance ne tardera pas à provoquer chez vous le relâchement, la paresse amenant son cortège d'imprudences et de dépendances multiples. Là encore, vous chuterez dans l'inconscience comme les vieux beaux un peu pathétiques, qui gonflent des pectoraux ramollis, sans voir le sourire narquois au coin des lèvres adolescentes, qu'ils prétendent encore séduire, les oreilles toujours farcies des compliments entendus autrefois de la part de flatteurs et des dames… et qui sont ainsi toujours bernés !

Ou encore, vous deviendrez semblables à ces musiciens et peintres talentueux, qui traînent dans les services sociaux à quémander un R.M.I. ou en cure de désintoxication pour se débarrasser de cette drogue dont ils étaient sûrs, quinze ans plus tôt, qu'ils l'arrêteraient « quand ils voudraient »… Terrible présomption. Leurs tiroirs regorgent d'œuvres inachevées. Combien de Rimbaud paresseux terminent en parasite ?

Funambules. Nous sommes sur le fil de la vie avec une longue perche souple, qui siffle à chaque instant de notre existence, près de basculer dans l'enfer ou le paradis, par notre seule conscience, par notre seule capacité à être *présents*, là où tout nous pousse à la fuite en avant.

Présent pour, avec vigilance, peser chacun de nos gestes. Mais pas dans la tentative de maîtrise absolue de ces héros de série B en plastique, non !

Car la recherche du plein pouvoir amène à l'asservissement. C'est ainsi qu'Aladin piège Jafar à la fin d'un conte :

– Tu es le plus grand magicien du monde mais tu n'as pas les pouvoirs du génie.

Alors Jafar répond :

– Je veux être le génie le plus puissant du monde.

Et c'est ainsi qu'il termine lui aussi prisonnier… d'une petite lampe, qu'Aladin jette négligemment dans les abîmes. Terminé le dictateur. Poubelle.

Il s'agit juste de trouver la position équilibrée. Celle du funambule qui glisse, gracieux, confiant, évitant le vide, la peur, ne pouvant rester immobile, condamné à avancer dans la pure harmonie, lien entre ciel et terre.

« L'élu ne tend ni vers le haut, ni vers le bas.
L'élu vit et c'est cela le lien. »

Gitta Mallatz, *Dialogue avec l'Ange*

Vous croyez marcher sur la terre ferme. Du tout… vous êtes, je suis sur un fil que la mort coupe un jour pour le retendre plus loin dans une nouvelle vie, où seuls compteront les pas que vous aurez réussi à faire. Tout seul, car la vie est impitoyable. Dangereuse comme le vide d'une falaise de laquelle vous chutez parfois en vous écrasant sur les rochers tranchants de vos échecs, pauvres oiseaux sacrifiés.

Ou alors, elle est séduisante comme les fonds marins, ceux dont les coraux mauves et le silence aspirent les plongeurs qui s'y attardent, dans une sublime et fatale extase… grisés.

Illusion multiple des jeux narcissiques, des plaisirs à fleur de sens, des miroirs déformants.

Mais Alice au pays des merveilles rencontre un jour la reine, coupeuse de têtes… et attention !

Je n'incite ni à la tristesse, ni à la prudence et encore moins au calcul. J'incite à la justesse. Celle du piano bien accordé.

J'ai toujours adoré le cirque et les acrobates, les trapézistes surtout. J'ai compris pourquoi dans un éclair, il n'y a pas très longtemps, leur art est la transcription philosophique toute simple de la condition humaine. D'abord, ils doivent trouver l'équilibre entre ciel et terre sans jamais perdre de vue ni le haut du chapiteau, ni la piste, dont leurs corps est le point d'équilibre.

Ensuite, il faut savoir vaincre sa peur, sans tricher. Car la précipitation comme la raideur entraînent la mort. Exactement comme dans la vie, elle entraîne l'échec.

En outre, leur condition les oblige à une totale confiance en eux-mêmes, sans laquelle rien n'est possible, ainsi que dans une totale confiance en l'autre. (Imaginez le partenaire distrait au moment du saut périlleux.)

Le fait de devoir compter sur soi, d'être responsable, mais aussi sur l'autre, donc d'être *généreux*, entraîne de vraies relations de partage, sans parasitage ou arrière-pensée, où la totale complémentarité de ce que deux êtres peuvent se donner trouve son expression plastique la plus dépouillée.

Il faut être capable de travailler des années (endurance) tous les jours (constance) pour un numéro qui ne dure que quinze minutes au maximum.

pourra plus rien contre vous. Rien ne saura vous décentrer, comme le funambule vous aurez trouvé l'équilibre, la joie, le bonheur. Patience...

Vous n'aurez pas eu d'amoureux fasciné et de courtisan rampant, mais vous rencontrerez une seule âme à la couleur de la vôtre, sans fioritures inutiles, sans mensonge et sans tache. Le cristal ne s'unit pas avec de l'aggloméré. Les hommes qui viendront à vous seront ceux qui ne savent pas trahir, car votre lumière les aveuglerait.

Je laisserai conclure Rajneesh avec cette parabole qu'il aimait raconter et qui est la quarante-huitième d'un jeu de cartes très intéressant, mais conçu pour guider chacun dans sa vie spirituelle :

« Un jour un paysan vint faire ses doléances :

– Seigneur Dieu, dit-il, tu es notre créateur, certes, mais tu n'as rien d'un fermier, tu ne connais par l'ABC de ce métier, cela se voit. Tu ferais mieux de t'informer.

– Que veux-tu dire ? s'enquit Dieu.

– Confie-moi la direction du monde pendant un an et tu verras. Je chasserai la famine de cette planète.

Dieu accepta et céda la place au paysan. Celui-ci commanda les meilleures conditions climatiques et interdit les orages, les vents violents et tout ce qui pouvait abîmer la végétation. La vie se déroulait douillettement, les champs recevaient la pluie dont ils avaient besoin et du soleil en temps voulu. Tout était parfait, le paysan exultait :

– Regarde ! dit-il à Dieu. Les moissons seront tellement abondantes qu'il y aura de quoi nourrir la population pendant dix ans sans travailler.

Hélas ! lorsque le blé fut moissonné, les épis s'avérèrent vides.

– Que s'est-il passé ? demanda le paysan à Dieu. »

Voilà la leçon que toutes ces années d'observation et d'écoute m'ont laissée :

« – L'absence de friction, de tension et de défi a rendu le blé impuissant. Une certaine dose de difficultés est indispensable. Les orages et les éclairs secouent et éveillent l'âme du blé. »

Un message à l'opposé de celui de la culture ambiante, encourageant la facilité et la précipitation dans le quotidien. Là où je croyais la vie injuste, je l'ai découverte subtilement équitable. Quant à la voyance elle-même, au-delà des déceptions, des bourdes, des erreurs d'interprétation dont je reconnais, bien sûr, pouvoir être l'auteur comme tous mes confrères, je ne cesse de croire en son utilité, non en sa nécessité, plus encore dans une société moderne, que dans une société traditionnelle. Car elle est peut-être la seule « démonstration » de l'existence de facultés extrasensorielles qui peut amener l'homme d'aujourd'hui à douter du matérialisme, et parce qu'elle parle d'introspection, de dépouillement, d'essentiel, là où tout nous pousse à la distraction, à l'accumulation et à la superfinalité.

Je me trompe ? Oui, heureusement. Car il y a – parfois – plusieurs futurs possibles et par son attitude, le consultant peut faire basculer son destin. Mon rôle n'est pas de paralyser l'autre en assenant des fatalités, mais de baliser des chemins.

Mais ma pratique quotidienne de la divination, et aussi l'observation de cet art chez mes confrères et dans l'histoire me permettent d'affirmer sans hésiter que la voyance est une prospection en fait beaucoup plus fiable que ce que je pouvais imaginer lorsque je découvris son existence.

Si son interprétation demande une certaine circonspection et une vraie expérience, la voyance doit cesser d'être traitée en curiosité ou en jeu de société. L'état de nos difficultés croissantes à la fin de ce deuxième millénaire va exiger une compréhension *globale* des problèmes, ce qui est une approche opposée à celle du cartésianisme, qui, comme chacun le sait, coupe les problèmes en morceaux de plus en plus petits pour tenter de les solutionner.

Or, ce que les chercheurs en parapsychologie appellent la « fonction psy » est la pure expression de cette approche globale.

Nous n'aurons plus le temps de hacher menu chaque difficulté. Redonner collectivement à l'intuition sa vraie place dans les décisions est notre seule issue. Mais c'est une révolution culturelle. Qui a déjà commencé.

Henri Poincaré, célèbre mathématicien français, ne disait-il pas : « Il faut bien que le hasard soit autre chose que le nom que nous donnons à notre ignorance », comme le rappelle si justement Marcel Odier, déjà rencontré ? Si j'ai accepté avec joie de collaborer d'emblée avec la Fondation Marcel et Monique Odier, ce n'est pas tant à cause du prestige de Rémy Chauvin et d'Olivier Costa de Beauregard, dont je rappelle qu'il fut un des proches collaborateurs du prix Nobel de physique Louis de Broglie à l'Institut Henri-Poincaré. Mais parce que la fondation a pour objectif de base de reconsidérer les sciences humaines à la lumière de la nouvelle physique relativiste quantique. Si ce but semble abstrait, ses applications pratiques pour la vie de chaque jour sont à terme innombrables. Un projet qui est aussi le mien. Car il est urgent d'en terminer avec la négation des possibilités psychiques de l'humanité à un carrefour de notre histoire, où il sera *impératif* de les connaître et de les utiliser pour survivre.

Voici un extrait des objectifs principaux que se donne la Fondation :

Article 3

But

La Fondation Marcel et Monique Odier de psychophysique a pour but :

L'étude méthodique et scientifique des relations entre :

a) La conscience et la matière et, d'une manière plus générale, entre le domaine de la psychologie humaine ou animale, et celui de la physique ;

b) Consciences et consciences hors des moyens de communication habituels ;

c) La conscience et l'espace-temps.

L'utilisation, à ces fins, de toutes méthodes, notamment de celles utilisant l'électronique et l'informatique. La Fondation pourra collaborer et participer financièrement à des recherches entreprises par d'autres personnalités ou organismes scientifiques, à condition qu'elles cadrent avec son but et ses méthodes.

La publication de textes ou d'autres objets de communication relatifs à ces recherches.

Voilà un programme qui m'a paru suffisamment cohérent pour arriver à désarçonner le vieux bastion rationaliste.

Mais je reste cependant sceptique sur la preuve scientifique de la voyance. En effet, elle a déjà été très largement faite dans les laboratoires de Princeton aux États-Unis, par exemple. Mais le matérialisme est une religion intégriste dont les dangers se résument à notre état d'échec collectif.

Mario Varvoglis, docteur en psychologie expérimentale, dévoile avec clarté les résultats indiscutables de soixante années de recherche rigoureuse, en France et dans le monde, dans son livre *La Rationalité de l'irrationnel*. Ces laboratoires, de Princeton à New York, ont permis de mettre en évidence que dans sa conclusion, comme le dit l'auteur, « le psy n'est ni chaotique, ni incompréhensible, ni même rare, mais il constitue une potentialité universelle capable de manifestations intelligentes agencées en fonction de buts précis ».

Sans m'appesantir, je ne résiste pas à raconter ici de simples faits racontés par Rémy Chauvin.

En observant les cultures primitives, l'auteur s'est rendu à l'évidence que leur connaissance, médicale notamment, ne pouvait provenir de l'expérimentation telle que la science moderne la concevait, mais relevait de la pure intuition.

Qui a enseigné au sorcier éthiopien, lorsque, pour soigner un blessé, il enveloppe ses mains dans le péritoine d'une chèvre, qu'il reconfectionne ainsi de véritables gants *stériles* ? Quelle expérience de laboratoire lui permet-elle de savoir, lorsqu'il nettoie une plaie et la recoud avec des fourmis – qui en mordant les deux lèvres de la blessure les rapprochent ainsi –, que la salive des fourmis est antibiotique ?

Qui a enseigné à l'Indienne mâchant du fenouil que cette plante, qu'il est nécessaire d'absorber *plusieurs semaines* avant d'en connaître les effets, est contraceptive ?

Rémy Chauvin n'hésite pas à parler de « télépathie homme-plante » pour expliquer ces phénomènes qui ne peuvent être culturellement expliqués par l'expérimentation.

Comment se demander encore si la voyance est de la psychologie quand, en 1967, le président du département de géologie de la prestigieuse université d'État à Moscou n'hésita pas à déclarer que l'utilisation de médiums spécialisés avait permis de réduire de trente pour cent les fouilles nécessaires à la recherche des gîtes aurifères du nord du Caucase, augmenté de soixante pour cent la découverte de minéraux rares en Carélie, de trente-cinq pour cent la découverte de nouveaux minerais au Kazakhstan ?

Je pourrais citer – et il y aurait matière – encore de nombreux faits de voyance remarquables, dans tous les domaines « sérieux », pour échapper définitivement aux avis dubitatifs du cadre moyen mal informé par une société qui ânonne délibérément un savoir parce que la révélation met en cause sa légitimité. Peut-on laisser une poignée d'hommes irresponsables priver l'humanité de ses ressources pour le simple maintien de leurs prérogatives intellectuelles et économiques aussi, si... si... en risquant aussi de tous aller à la dérive ?

Parce que la parapsychologie met en échec une vision mécaniste du monde, son haut degré de subversivité la condamne.

Car les recherches sur les phénomènes parapsychologiques révèlent avec clarté notre participation intime au tout. Et lorsque, selon les termes de Mario Varvoglis, *Les Deux Visages de Janus*, science et tradition ésotérique se retrouvent face à face, les bons vieux matérialistes et athées se sentent guettés par une fin inéluctable. Alors, dans un joli mouvement de désespoir, qui n'est pas sans rappeler celui des naufragés du *Radeau de la Méduse*, ils s'accrochent à leur bastion universitaire et se livrent à un *déni* et à une persécution systématique d'une matière, la parapsychologie, qui, avec leur propre outil, met tout leur système de croyance en échec.

L'exemple de l'enquête du docteur Barker au sujet de la catastrophe d'Aberfan, où périrent des écoliers, qui plongea le pays de Galles en deuil en 1966, est révélateur d'une capacité commune de prédire les catastrophes collectives. Qu'a-t-il observé et que s'est-il passé ?

Le 21 octobre 1966, une colline de débris miniers et de charbon glissa sur une école d'Aberfan, tuant cent quarante-quatre personnes dont les cent vingt-deux enfants de l'école.

Le docteur Berker, psychiatre, imagina la possibilité d'une précognition collective de la catastrophe et fit un appel à la presse, à toutes les personnes qui croyaient avoir vu la prémonition, à condition qu'elles en aient fait part à des témoins qui voudraient valider leur récit.

Il reçut un nombre de lettres considérable, plus ou moins sérieuses bien sûr, mais dont plusieurs d'entre elles retinrent son attention. Certaines émanent de personnalités parfaitement crédibles et sont corroborées par un nombre de témoins impressionnant.

Alors, il est urgent que l'humanité redécouvre son potentiel visionnaire, dont j'ai de bonnes raisons de penser que c'est lui essentiellement qui la sauva autrefois des fléaux, qui autrement l'auraient décimée.

J'ai parlé de l'existence de pratiques chamaniques remontant à la préhistoire. Je crois que c'est dans nos racines et dans la redécouverte des pratiques spirituelles, prioritairement, que nous allons demain trouver des réponses à nos questions, tant spirituelles qu'écologiques. Car la vision chamanique dans laquelle l'homme est un élément d'un grand tout, au même titre que les animaux et les plantes, nous fournira les ressources de la reconstruction, après cataclysme.

Si j'ai trouvé dans la découverte, et depuis peu dans la pratique du chamanisme, une réponse à mes questions, c'est parce que la vision du monde qu'elle propose correspond trait pour trait à ce que j'ai toujours su et résume parfaitement ma position entre « ciel et terre ».

Ce que je savais, il y a six ans, des Indiens d'Amérique, c'est ce que la culture de mon pays m'en avait raconté. Les Peaux-Rouges, je les voyais comme des sauvages, pris dans des superstitions dépassées, auxquels je reconnaissais la dignité du peuple primitif, mais j'étais loin de deviner à quel point ils allaient m'enseigner et... pas seulement par les livres.

Tout commence en 1990. Sur le plateau d'« Ex-Libris », Évelyne Faure, créatrice de l'Espace bleu, librairie ésotérique parisienne dont la réputation n'est plus à faire, m'offre un livre, *La Femme étoile,* de Lynn V. Andrews, qu'elle vient d'éditer.

Il s'agit de l'aventure d'une femme au milieu de vieilles Indiennes au Canada, un peu sorcière, un peu voyante, un peu poète.

Je le range dans la bibliothèque. Je ne l'ouvre même pas. Les primitifs, ce n'est pas mon truc. Ça m'ennuie. Il m'arrive alors une curieuse expérience dans un zoo : je rentre dans la peau d'un tigre, comme ça, quelques secondes.

Je ne sais pas encore que les chamans ont ce qu'ils appellent des « animaux de pouvoirs », au travers desquels ils exécutent leur voyage et réalisent leurs actions dans d'autres mondes. Toujours pas de *tilt*. Jusqu'au soir où mon ange gardien me passera clairement le message.

C'était un après-midi d'été. Je déteste les zoos. Comme les prisons. La captivité est une forme de violence qui me hérisse viscéralement. Mais, pas toujours assez en accord avec mes convictions, cédant aux pressions d'un couple d'amis, je me suis fait embarquer. Ma fille, à laquelle je n'ai pas encore parlé de mes opinions, est aussi indignée que moi : « Qu'est-ce qu'il a fait, le lion, pour être en prison ? Il a volé ? » dit-elle devant une cage.

Nous n'y remettrons plus jamais les pieds.

Il fait chaud cet après-midi-là. Je souffre de cette odeur et de ce spectacle. Je me tais par politesse, mais je suis écœurée.

Mon état émotionnel (souffrance) plus la chaleur (fatigue) me conditionnent parfaitement, sans que je le sache, pour vivre une nouvelle expérience d'élargissement de mon champ de conscience. Je vais vivre une décorporation au milieu d'une foule de familles inconscientes et souriantes, venues montrer innocemment à leurs enfants le spectacle d'animaux pour lesquels la captivité est une torture.

Derrière ses barreaux, la panthère noire va et vient dans un mouvement régulier. Tel un balancier, elle m'hypnotise littéralement. Je la fixe, hagarde, jusqu'au moment où j'ai le sentiment de me *vider*. Et là, tout bascule. J'ai mal dans le nez (je n'ai toujours pas expliqué le phénomène – comme si ma cervelle était en train d'exploser et fondait dans mes narines).

Je ne savais pas que les médecins pratiquant l'hypnose se servent d'un crayon, qu'ils balancent régulièrement devant les yeux de leurs patients, et que les sorciers et chamans du monde entier provoquent avec un roulement de tambour le même type de mouvement, suffisamment régulier et obsédant que celui qu'effectue cette bête.

Puis, tout bascule. Je me vois... de l'extérieur. Je suis devenue elle. Et j'ai envie de m'attaquer. Je découvre que nous sommes pour un fauve de gros steaks ayant le mauvais goût de s'habiller et de se parfumer (dégoûtant, le parfum pour un fauve – toxique).

Elle-Moi bouge. Je vis la griserie d'avoir ce corps puissant. Mais je vois en noir et blanc et j'entends *beaucoup plus fort*. Surtout je *sens* tout. Très fort. Très loin. Je deviens un odorat et je sens s'ouvrir ma mâchoire d'acier. L'odeur humaine me donne envie de tuer. Je suis un paquet de nerfs, rapide et haineux, prédateur.

Puis, plus rien.

Retour à la normale. Je revois en couleurs. La sauvagerie s'arrête, l'oppression aussi. Je suis rentrée dans mon petit corps mollasson et libre. J'ai mon blues sentimental d'être humain qui n'aime pas l'oppression.

Ma première réflexion intérieure, c'est qu'un fauve est vraiment une machine à tuer, dépourvue d'émotions affectives, telles qu'on les conçoit. Dans ses yeux, je me suis vue en steak. Ça fait drôle. La panthère ne peut pas savoir que je l'aime. J'ai froid dans le dos et je garderai toute ma vie une peur des fauves et une réelle conscience de l'extrême danger qu'ils représentent. Ce n'est pas une raison pour en faire des descentes de lit, mais ça guérit à jamais des envies de gratouiller entre les oreilles, comme Paula le faisait à Clarence, le célèbre lion loucheur de la série « Daktari », qui avait fait la joie de mon enfance.

Pendant quelques secondes, j'ai été Elle. Moi-même en même temps, mais Elle *aussi*. Et j'ai eu envie de manger des enfants, parce que leurs mouvements exaspéraient mes nerfs à vif. Leur odeur, c'est ridicule à dire, mais soyons clair… me mettait en appétit.

Je culpabilise vaguement. Je rassemble mes esprits.

Et l'expérience de la puissance me fait réfléchir à la fragilité, par contraste. J'ai été marquée, petite fille, par un livre qui fut un best-seller, il y a une trentaine d'années, *Née comme ça,* de Denise Legrix.

Cette femme, née sans bras et sans jambes, racontait dans deux volumes sa vie et sa croisade.

Un passage avait impressionné plus particulièrement ma mémoire, c'était celui où elle disait avoir fait l'expérience de devenir une autre, en l'occurrence, une jolie jeune fille en blanc, marchant sur la route.

Elle-même était étonnée d'avoir vu par d'autres yeux, et chose étrange, d'avoir connu la sensation de la marche qui lui était étrangère, vu son état.

Voir par des yeux humains différents des siens et marcher par des jambes que l'on ne possède pas, passe encore, mais un fauve… tout de même ! C'est un changement d'espèce.

Alors je me documente et je découvre des histoires de loups-garous qui hantent l'inconscient collectif…

Les procès de sorcellerie regorgent d'exécutions de sorciers et de sorcières, dont les documents d'époque prétendent qu'ils tuaient tantôt sous forme humaine, tantôt sous forme animale. Ainsi, Gilles Garnier, né en 1574 à Dôle et dont l'acte d'accusation reprenant ses crimes divers et sanglants (cannibalisme en prime…), parle bien d'un aspect animal.

Légende ? Sûrement.

La transformation ne saurait être totale. Mais la conscience n'est pas si distinctement indissociable du corps que l'on a l'habitude de le croire.

On peut se demander jusqu'à quel point le phénomène de « possession », par un esprit animal, peut provoquer des transformations physiques réelles.

Témoin, cette anecdote rapportée par William Seabrook : une émigrée russe entra en transe à la lecture de l'hexagramme 49 du *Yi-King,* « La Révolution », qui utilise la symbolique des métamorphoses, d'une fourrure animale. La pauvre femme se serait mise à baver et à pousser des cris qui ressemblaient à des aboiements. Un témoin, en tentant de la sortir de là, aurait été mordu à la gorge.

Chaque culture regorge d'histoires similaires.

Harry B. Wright décrit un rite appelé « danse du léopard », durant lequel un sorcier entre en transe, créant un « léopard mental », jusqu'au moment où arrivent vraiment trois léopards adultes, en plein milieu de la cérémonie, attirés par l'animal « astral » créé par le sorcier…

Cette empathie avec les tueurs est-elle une tentative psychologique de sublimation du danger, un réflexe primitif d'adaptation immédiate à la longueur d'onde de l'autre ?

Mais moi, je n'avais pas eu la sensation d'être envahie par la panthère, mais plutôt de l'avoir « possédée » quelques secondes. Et sans le savoir je venais de faire mon premier exercice de chamanisme.

Puisque les chamans chevauchent, non pas des balais, mais leurs « animaux de pouvoirs », dans les autres plans de conscience où ils travaillent, il ne s'agit plus de prendre l'énergie d'un animal distinct, comme je l'ai fait d'ailleurs statiquement dans ce zoo, mais d'employer le pouvoir d'animaux gardiens archétypiques qui prêtent selon leur espèce leur pouvoir respectif. Il ne s'agit pas de « squatter » un aigle comme je le fis avec ma panthère, mais de réussir à se concilier le pouvoir de « L'AIGLE », dans sa vision perçante, sa majesté, sa rapidité, sa force et d'agir avec lui.

Au fil de mes recherches, je découvris que les « animaux de pouvoirs » protégeaient les chamans lors de leur travail sur d'autres plans de conscience.

S. Nicholson raconte qu'un Esquimau Netsilik, considéré comme un maître en la matière, possédait au moins six esprits alliés : un scorpion de mer, une baleine, un chien noir, et trois fantômes de personnes décédées.

Car il n'y a pas que des dormeurs dans le monde astral. Ni des désincarnés. Des animaux y vivent aussi...

Mais j'étais encore loin, dans mon zoo surchauffé, de penser que je pourrais un jour diriger (humblement encore...) ce type d'expérience pour la réaliser de manière à élargir ma voyance et à commencer à agir sur d'autres plans de conscience. En empruntant par exemple la forme d'un aigle royal pour tirer un ami, Pierre – consentant –, d'un conflit dangereux, en agissant durant son sommeil.

L'aigle dont je pris mentalement la forme brisa de son bec les chaînes qui emprisonnaient mon ami et, le prenant dans ses serres, alla le déposer sur le haut d'une colline, à l'abri, dans une petite maison de bois.

Il ne se serait agi que d'un rêve éveillé si le beau-frère de Pierre, qui menaçait sa carrière et son honorabilité en ayant déposé plainte contre lui d'une manière parfaitement injuste, ne s'était rétracté huit jours plus tard, cessant brutalement les hostilités qui duraient depuis des années et dont cette action en justice était le point culminant.

Et pourtant, il y a un an à peine, je ne savais pas ce que le mot chamanisme voulait dire vraiment jusqu'à ce que mon ange gardien me mette les points sur les « I ».

Quand mon ange gardien me parle : Messages personnels et prémonitions collectives

Ce que dit mon ange tel un visage se dessine peu à peu sur une toile, d'abord au fusain, par quelques traits légers ; puis les ombres se marquant, le regard se définissant, lentement, j'ai découvert mon guide.

Rien de fracassant. Pas d'expérience brutale. Pas d'apparition. Une rencontre progressive, une histoire d'amour essentielle, inconditionnelle bien au-delà de ce que ma vie, qui n'a pas été trop mal remplie du côté des émotions passionnelles, ne m'avait donné.

Bien sûr, je ne savais pas que j'avais un ange gardien. Pas plus que je ne savais que j'étais voyante.

Pas plus que Pierre Jovanovic, auteur d'*Enquête sur l'existence des anges gardiens*, ne comprit d'abord pourquoi, assis dans sa voiture, il s'était jeté brutalement et sans raison sur sa gauche, alors que, quelques secondes plus tard, une balle venait traverser son pare-brise et l'aurait condamnée à mort.

Contrairement aux innombrables témoignages d'aviateurs, de soldats, de marins de tous continents qui racontent toujours comment « des êtres de lumière », « vêtus de blanc », « brillants comme des ampoules électriques », les ont prévenus du danger *in extremis*, j'ai découvert mon ange sans drame et je ne l'ai d'ailleurs pas nommé tout de suite.

Discret, il ne m'a pas effrayée.

J'ai un souvenir lointain. Je suis adolescente. Renversée par une crise de larmes dans ma chambre. J'ai une envie de mourir à la limite du supportable et je pense au suicide, une fois de plus et pas la dernière, puisque j'ai en gros passé une dizaine d'années de ma vie, de treize à vingt-trois ans, à me poser la question sérieusement au moins une fois par semaine.

Alors que je suis muette, le nez dans le dessus-de-lit en fausse fourrure, arrive une sensation très douce. Je me sens entourée. Bercée. Cette qualité d'amour, je ne la connais pas. Et, étrangement, je suis comme « régénérée » en un quart de tour, alors qu'il me faut habituellement plusieurs heures pour me remettre de ces clashs émotionnels.

Et j'oublie. Mais ma famille n'a pas de culture religieuse très présente et pas non plus de connaissance mystique, ni de convictions réincarnationistes.

Tout cela se passe en banlieue ouest, bien tranquille, sans enseignement théologique d'aucune sorte, je *sais,* et je n'oublierai jamais après cette étrange expérience de régénération, qu'il ne faut pas que je me suicide car je risquerais alors de me réincarner encore et encore avec les mêmes difficultés et qu'il faut les résoudre tout de suite. Une connaissance est passée. Et c'est depuis ce jour-là une certitude : mettre fin à ses jours c'est reculer pour mieux sauter.

Les années passent. Je commence vers dix-sept, dix-huit ans à prier beaucoup. Ma quête commence.

Je me tourne vers ce que je connais : l'Église catholique. Et mon ange se rapproche encore d'un mètre, comme une biche, il m'apprivoise.

Un souvenir, plus net cette fois.

Je suis en faculté de droit et je travaille dur. Pour faire une pause, je m'accoude, au crépuscule, sur une fenêtre de l'amphi vide et je regarde les voitures passer sur les périphériques.

Je commence à prier : « Notre Père qui êtes aux cieux... » et là, je sens physiquement une douceur m'envahir de la tête aux pieds. D'étudiante fatiguée, je deviens un loukoum rose, ébahi, inondé de bonheur. Un amour incommensurable me soutient et un message, d'ordre télépathique, me parvient : « IL EST DUR, TON CHEMIN, MAIS JE SERAI TOUJOURS LÀ, TOUJOURS PRÈS DE TOI. »

Évidemment, je pense : « C'est Jésus » et ça me fait tout drôle. Consciente du ridicule, je garde ma petite histoire pour moi.

Mais pendant plusieurs jours je suis complètement différente. La vie me paraît infiniment belle... J'ai une clémence sans bornes et là, intervient une deuxième manifestation. Comme si l'expérience d'« amour universel » que j'ai faite beaucoup plus tôt, adolescente, se renouvelait maintenant avec un plus. Et ce plus, je commence à me rendre compte qu'il s'agit d'un autre.

Je décide un soir de rentrer de la faculté (Malakoff) à pied, dans le XVe, où je vis encore avec ma famille.

C'est l'hiver. Ça fait une petite trotte. Je m'assois sur un banc. Et, près de moi, je sens à nouveau la lumière. Même chaleur, même bonté, même apaisement immédiat, même sérénité.

Mais intervient un nouvel élément : le contact. Je ne le « vois » pas encore mais je sens quelque chose qui prend ma main. Cette douceur, aucun être humain ne peut la donner.

L'impression est tellement forte que je m'effondre en sanglots.

– Ça va pas, mademoiselle ?

Un vieux monsieur me tape sur l'épaule. Son épagneul me regarde, interrogateur, et remue la queue.

Scène banale. Un retraité modeste, avec son caddie et un vieux toutou en laisse. Et je perçois soudain qu'eux aussi sont nimbés dans cet amour.

Je ne sais plus ce que j'ai répondu. Je suis repartie dans les rues. Avec ma petite serviette. Je me voyais marcher, dans mon manteau bleu marine, avec mon serre-tête BC-BG et je découvrais à la fois que j'étais peu de chose dans l'univers, mais aussi que j'étais très importante pour quelqu'un qui m'aimait absolument, sans la moindre exigence, sans me juger, sans me mettre à l'épreuve.

Ce jour-là, je découvris son humour, j'avais des collants en laine qui plissaient vilainement aux chevilles. Or, ce genre de prise de conscience amenait ordinairement chez moi un sentiment de honte et de gêne mêlées. Et ce jour-là, je me vis au travers de ses yeux. Il est beau, le regard de l'ange sur l'homme.

Il faudra la projection des *Ailes du désir* de Wim Wenders pour que je trouve enfin une expression de ce que j'avais vécu là.

J'étais fatiguée, il aimait ma fatigue.

J'étais angoissée, il promenait sur moi sa douceur.

Mes failles le remplissaient d'amour et mes collants plissés étaient à ses yeux *émouvants*.

Ce qu'il y a de terrible avec l'ange gardien – je ne le nommais pas encore comme ça –, c'est que l'on ne peut pas lui rendre le centième de l'amour qu'il nous porte.

Cette expérience, des centaines d'hommes et de femmes l'ont faite.

Dans son enquête Pierre Jovanovic répertorie les différents types de manifestations d'anges gardiens que nous reprendrons brièvement ici.

Les apparitions liées à la mort. Tout le monde connaît le travail de Raymond Moody qui étudia les Near Death Experiences, c'est-à-dire le témoignage de personnes ayant frôlé la mort ou ayant été déclarées décédées quelques instants. Tous décrivent un processus relativement similaire : sortie du corps, passage dans un tunnel, vue de leur vie en accéléré, rencontre avec une lumière, mais beaucoup d'entre eux décrivent aussi « des êtres tout blancs avec de grandes robes » et toujours irradiant d'amour.

Ensuite, il y a les apparitions ayant pour but d'éviter un accident. Elles existent là encore par centaines. Je choisis celle-ci car elle touche des enfants : Mai 1986, Cokeville dans le Wyoming. Un fou vient d'envahir une école primaire et menace de faire sauter une bombe. La bombe explose. Mais il n'y aura pas un seul enfant décédé. Que s'est-il passé ? Les enfants raconteront que des « voix », des « êtres de lumière », « très gentils », leur ont dit comment échapper à l'explosion et se mettre à l'abri.

Puis viennent les mystiques. Les saints et visionnaires nombreux qui, tous, évoquent les anges dans les mêmes termes de « lumière », « beauté », « rayonnant », que les laïques, victimes ou prévenus d'accidents.

Mais ce sont les témoignages de laïques, pour beaucoup athées, qui me paraissent les plus révélateurs.

Ainsi ce soldat blessé, au bord de la mort, qui déclare avoir vu « deux filles superbes, blondes avec des robes blanches », qui souriaient au pied de son lit.

Un témoignage m'a touchée : celui d'une jeune femme défigurée à la suite d'un accident, qui pour la première fois réalise l'ampleur de son drame à la sortie de l'hôpital. Elle n'est plus en danger de mort mais sombre dans une crise de nerfs atroce. Elle ressent la fameuse paix puis voit l'être « irradiant » qui l'emmène jusqu'à une lumière blanche, dont elle dit qu'il s'agit « de l'intelligence, la sagesse, la compassion, l'amour et la vérité ».

Même sensation de connaissance absolue, même amour... Je précise qu'elle avait grandi dans des valeurs matérialistes et n'avait pas plus de culture religieuse que moi.

Et puis les années passent, mon ange n'a cessé de se rapprocher. Surtout depuis l'exercice de mon métier, bien sûr. J'ai la certitude que la pratique quotidienne de la divination n'a fait qu'intensifier mon ouverture spirituelle, me rendant poreuse. Et en lâchant prise, puisque la divination permet de baliser un peu les événements, je l'ai laissée régler les détails pratiques de ma vie.

Étrangement, tout s'ordonne. Je ne fais presque aucune démarche. Je me plais à être une plume dans son souffle. Et tout rentre dans l'ordre. Je rate l'avion qu'il faut pour éviter une fâcheuse rencontre, je cherche une documentation sur un peintre et, en rentrant dans une église, je trouve, oublié, dépassant de derrière un confessionnal, un

Connaissance des Arts vieux de... quatre ans, consacré à l'artiste en question et épuisé.

Je ne vais pas énumérer la liste, elle est infinie.

Une toute petite anecdote encore.

Je sors de la pharmacie et en déballant mes médicaments, j'enrage ! Pourquoi m'a-t-on donné un remède pour les spasmes, alors que je voulais autre chose...

La nuit qui suit, je suis prise d'une crise de coliques atroces. La boîte tombait vraiment bien, car je ne sais pas comment j'aurais supporté une telle douleur le temps d'appeler un S.O.S. de nuit, une nuit de dimanche à lundi, ni *qui* serait allé acheter le médicament à ma place, à trois heures du matin, car je ne pouvais matériellement pas prendre ma voiture dans un tel état.

Alors, à force de voir ma vie s'organiser toute seule, comme pour me permettre de consacrer tout mon temps à mon travail spirituel et émotionnel et pour avoir l'esprit libéré pour mes consultants, et à force de rencontrer mon ange dans mes moments difficiles, j'ai commencé à nouer avec lui une vraie relation.

Et nous avons trouvé un moyen de parler, non plus télépathiquement, mais vraiment, avec des mots.

Tout a commencé il y a deux ans, l'été 1992.

Je me suis mise à lire beaucoup. Beaucoup plus qu'autrefois. Consultants, amis, tout le monde m'offre des livres, de toutes sortes. J'en parcours certains, j'en délaisse d'autres. Mais cet été-là, c'était un vrai festival de coïncidences : jour après jour, « on », et des gens qui ne se connaissaient pas, m'offrait des livres, qui, dans un certain ordre, répondaient point par point à toutes mes questions.

Une nuit, vers deux heures du matin, la douce présence est revenue. Belle, chaude, bonne, si bonne... Et là, j'ai senti qu'il voulait me *dire* quelque chose.

J'avais une pile de livres sur la table. C'était après la mort de Léo. Je compris que c'était lui qui avait voulu m'avertir en faisant tomber le « ATTENTION AU CHIEN » de la bibliothèque.

J'avais entendu parler de « Bibliomancie ». Cette pratique qui consiste à ouvrir la Bible à un endroit pour avoir une réponse.

J'ai décidé avec mon ange qu'il n'aurait qu'à glisser ses messages au-dessus de chacun de mes pouces en retenant un mot ou un groupe de mots, et qu'il n'avait qu'à guider mes mains pour que le livre s'ouvre à la bonne page.

Dans la pile de livres qui était devant moi, il y avait du Saint-Exupéry et aussi des romans moins brillants, quelques livres spirituels et une ou deux biographies. En tout, une dizaine d'ouvrages.

J'ai pensé mentalement : « Pourquoi suis-je sur terre ? À quoi je sers ? » Et voici le texte obtenu :

CHAMANISME ET LIBÉRATION – PARANORMAL – RÉPÉTER CELA JUSQU'À LA FIN DE TES JOURS – AU DÉSERT ON OUBLIE VITE LA CIVILISATION, LE TEMPS – COLLÈGUES MINISTRES DÉCÉDÉS AVANT LUI, TOUT AUSSI CRIMINELS QUE LUI – DOULEUR – NOUS VIVRONS AUTREMENT – CRÉÈRENT UN PALLIATIF CULTUREL DE GRANDE ENVERGURE.

Puis, ce groupe de mots que je lus en entier qui est extrait de *Citadelle* de Saint-Exupéry :

J'EN AI VU UN (UN ARBRE) QUI AVAIT POUSSÉ PAR HASARD DANS UNE MAISON ABANDONNÉE, UN ABRI SANS FENÊTRE ET QUI ÉTAIT PARTI À LA RECHERCHE DE LA LUMIÈRE...

COMME L'HOMME DOIT BAIGNER DANS L'AIR, COMME LA CARPE DANS L'EAU, L'ARBRE DOIT BAIGNER DANS LA CLARTÉ, CAR PLANTÉ DANS LA TERRE PAR SES RACINES, DANS LES ASTRES PAR SES BRANCHAGES, IL EST LE CHEMIN DE L'ÉCHANGE ENTRE LES ÉTOILES ET NOUS – CET ARBRE NÉ AVEUGLE AVAIT DONC DÉROULÉ DANS LA NUIT SA PUISSANTE MUSCULATURE ET TÂTONNÉ D'UN MUR À L'AUTRE ET TITUBÉ, ET LE DRAME S'ÉTAIT IMPRIMÉ DANS SES TORSADES.

PUIS AYANT BRISÉ UNE LUCARNE DANS LA DIRECTION DU SOLEIL, IL AVAIT JAILLI DROIT COMME UN FÛT DE COLONNE ET J'ASSISTAIS AU MOUVEMENT DE SA VICTOIRE.

J'étais abasourdie. Tout y était.

Imaginons le nombre de mots que représentent dix livres ! Combien de milliers ? Combien de chances d'avoir un texte aussi cohérent ?

Le mot chamanisme était prononcé. Je n'aurais sûrement pas relevé si le reste du texte n'avait pas été bouleversant de vérité. J'étais assommée. Quant à la métaphore de l'arbre, elle donnait un sens à toutes les années noires de mon enfance et de mon adolescence… J'allais juste devoir m'intéresser au paranormal jusqu'à la fin de mes jours et dans des lieux reculés (désert) !

Ensuite, je continuai tout de suite en lui demandant de me laisser un message pour me préciser son rôle auprès de moi et j'obtins :

T'AMENER DANS UNE PROMENADE OÙ LES PAS SE SUIVENT L'UN L'AUTRE – T'ASSEOIR SUR LA MONTAGNE DONT SONT RÉSOLUS TES LITIGES ET TE LAISSER FAIRE TA VÉRITÉ – REMPLAÇAIT TOUT SIMPLEMENT PAR CELUI D'AMOUR.

Je précise que ce texte, qui semble être une belle pensée continue, provient de trois livres qui n'ont rien à voir ensemble. L'enchantement se poursuit.

Le langage de mon guide me parle très bien. Je comprends tout de suite qu'il se passe quelque chose de vraiment prodigieux. Mais, comme d'habitude, je veux mettre à l'épreuve ce que je suis en train de vivre. J'ai eu la veille un froid, sans grande gravité, avec un ami qui me reproche, sans oser me le dire, de le délaisser. Je sais par un tiers qu'il souffre de mon silence et de mon absence aux invitations qu'il me lance. Mais si je l'aime toujours beaucoup, je n'aime plus son genre de vie et les mondanités m'épuisent absolument. Là où il se ressource, je m'assoiffe. Là où il s'épanouit, je m'étiole. Mais le malentendu est complet : il prend mon indifférence pour du mépris et m'accuse d'un certain sadisme à son égard. Il a dit à une amie : « Maud sait qu'elle peut tout se permettre car je lui garderai toujours mon amitié. »

Je demande alors à mon guide de me décrire ce qui se passe avec cette personne, ce qu'il pense de moi. Et se forme, phrase par phrase, le texte suivant :

MONSIEUR QU'ELLE TRAITE COMME UN CHIEN – MONSIEUR QUI ÉTAIT JALOUX EN DEDANS – DEPUIS COMBIEN DE GÉNÉRATIONS – J'AI VU LES ESCLAVES CHARGÉS DE PEINE – RÉGNANT SANS RISQUE SUR LES ANIMAUX DOMESTIQUES.

Là encore tout y est !

Alors je pose une question idiote. Pour voir jusqu'où mon guide va accepter de m'aider. Étrange, cette façon que j'ai de provoquer l'amour de ceux qui me protègent… Et je lui soumets une demande franchement mesquine sur un petit problème matériel. Je m'interroge sur l'intérêt ou le désintérêt d'une relation à mon égard. C'est une fausse question car, en fait, je me moque bien que cette femme m'appelle ou non pour obtenir quelque chose de moi, d'autant que je peux lui donner sans aucun préjudice la réponse si sanglante :

SHUT UP WILL YOU (Ferme ta gueule, veux-tu !) – REGARDEZ-VOUS PLUTÔT DANS UN MIROIR À TRENTE-SIX FACES – QUELQUES SÉANCES ET VOUS SEREZ RASSURÉE.

J'éclate de rire. Toute seule dans mon salon en pleine nuit. Je suis ivre de joie. Il est là. Il me parle. Lui qui a entendu mon premier cri. Il est arrivé là avec moi. Il m'a suivie partout. Il m'a vue grandir. C'est lui qui a veillé à ce que je ne m'électrocute pas. À ce que je ne me fasse pas écraser, c'est lui qui m'a perfusée d'amour invisible quand le courage m'abandonnait, quand je gisais sur mon lit, bouffie par les larmes.

Il a attendu vingt-huit ans pour qu'on arrive à se parler franchement. J'ai la sensation du gosse séparé de sa famille par les camps de concentration et qui tombe un jour, adulte, après des années de recherche dans les bras d'une dame, retrouvée grâce à une annonce, dans lesquels il peut s'abandonner et hurler : « Enfin toi ! » J'ai l'impression d'être une sirène captive replongée dans l'océan et caressée par l'écume. De vivre un instant d'amour indescriptible, sans la moindre frustration, sans la moindre des angoisses de perte ou d'abandon qui teintent les relations humaines. Son humour m'enchante.

Au travers d'une autre séance de communication faite avec des amies, il se révélera franchement provocateur en conseillant de « donner un coup de pied au cul » à un fâcheux hypocrite dont il était question.

Là encore, de nombreux témoins, recensés par Pierre Jovanovic dans *Enquête sur l'existence des anges gardiens*, parlent de la drôlerie tendre de leurs anges. Le mien me ressemble, il est plus rock'n'roll que « Petit chanteur à la croix de bois » : que voulez-vous, il m'a choisie. C'est en tout cas ce que je sens. L'affinité.

On est loin des chérubins grassouillets et rose anglais, aux petites ailes à sa mémère, qui promènent un regard niais sur le monde des hommes en soufflant dans une trompette bien astiquée quelque cantique lénifiant.

Et ce n'est que le début.

Car les prédictions que je vais obtenir sur l'avenir du monde ne sont pas de la veine « langue de bois » de nos politiques.

Mais, pour le moment, nous venons juste de nous retrouver. J'en veux plus. Je vais chercher un Polaroid. Après coup, je réalise le matérialisme effrayant d'une telle démarche, mais j'aimerais tellement avoir sa photo dans mon portefeuille ! Je suis une midinette. Je pense télépathiquement : « Sois gentil, va devant la porte, je veux te photographier. » Pas de réponse mentale. Clic, clac. Reclic-clac… et rien, bien sûr !

Je reprends mes livres. Je lui demande : « Pourquoi ne veux-tu pas te montrer ? » et j'obtiens le texte suivant :

BOUCLIER QUE LE SOL DOIT PLACER DEVANT LE SOLEIL POUR NE PAS CONSUMER LA TERRE ET NE PAS ÊTRE BRÛLÉ – LES WALKYRIES SONT DEVENUES DES SORCIÈRES – BERNARD EST TRÈS DÉÇU, LÉGÈRETÉ DU CANARI – IL NE LUI VIENT JAMAIS À L'ESPRIT DE POSER DES QUESTIONS SUR CE QU'IL VOIT – LES SÉQUENCES NE LAISSENT PAS DE TRACE ; ELLES SE FONT ET SE DÉFONT.

En clair, cela veut dire : Ma petite fille, si je me montre à toi, je te brûle les yeux car ma vibration est trop élevée pour que tu la supportes sans péter les plombs (bouclier placé devant le soleil). En outre, fais attention de ne pas vouloir verser dans le spectaculaire (les sorcières). Je ne suis pas très content (Bernard est déçu). Tu ferais mieux de profiter de notre relation pour poser de vraies questions, au lieu de faire joujou avec ton appareil photo comme une gamine inconsistante (se font et se défont).

Comment résister à une injonction si douce et si ferme ? Si pleine de vérité ? L'ange est patience, fermeté, sourire. Il le dit lui-même dans *Dialogue avec l'ange* : « Je suis sourire. »

Alors, je formule télépathiquement de plates excuses. J'ai presque honte de moi. Je lui demande comment m'améliorer. Voici sa réponse :

LAISSER APPARAÎTRE LES PENSÉES UNE À UNE ET LES OBSERVER – REGARDER UNE PERSONNE, UN OBJET – CONSERVER INTÉRIEUREMENT LA QUALITÉ DU CIEL SANS NUAGES QUI EST EFFECTIVEMENT POSSIBLE SI NOUS GARDONS LA PERCEPTION DE L'ENSEMBLE QUI SE TROUVE DEVANT NOS YEUX – SI JE TE DIVISE, JE NE T'AI POINT COMPRISE ET JE TE PERDS.

Pensée holographique, c'est-à-dire pensée « globale ». Voilà la recommandation de l'ange !

C'est la voyance, son message, ne rien diviser, tout relier. Comme lorsqu'il me raconte la trajectoire de l'arbre, dans le premier texte obtenu. L'allusion à l'enfance est persistante.

Aucun doute, nous nous parlons. Et je sais que son amour est sans conditions. Comme le sien l'exprime à Earlyne Chaney, ex-actrice hollywoodienne, je sais que mon ange ne me quittera jamais.

Ce que je sens de mon ange me ressemble un peu. C'est comme si notre guide utilisait un langage qui correspondrait au niveau spirituel de celui qu'il est chargé de protéger.

Quand Anne Placier, dans son commentaire du *Guide de la voyance*, précise que « Je ne fais pas de cadeaux », elle insiste sur un côté décapant et ironique qui, je l'avoue, est loin de la sagesse bouddhiste. Et si elle me met la meilleure note – trois étoiles – et cite la rigueur et l'honnêteté qu'elle reconnaît dans mon travail, elle ne m'a pas non plus fait de fleurs en ce qui concerne mon insubordination. Et je ne nie pas, je me sais portée sur la dérision. Acharnée, capable de violence. Mon thème astrologique étant largement gouverné par Pluton, ce n'est pas très étonnant.

Alors, bien sûr, mon ange ne s'exprimera pas comme celui de Pat Devlin, austère et doloriste.

Ni comme les guides appelés « Inspecs » de Robert Monrœ, qui mit au point une technique permettant de communiquer avec nos anges, en les laissant se servir de nos cordes vocales. Or, après observation des variations de tracés neurologiques des sujets, pendant leurs expériences de communication avec leurs guides, les médecins furent formels : le sujet ne pourrait provoquer *tout seul* de tels bouleversements des hémisphères, lesquels, bien sûr, ronronnaient à nouveau parfaitement normalement dès que prenait fin le moment de la communication.

Elisabeth Kübler-Ross a accompagné vingt mille personnes de la vie à la mort. Elle est l'auteur d'ouvrages fondamentaux que j'ai déjà cités. Surprise : elle aussi dialogue avec son ange, enfin « ses anges ». Elle les appelle ses « Spooks ».

Elle aussi a eu la sensation de connaître son ange gardien depuis sa naissance. Et même avant.

Chacun d'entre nous en possède un. Le scénario de la rencontre est variable, comme nous l'avons vu, mais encore une fois, c'est plutôt le cocktail solitude-désespoir-douleur physique que la combinaison Cigarette-Whisky-Minettes qui permet à notre guide de nous apprivoiser.

C'est ainsi.

Et avant de révéler ce que mon ange m'a laissé comme message sur le devenir de notre civilisation, j'ai voulu lui demander son autorisation de publication, puisque, après tout, c'est lui l'auteur.

À la question : ai-je le droit de publier ce que tu me dis, j'ai obtenu ce texte :

VERS OÙ VONT-ILS ? OÙ DOIT LES CONDUIRE LE SEIGNEUR ? POUR CE QUI EST DE MOI, VOUS POUVEZ CONTINUER, ÇA NE ME DÉRANGE PAS – EN N'EFFECTUANT PAS DE GESTES SUPERFLUS L'ESPRIT NE PEUT PAS COMMUNIER QU'AVEC DU SILENCE.

Alors, sans gestes superflus, je vais tenter de livrer ici tout ce que j'ai reçu de lui ; puisque le silence ne suffit plus à la connaissance, parlons...

Mon guide, que peux-tu me dire sur l'avenir du monde ?

PLUS QU'UN FAUVE DEVENANT DANGEREUX, RUSÉ ET INTELLIGENT [1] – DANS SES ROUAGES SECRETS LA PSYCHÉ NOUS RÉSERVE LE PLUS GRAND DES PARADOXES POUR LE DERNIER QUART D'HEURE [2].

UNE DICTATURE VENAIT D'ÊTRE VAINCUE, CELLE DE HITLER, UNE AUTRE DICTATURE, UN AUTRE TOTALITARISME S'INFILTRAIENT PARTOUT SUR LA PLANÈTE [3].

1. Francois Augérias, phrase extraite de *Domme ou l'Essai d'occupation*, éditions du Rocher.

2. Patrice Van Ersel, *La Source noire*, éditions Grasset.

3. Michel Damien, *Raymond Pin, vingt ans dans la forêt*, éditions Calmann Lévy.

ON M'A CITÉ LE CAS DE MAQUERELLES ABANDONNANT LEUR POSTE PAR AMOUR [1].

PAR CHANCE, LES MILITAIRES CONNAISSENT RAONI. EXPÉDITION VENGERESSE MENÉE PAR LEURS ENNEMIS [2].

UNE PORTE EN FER FORGÉ FERME L'ENTRÉE PRINCIPALE – INITIATIVE PRIVÉE DE CE TYPE, PALLIENT UNE DÉFICIENCE, CLAIREMENT AVOUÉE DE L'ÉTAT.

VIT SA FOI COMME UN SERVICE AUPRÈS DES PLUS DÉMUNIS, RECONCILIE DANS LEUR INCONSCIENT COLLECTIF LES PEUPLES DU SUD AVEC LEURS ANCIENS COLONISATEURS [3].

SON CHEVAL A FAIT UN COUP DE SANG.
C'EST À CE MOMENT-LÀ QUE SA VIE A BASCULÉ [4].

CE QUE NOUS CHERCHONS C'EST À FUIR LE PROBLÈME, ET LA SOLUTION EST UN REMÈDE SUPERFICIEL ; AINSI IL N'Y A PAS DE COMPRÉHENSION DU PROBLÈME [5].

UNION DE DEUX ANIMAUX SYMBOLIQUES, DOUBLE ASSIMILATION, SEMBLE INDIQUER UNE CONTINUITÉ DE TRADITIONS QUI REMONTÈRENT AU-DELÀ DU SACERDOCE ÉGYPTIEN [6].

VOUS VIVEZ SUR UNE BOULE INNOCENTE (LA TERRE) ET PAR LA GRÂCE INFINIE LA MALÉDICTION EST DESCENDUE SUR ELLE, AFIN QUE VOUS N'ADORIEZ PAS LA BOULE.

C'EST À L'INTÉRIEUR QUE TU TROUVES L'ÉVEIL, PAS AU-DEHORS MON PETIT SERVITEUR [7].

1. Alphonse Boudard, *La Fermeture*, éditions Robert Laffont.
2. Jean-Pierre Duthilheu, *L'Indien blanc*, éditions Robert Laffont.
3. Frédéric Lenoir et Estelle Saint-Martin, *Mère Teresa*, éditions Plon.
4. Brigitte Lahaie, *Les Sens de la vie*, éditions Michel Lafon.
5. Krishnamurti, *Commentaire sur la vie*, éditions Buchet/Chastel.
6. René Guenon, *Formes traditionnelles et cycles cosmiques*, éditions Gallimard.
7. Gitta Mallatz, *Dialogue avec l'ange*, éditions Aubier.

Joli programme. Sans être une spécialiste de l'analyse de texte, une double idée ressort clairement : nous allons en baver (« guerre », « conflit militaire », « dictature », « dernier quart d'heure », « expédition vengeresse », « coup de sang du cheval », et autres réjouissances).

Nous allons grandir (« maquerelles abandonnant leur poste par amour », « foi au service des plus démunis », « réconciliations des peuples », « initiative privée palliant une déficience »).

Nous allons régler nos problèmes différemment, « Union de deux animaux symboliques, double assimilation » semble indiquer une continuité de traditions (« à l'intérieur tu trouves l'éveil », « afin que vous n'adoriez pas la boule »)...

Si j'ai pris la peine, au sujet de ce dernier message collectif obtenu de mon ange, l'été dernier, de citer les ouvrages avec lesquels je discute avec lui, c'est parce que je tenais à révéler leur diversité.

Bien sûr, quatre sur neuf ont une portée spirituelle, mais je ne peux quand même pas demander à mon guide de répondre à des questions en choisissant des livres dans lesquels il n'existe pas de vocabulaire inspiré. Mais pour les autres, on a un document sur la fermeture de maisons closes ! en passant par l'histoire d'un S.D.F. vivant dans les bois, par un roman d'amour inspiré et un récit d'explorateur.

Ces messages en corroborent d'autres, donnés par un « ex-vivant » dont nous découvririons bientôt l'identité. Inquiète, j'ai demandé : « Que devons-nous faire ? »

SES MAINS PARTENT DE SON CŒUR ET SES BRAS S'OUVRENT TOUT GRANDS – LE LOUP VIT DE MANIÈRE À CONSTAMMENT RENFORCER SA MEUTE – IL DONNE À MANGER AUX VIEUX ET AUX MALADES – CE SERA TOUS LES ENFANTS – JE MARCHAIS AU

PREMIER ÉTAGE D'UN BÂTIMENT EN CONSTRUCTION – MA FIN LAMENTABLE ME PLONGE DANS LE DÉSESPOIR – LE SENTIMENT DE LA PRÉSENCE DE DIEU ÉTAIT SI INTENSE – MANIFESTEZ AVEC CHALEUR, AMITIÉ ET ENCOURAGEMENTS.

Nos mains auront-elles la force de partir de notre cœur pour rebâtir un monde qui n'aura plus rien à voir avec ce que nous connaissons aujourd'hui ? L'apprentissage devra être pour chacun d'entre nous aussi lent et régulier qu'un tissage. Nous allons devoir voir les choses autrement et réapprendre à vivre dans la solidarité « tribale » tels les loups auxquels l'ange fait allusion. Quant au respect que nous devons porter à nos enfants, nous avons un certain chemin à faire avant d'y arriver. Que sont-ils devenus ? Des enjeux narcissiques pour leurs parents, des « pousse-à-la-consommation » pour les publicitaires, des sujets d'observation pour les directeurs du marketing. On parle de leurs droits tous les jours en oubliant de les accueillir, c'est-à-dire de les laisser être, à travers nous, et de devenir eux-mêmes.

L'ange signale l'urgence de changer notre conduite. Nous allons devoir prendre modèle sur Khalil Gibran, qui écrit dans *Le Prophète* :

« Et une femme qui portait un enfant dans les bras dit,

Parlez-nous des Enfants.

Et il dit :

Vos enfants ne sont pas vos enfants.

Ils sont les fils et les filles de l'appel de la Vie à elle-même.

Ils viennent à travers vous, mais non de vous.

Et, bien qu'ils soient avec vous, ils ne vous appartiennent pas.

Vous pouvez leur donner votre amour mais non point vos pensées.

Car ils ont leurs propres pensées.

Vous pouvez accueillir leurs corps mais pas leurs âmes.

Car leurs âmes habitent la maison de demain, que vous ne pouvez visiter, pas même dans vos rêves.

Vous pouvez vous efforcer d'être comme eux, mais ne tentez pas de les faire comme vous.

Car la vie ne va pas en arrière, ni ne s'attarde avec hier.

Vous êtes les arcs par qui vos enfants, comme des flèches vivantes, sont projetés.

L'Archer voit le but sur le chemin de l'infini, et Il vous tend de Sa puissance pour que Ses flèches puissent voler vite et loin.

Que votre tension par la main de l'Archer soit pour la joie.

Car de même qu'Il aime la flèche qui vole, Il aime l'arc qui est stable. »

Et si l'ange parle d'un premier étage d'un immeuble en construction, c'est bien de renouveau dont il est question.

On peut s'assombrir devant les mots « fin lamentable » et « désespoir », mais toute nouvelle structure passe par le deuil symbolique de l'ancienne, auquel il faut dès maintenant se préparer avant que ne viennent les temps spirituels, annoncés par « La présence de Dieu Intense ».

Là encore la cohérence des conseils est parfaite et le message est limpide.

J'ai fait, bien sûr, de très nombreuses communications similaires, tant sur le plan du devenir collectif qu'au sujet de préoccupations purement personnelles. Je pourrais y consacrer presque un volume. Là encore, comme pour le *Yi-King*, la pratique améliore la qualité des informations reçues.

En deux années de communications, je peux dire que la presque totalité des événements annoncés, ou des mises en garde et réserves formulées, se sont révélés justes, objectifs.

En outre, ma communication avec mon guide s'est intensifiée par ailleurs. J'ai raconté dans « Tout est possible », l'émission animée par Jean-Luc Morandini, une anecdote récente, qui m'a bouleversée. Elle s'est déroulée en deux épisodes, qui se sont répondus l'un à l'autre à deux mois d'intervalle environ.

Tout a commencé sur une plage. Je venais d'avoir une déconvenue affective avec un ami dans la nuit et, après une scène que j'avais provoquée, je rentrais à l'hôtel, en proie à un certain chagrin et au découragement. Tout me paraissait hostile, la mer noire et bruyante, magma coléreux sous une lune blanchâtre, me renvoyait à chaque vague l'écho de mon désarroi.

L'écume éclatait impuissante le long de mes bottes. Je marchais, seule, fâchée, agacée, éclairée par cette lumière amère, fixant au loin le clignotement d'un phare, froid comme une lumière d'ambulance, obsédant. Et c'est par le phare que commença la métamorphose : de lancinant le clignotement me parut réconfortant, pulsation de vie, cœur en marche.

L'étrange douceur que je connais bien et que j'ai déjà décrite monta, progressive. Dans ces instants-là mon corps se détend, le monde devient brillant, le fer devient doux et fort, la pierre sage et sûre. La mer n'était plus une menace. Je voyais les astres y mouiller leurs branches et c'était soudain comme si toute la faune aquatique s'était mise à jouer un concert d'empathie pour adoucir mon chagrin.

C'est dans ces moments que je comprends, non, que je *réalise* comment et pourquoi saint François d'Assise parlait aux fleurs et aux oiseaux. C'est tellement simple que peu de gens y pensent : parce qu'ils nous répondent. Et je me suis sentie légère. Le géant était là. Je parle de géant car la taille de l'ange par rapport à l'homme est à peu près celle de l'adulte avec un enfant de six ans. Je ne le vois pas comme une apparition réelle, mais je sens sa vibration, sa densité peu à peu se concentrer autour de moi. Et plus il se condense, plus je nage dans une béatitude complète. Sa présence m'élève instantanément sur des plans de conscience supérieurs. C'est pour cela que le paysage change de sens en une minute. Car c'est par ses yeux et non plus par les miens que je vis. Et grâce à lui, j'ai quelques instants de beauté céleste.

Je ne pensais plus à mes conflits. Bercée par l'univers, prise dans la vie, devenant la vie, peu m'importaient la colère, les malentendus.

J'étais en paix. Une fille des étoiles. Alors je me suis agenouillée, et avec mon doigt j'ai dessiné un énorme cœur dans le sable à l'intérieur duquel j'ai écrit : Maud aime son ange. Que voulez-vous offrir à un guide d'autre que votre génuflexion et votre gratitude sur fond de sable ? J'ai pensé : je veux que chaque grain s'imprime de toute ma reconnaissance, que chaque petit morceau de pierre devienne le grand miroir de sentiments incommensurables envoyés en témoignage aux étoiles qui ce soir-là me servaient de boussole intérieure.

Assise face à la mer, je ne sentais plus le froid, le vent, le temps s'était une fois encore délicieusement arrêté.

Et comme toujours, la vie, les tracas habituels reprirent leur cours. Banalement, jusqu'à ce qu'un mois ou deux plus tard, un autre incident surgisse. Une amie très chère venait de se montrer, vis-à-vis de moi, et elle le reconnut par la suite, agressivement injuste. J'étais abasourdie. À la sortie du dîner, je suis rentrée dans ma voiture sans rien dire et j'ai roulé en silence, seule. Et là, il apparut encore. Même plénitude, même douceur, même réconfort immédiat. À ce moment, j'ai eu une telle joie que j'ai pensé télépathiquement : « Envoie-moi un signe. »

Alors, l'inexplicable s'est produit. Comme il pleuvait ce soir-là, de la buée s'était formée à l'intérieur de mon pare-brise. Et là, je vis – mais bien physiquement et c'est ça, le prodige – se dessiner lentement dans la buée... un cœur parfaitement dessiné, gros comme une orange. La figure s'est formée lentement en partant du centre. D'abord, comme un rond qui s'élargissait, puis il devint... un cœur. Impeccable.

Réponse à mon geste sur la plage, mon guide avait trouvé la bonne réponse, l'écho juste.

Le dessin était si parfait, comme au pinceau, qu'il n'aurait pu être tracé ainsi par une main humaine. Je ne peux trouver aucune autre explication à une telle apparition au milieu du pare-brise.

Un long chemin était fait entre le petit soulagement ressenti adolescente sur mon lit et les dialogues élaborés, obtenus aujourd'hui. Un ange m'a offert un cœur de rosée qui a disparu. J'ai cependant chaque jour l'impression de porter à mon cou ce bijou de rosée pâle, né dans la nuit comme une éphémère et qui nous relie l'un à l'autre et dont la nature immatérielle n'est là que pour me rappeler toute la mobilité de l'existence, qui comme l'air se transforme en eau, se fige, puis s'évapore dans le mouvement perpétuel des morts et des renaissances.

De si étranges messages sur l'avenir du monde...

Avant de révéler quoi que se soit sur Jim Morrisson, je tiens à dire que non, je ne suis pas une groupie.

Bien sûr je connaissais et j'aimais les Doors. Mais je n'ai jamais eu de fanatisme pour aucun artiste, pas même pour David Bowie, dont je dois dire aujourd'hui que c'est aussi sa musique qui m'a sauvé la vie autrefois, car les accords magiques dans lesquels je m'évadais des heures durant furent vers treize, quatorze ans, une révélation musicale complète.

Et les Doors, je n'y pensais jamais.

Françoise Taylor, en revanche, j'y pensais souvent et beaucoup puisque nous travaillions ensemble épisodiquement, mais efficacement compte tenu de son lieu de résidence : Washington, où elle exerce les fonctions de responsable du département de langue française à l'université.

Venue me voir avec un scepticisme certain, quelques années auparavant, elle m'avait proposé de travailler sur des photos de personnes de sa famille, d'ailleurs décédées. Or, mes dires corroborèrent non seulement ce qu'elle savait d'eux, mais les recherches qu'elle fit par la suite, à l'aide de précisions données en voyance, et qui lui permirent de vérifier que « la voyance, ça marche », et très bien !

Beaucoup de gens découvrent un jour, face à un praticien capable de leur décrire parfaitement le film de leur vie, alors qu'ils n'ont pas encore ouvert la bouche, que la notion qu'ils ont de l'espace, du temps et de la communication est insuffisante.

Peu d'entre eux intègrent *vraiment* cette notion et modifient leur vie ensuite. C'est ce que fit Marcel Odier, déjà cité, mais aussi Françoise, dont l'esprit brillant et démystificateur ne pouvait laisser une telle révélation au stade du classé à la verticale.

Elle mit alors toute sa méthode de professeur d'université pour me proposer des expériences toutes plus passionnantes les unes que les autres, en vue de les publier. Nous travaillons maintenant ensemble depuis deux ans et demi.

Nous avons obtenu des résultats qui m'ont franchement étonnée, car je ne me savais pas capable d'être aussi bavarde au sujet de la photo d'un petit bout de doigt, collé sur une enveloppe blanche dans laquelle la photo du sujet est entièrement contenue, ou parfois donnée à part, appartenant à un homme politique dont je pus décrire le parcours, l'enfance, les actuels problèmes de santé et les récentes mauvaises années. Tout a été enregistré sur bande. Cette capacité de reconstruire l'ensemble à partir d'un fragment va encore dans le sens du système holographique, mais je ne tiens pas à révéler davantage l'état de nos travaux puisqu'ils feront bientôt le sujet d'un livre, à la rédaction duquel Françoise se consacre en ce moment.

Simplement, si l'on élimine l'hypothèse du coup monté total dans lequel on ne voit pas très bien pourquoi l'épouse d'un honorable conseiller américain, elle-même estimée dans son université, se laisserait entraîner, la fraude est impossible.

Car même si j'étais capable de sceller et desceller l'enveloppe, ce que je dis parfois sur certaines personnalités demande à Françoise un travail de titan. Pour l'une d'entre elles, il lui a fallu parcourir seize biographies avant de retrouver tous les détails fournis par la voyance sur son enfance, son histoire, les coins et recoins de sa maison que je décrivais inlassablement.

Le procédé est à peu près le même que celui utilisé par Yaguel Didier dans *Leur vrai destin*, ouvrage plein d'inspiration, dans lequel la célèbre voyante se livre aussi à une voyance sous enveloppe close au sujet de personnalités passées ayant marqué l'Histoire.

Le livre décrit admirablement le fonctionnement médiumnique sur le vif et certaines voyances sont bourrées d'humour lorsqu'on découvre le sujet !

Françoise, elle, a préféré me faire travailler sur un mélange de sujets passés et présents et a choisi de prendre l'angle de l'analyse en se livrant à un travail de vérification minutieuse et comparée de chacune de mes phrases avec des informations rationnelles. Ainsi certaines erreurs, à la lumière de cette méthode, ouvrent des horizons pour permettre, peut-être, une meilleure utilisation de ces capacités.

Bref, ce petit aparté terminé, il avait pour but de situer le décor de l'intervention de Jim Morrisson dans la vie d'une dame respectable, qui s'intéressait seulement à la voyance, depuis d'ailleurs peu de temps, et qui n'était pas une coutumière des fantômes. Jusqu'à ce que le téléphone sonne un après-midi à la maison :

– Bonjour, Maud, c'est Françoise... Je vous appelle, c'est un peu délicat, mais voilà, il m'est arrivé une chose étrange qui peut paraître ridicule de prime abord.

– Mais encore ?

– Voilà. J'ai vu au pied de mon lit... Jim Morrisson... Le chanteur des Doors. C'était très net. Il me regardait avec insistance. Je vous jure que je n'ai pas rêvé.

– C'est possible, et alors que s'est-il passé ?

– Eh bien, en fait, je crois que c'est avec vous qu'il voulait parler.

– ??

– Je crois qu'il est venu me voir pour que je vous transmette quelque chose.

N'importe qui d'autre que Françoise, dont j'apprécie jour après jour davantage l'esprit subversif et corrosif, la repartie incisive, et dont je connais aussi l'intégrité, m'aurait dit une chose pareille, j'aurais suspecté la manipulation.

Mais là, ce n'était pas possible. J'étais sceptique. Car aucun esprit désincarné n'est jamais venu me chercher sans que je me sois moi-même mise en situation de « réception ».

Et puis mon sens du ridicule et la méfiance que j'ai face au culte de la célébrité et du pouvoir ne faisaient pas pencher la balance du côté de l'enthousiasme. Pourquoi Jim Morrisson plus que Bernadette Durand ou Dupont seraient-ils allés réveiller Françoise en pleine nuit pour me transmettre un message ?

Intriguée, je lui ai promis de tenter une communication lors de son prochain voyage en France.

Et c'est ce qui arriva.

J'étais d'humeur gaie et légère ce soir-là. Je n'y croyais pas beaucoup, à cette histoire. C'est pour ça que je choisis la « méthode des livres », la même que celle utilisée avec mon guide, pour communiquer avec Jim.

Habituellement, lorsque je fais une communication spirite, c'est – uniquement – dans le cadre de mon travail et seulement lorsque cette communication est demandée par un proche, dans un esprit d'apaisement définitif, rentrant dans le processus de deuil.

Je fais le vide en moi, et alors, c'est comme si j'étais un peu « tirée par la manche » psychiquement, j'entends intérieurement la voix du défunt, que je visualise près de celui ou de celle qu'il a quitté.

Et je traduis mot à mot ce que j'entends. Je demande toujours au défunt d'abondants « signes » certifiant son identité car l'usurpation est monnaie courante dans le monde des esprits.

Le spiritisme ne m'intéresse absolument pas. Je l'ai expérimenté moi aussi, mais je me suis rendu compte que les réponses obtenues étaient souvent confuses, malveillantes à certains moments et, par principe, je trouve qu'il faut laisser les morts poursuivre leur chemin dans les autres mondes, sans freiner leur processus de croissance par nos inlassables questions.

En outre, la pratique familiale « du verre retourné sur la table avec cinq ou six doigts sur le pied » qui bouge autour de lettres mises en rond pour former des mots peut s'avérer dangereuse.

En effet, nous l'avons vu, les autres mondes ne sont pas peuplés que de saints bienveillants. Or, se livrer à cela comme on joue au Scrabble équivaut à donner une soirée privée en en placardant l'heure, la date, et l'adresse dans les couloirs du métro : on ne sait pas très bien *qui* va venir dîner le soir ni *combien* ils vont être.

Une de mes consultantes, durant ses vacances avec un couple d'amis, avait cru bon d'adopter ce passe-temps après dîner dans une ambiance de franche rigolade. Elle perdit son hilarité lorsqu'un fauteuil traversa la pièce devant leurs yeux écarquillés et que le verre retourné forma distinctement, en allant d'une lettre à l'autre, la charmante phrase suivante : « On va te faire la peau, salope ! » à l'intention de sa sœur.

Il faut dire que l'un des participants, son beau-frère, se livrait régulièrement à des expériences, aussi douloureuses qu'inutiles, sur des animaux de laboratoire. La loi de la rétribution n'a que faire des ordres hiérarchiques, des soi-disant paravents du style : « Moi, j' voulais pas... M'sieur c'est mon chef » et il ne faut jamais perdre de vue que tout acte commis par vous vous reviendra intégralement, ainsi que les conséquences provoquées par cet acte sur les proches de l'éventuelle victime.

Or, la vivisection est une torture. Et la souffrance infligée à une bête a exactement le même prix karmique que celle infligée à un être humain. Ce n'est pas pour rien que les Indiens, lorsqu'ils sacrifient un cerf pour se nourrir, rendent hommage à son esprit par des rituels magnifiques, qui dégagent leur responsabilité karmique, puisque par cette méthode de chasse même, c'est presque l'animal qui s'offre en sacrifice. Cette coutume, d'après le *Yi-King*, existait également dans la Chine lointaine : « Dans les chasses royales de l'ancienne Chine, la coutume était de traquer le gibier de trois côtés seulement. Le gibier traqué pouvait s'enfuir du quatrième côté. Tant que les animaux n'empruntaient pas cette direction, ils étaient contraints de passer par une porte, derrière laquelle le roi se tenait prêt à tirer. Seules étaient abattues les bêtes qui pénétraient là. Quant à celles qui fuyaient par-devant, on les laissait aller. Cette coutume était conforme à l'attitude royale : le roi ne voulait pas faire de la chasse, un massacre, mais tuait seulement le gibier qui s'était offert de lui-même. »

Ce genre de détails laisse rêveur sur le soi-disant progrès de nos civilisations où « mon beauf » de Cabu va ensanglanter la campagne entre ivrognes, en tirant à bout portant sur du gibier innocent, quand il ne se sert pas directement d'un filet tendu sous son pare-chocs pour braconner. Mais le dernier des chasseurs est encore un innocent quand on pense à ce que représente l'élevage en batterie. Cette cruauté institutionnalisée et organisée envers l'animal et la nature en général est une des causes qui provoqueront bientôt les catastrophes écologiques dans lesquelles nous sombrerons. Bref, pour en revenir au beau-frère de cette dame, je ne voudrais pas échanger mon ticket de retour sur terre avec ce monsieur, qui aura certainement une bonne quinzaine de vies, durant lesquelles il sera brûlé, tabassé, emprisonné et affamé, avant d'avoir récupéré tout l'écho de la mort et de la douleur qu'il a infligées.

Et le bas-astral est attiré par la mort et la haine et, pour des raisons de longueur d'onde déjà amplement expliquées, son univers a aimanté des entités dangereuses.

La plaisanterie aurait déjà été courte et suffisamment marquante si l'incident s'était clôturé ce soir-là, mais il n'en fut rien…

Les entités démoniaques comptèrent parmi les souvenirs de vacances, au même titre que la poupée de collection et les palmes, et continuèrent de pourrir la vie de la sœur et du beau-frère de ma consultante.

Jusqu'à ce que, lassés par les objets traversant les pièces et les odeurs nauséabondes apparaissant sans raison, ils aient recours aux services d'un prêtre exorciste qui dut venir trois fois à leur domicile pour que cessent les manifestations, dont leur fille adolescente ne s'est jamais depuis complètement remise psychologiquement.

Alors un conseil : *oubliez* le spiritisme amateur !

Françoise et moi venions de dîner tranquillement, lorsqu'elle me demanda de tenter quelque chose.

En plaisantant à moitié, je dis alors à haute voix : « Alors, Jim, tu veux me parler ? » et lorsque mes pouces tombèrent au milieu du livre que je venais de prendre négligemment dans la bibliothèque, je lus la simple phrase : « CONTENT D'ÊTRE AVEC TOI. »

Allons bon ! C'était donc sérieux.

Françoise s'empressa de se précipiter sur un papier et un crayon, pour ne rien perdre de ce qui suivit. Nos conversations avec Morrisson ont été si nombreuses que Françoise finit par aller se recueillir sur sa tombe, au cimetière du Père-Lachaise. Là encore, je ne souhaite publier ici que ce qui est d'intérêt général car, étrangement, les messages de Morrisson sur l'avenir de notre civilisation corroborent complètement ceux de mon guide. Parallèlement, je me suis bien sûr documentée sur Morrisson. Lui aussi n'arrêtait pas de me parler de « chamans ». J'appris qu'il prétendait être passé, enfant, devant un accident d'auto dont il estime que celui-ci changea le cours de sa vie. Les victimes – des Indiens ! – venaient de décéder. Jim Morrisson eut alors la sensation d'être « habité », mais pacifiquement, par l'esprit de l'un d'entre eux, dont il considère avoir reçu un enseignement chamanique.

Les thèmes magiques et spirituels balisent son œuvre tant musicale que poétique.

Je publie ici les commentaires qui m'ont paru essentiels. Parallèlement à ce contact, pour le moins surprenant, avec l'ex-chanteur des Doors, je découvris au *même moment* un intérêt surprenant des quinze-vingt ans pour sa vie. Morrisson se mettait à vouloir me parler alors que toute une génération se tournait à nouveau vers lui…

(*Moi*)
– Que me veux-tu, Jim ?

(*Message obtenu*)
– Car me voici sur le dernier tremplin et il me faut sauter. Pour le fruit, donner est un besoin comme recevoir est un besoin pour la racine. Je persiste à dire que j'étais ton ami.

(*Moi*)
– Jim, es-tu bien ?

(*Message obtenu*)
– Pour toujours. Expression qui répond à une demande – Cette séparation est devenue une peur.

(*Moi*)
– Qu'est-ce que je peux faire pour toi ?

(*Réponse obtenue*)
– Toute la pensée du Nouvel Âge. Médium de transition. Des fous amènent la misère – Les dealers par-dessus tout – Un retour en arrière.

(*Moi*)
– Pourquoi un retour en arrière ?

(*Réponse obtenue*)
– Monde attend et regorge d'énormes gangs de meurtriers et de fous furieux.

(*Moi*)
– Et que veux-tu que je fasse ? Que j'en parle ? Quel peut être mon rôle ? Pourquoi me parler à moi ?

(*Réponse obtenue*)
– Début de la guerre – Je vous montrerai une humanité bestiale, étrange, hantée au seuil de l'évolution –
– Le lait maternel de Marie. Le bon génie dans la bouteille promet ce que les vrais hommes ne sont pas assez – transition obligatoire – Éveille-toi, Lyne – Vingt ans de guerre chimique. Pendu à l'hameçon. Change tes méthodes et trouve une autre source de chaleur – Vois en toi ce que voit le fond de l'orage – Termes limitant quelque peu le champ d'exploration à une vision spirite et n'expriment pas la nature transcendante de ces expériences.

(*Moi*)
– Es-tu heureux ?

(*Réponse obtenue*)
– Corruption morale, souffrance physique, apparition de la vie sur terre – Au moment d'une mort imminente, réagir.

(*Moi*)
– Puis-je faire quelque chose pour toi personnellement ?

(*Réponse obtenue*)
– Bébés morts pleurent depuis des millénaires. Quel service ? Apprenez, mademoiselle, que je vous estime au point de désirer pour vous seule faire une bonne action désintéressée – Le mythe du Chaman.

Lorsque le lendemain, encore sous le choc de cette communication, je posai à nouveau la question :

(*Moi*)
– Es-tu là, Jim ?

mon livre s'ouvrit sur ces phrases :

(*Réponse obtenue*)
– À nouveau me voici. Je souffrais de la solitude alors qu'un être ayant tout pour me plaire vivait inconnu de moi.
!!!

(*Moi*)
Je crus bon de plaisanter :
– Alors, ma maison te sert de refuge !

(*Réponse obtenue*)
– Si vous refusez de m'entendre, vous n'avez aucun espoir. Écoutez bien ce que je vais vous dire – Ne savez-vous pas qu'on va vous manger ?

Comment ne pas prendre au *sérieux* une telle cohérence. Avant de revenir sur l'interprétation que je fais de ces communications, j'ai demandé à mon ange gardien un signe me permettant d'avoir la certitude qu'il s'agissait bien de Jim Morrisson.

Le week-end arrive. Bien sûr, je ne pense plus à mon signe, mais je prends ma voiture et vais faire le plein dans une station essence d'autoroute.

Je me rends chez des amis qui vivent en pleine campagne et je n'ai pas de carte de la région. Je commence à m'accroupir en en compulsant une, que j'ai prélevée sur un présentoir. Et Jim Morrisson… me tombe dans les bras sous la forme d'un tee-shirt imprimé qui se décroche *tout seul* alors que j'étais accroupie depuis une bonne minute, sans aucun contact avec les tee-shirts, suspendus à un mètre au-dessus de ma tête.

Je cherchais péniblement un village de quarante habitants sur une carte et je trouvais, à la place, la réponse à ma question…

Je ne suis donc pas la victime d'un imposteur. Je règle mon essence, mes achats et je profite de la halte pour dégourdir les pattes de mes chiens derrière la station. Lorsque, dans l'obscurité, un homme m'interpelle, goguenard :

– Hé ! Madame, vous avez oublié quelque chose, non ?

Je me retourne et je vois un routier adossé à son camion. Des lettres lumineuses, seules dans la nuit noire, au milieu de fanions multicolores écrivent un prénom : « JIMMY » qui se découpe sur le ciel.

Là c'en est trop. J'ai l'impression d'avoir décroché l'extra-balle d'une partie de flipper entre moi et l'autre monde. Mon ange gardien, si délicat habituellement, donne dans la surenchère. Pourquoi ? J'avais déjà compris. Oui, mais pas tout.

Ce n'était pas seulement l'identité de Jim qui était en cause, mais la mienne.

Car que tient cet homme à la main ? Mon passeport… Jimmy me rend mon passeport… Passeport… identité. Je vais me précipiter sur les communications et les relire différemment.

Elles sont dans le coffre de ma voiture, mais la patience n'est pas ma principale vertu. Je comptais jeter un œil à la campagne, mais là c'est tout de suite et maintenant. C'est comme un lieu magique, une autoroute la nuit. En géomancie, il y a une figure qui correspond à ça, elle s'appelle « Via », passage. Dans le Tarot, c'est l'arcane 14 « Tempérance ».

Rien ne s'y arrête jamais. C'est un lieu sans repos en éternelle transformation.

Devant la machine à café, il n'y a plus personne, rien que moi qui relis à toute allure et comprends l'injonction à me remuer…

« Médium de transition »… Change tes méthodes, trouve une autre source de chaleur… « Éveille-toi. »

Et cet agacement : « Vous ne comprenez pas qu'on va vous manger ? »

Mon guide en m'adressant un signe à la minute, quelques instants plus tôt, me confirme qu'il s'agit bien (riez… mais je vous répète que je ne suis groupie de personne…) de Jim Morrisson.

Je poserai plus tard la question à André Bajot, le seul sage que j'aie eu pour le moment l'occasion de rencontrer en Belgique, un homme qui ne signe même pas ses livres, parce que son ego a la taille d'un timbre-poste : « À ton avis s'agit-il vraiment de Jim Morrisson ? – Peu importe, Maud, c'est peut-être Dieu qui a pris sa forme pour te faire passer le message. Ça n'a aucune importance. »

Et il avait raison. Car, au fond, l'essentiel ce sont ces phrases parfaitement cohérentes et cette prière qui m'est adressée de me réveiller...

J'arrive à la campagne. Je suis absente tout le dîner, je me sens au bord du dénouement. Je sens que je brûle. Je monte me coucher.

J'ai emporté avec moi *Wilderness*, un recueil de poésies écrit par Jim.

Je demande une précision :

(*Moi*)

– Que veux-tu me dire concernant la route spirituelle vers laquelle je dois me tourner ?

(*Réponse obtenue*)

– Pas un geste, s'il vous plaît !

Le danger est proche

Un message vient de s'ouvrir, un chemin vers le cœur du cerveau...

Je précise, bien sûr, que, de même qu'au sujet des communications déjà citées, je ne fais pas de « coup pour rien ». J'ai retranscrit ici des messages qui sont le concentré de textes beaucoup plus longs, mais dont chaque mot allait dans le même sens...

Et me voilà au fond de mon lit, avec cette réponse tellement à propos, que je me demande, là où nous en sommes, s'il ne va pas se matérialiser tout de suite et maintenant sur le tapis ! Allez savoir...

(*Je demande*)

– Mais encore, vers quoi veux-tu que je me dirige ?

(*Réponse obtenue*)

– Je peux me rendre invisible ou minuscule.

Je peux devenir gigantesque et atteindre les choses les plus lointaines.

Je peux changer le cours de la nature.

Je peux me situer n'importe où dans l'espace et le temps.

Je peux appeler les morts.

Je peux recevoir ce qui se passe sur d'autres mondes, au plus profond de mon esprit et dans l'esprit des autres.

Je peux.

Je suis.

En lisant *Le Rêve de la sorcière*, de Florinda Donner, ou encore *Anthologie du chamanisme*, textes réunis par Serge Nicholson, je découvris que tout ce que Morrisson venait de m'énumérer au travers d'un de ses poèmes correspondait trait pour trait à toutes les étapes de l'initiation chamanique. Le message était clair. Cette fois plus de doutes. Ma route était bien de ce côté-là. Le destin ferait le reste. Je n'avais plus qu'à me laisser faire.

Quant aux communications laissées par Morrisson sur l'avenir du monde, elles sont tellement explicites et tragiques que la phrase « Monde attend et regorge d'une humanité bestiale, étrange, hantée au seuil de l'évolution » se suffit à elle-même pour résumer l'ensemble.

Le plus étonnant, c'est la sensibilité fine et incroyablement humaine qui ressort de ces textes.

Cet « Apprenez, mademoiselle, que je vous estime au point de désirer pour vous seule faire une bonne action désintéressée », alors que je lui proposais, idée un peu « boy-scout », j'en conviens, mais naturelle, mon aide à titre personnel. Ou encore sa difficulté à traduire pleinement le fond de sa pensée, cet agacement que l'on sent dans « Termes limitant quelque peu le champ d'exploration à une vision spirite et n'exprimant pas la nature transcendantale de ces expériences ».

Quelques mois plus tard commencèrent mes premiers voyages chamaniques qui m'en dirent plus long encore sur l'avenir du monde.

Je continue parfois à parler avec Jim. Françoise aussi. Comme avec l'ange, nous nous sommes apprivoisés, alors que je lui demandais :

– Mais où es-tu ?

J'obtins en réponse la phrase : « Eh bien, dans l'aquarium, imbécile » ; or, j'ai un aquarium.

Ou encore, un soir après avoir communiqué avec lui, il termina en disant : « Je suis épuisé par l'orage, ma petite fille, je vais aller sous les draps. »

Je ne sais si je dois conclure qu'il occupe la chambre d'amis : dix secondes après avoir reçu cette phrase, j'ai entendu la porte s'ouvrir et je l'ai vue s'entrebâiller d'une dizaine de centimètres.

Ou Jim est devenu petit. Ou c'est un courant d'air, dans un appartement où toutes les fenêtres étaient closes. Qu'importe, comme me l'a fait comprendre André : « Ça n'a, au fond, aucune importance. »

Sachez tirer profit de la dimension extrasensorielle

Comment tirer profit de la dimension extrasensorielle ? D'abord, il y a celle qui vous sera révélée par « l'autre ». Si vous allez consulter un médium doué, vous découvrirez en une heure que vous n'êtes pas réduit à votre apparence physique et à votre langage, puisqu'il sera en mesure de vous révéler des pans entiers de votre histoire, sans que vous ayez ouvert la bouche, qu'il dénouera habilement les rouages de votre psyché, illuminera vos zones d'ombre et conjuguera vos antagonismes. De décentré, vous serez relié, de tronqué, vous deviendrez intégral.

Dans une rencontre unique, un moment de vie qui peut parfois être une renaissance, vous saurez que ce que vous pensiez de l'espace et du temps n'était pas suffisant.

Une voyance n'est pas une thérapie, c'est un éclairage, une lecture qui révèle le sens caché de votre vie et donne parfois les clefs, grâce auxquelles vous serez à même de dépasser vos épreuves.

Mais la confiance dont vous devez témoigner, pour que la magie ait lieu, doit être grande. Alors prenez garde, d'abord à vos désirs : êtes-vous bien sûr de vouloir savoir, sans *a priori,* ce que vous êtes et son devenir ? N'êtes-vous pas plutôt en train, en frappant à la porte d'un médium, de lui *acheter* les illusions que vous vous plaisez à entretenir ? Si c'est le cas, sautez ce chapitre.

Il y a des professionnels du : « Z'inquiétez pas, madame, il va revenir, vot' mari... avec un petit travail de retour d'affection et dix mille francs, je vais vous le ramener, moi... »

Mais les charlatans n'existent, et j'ai eu la douleur de le comprendre au fil des ans, que parce que certains consultants n'attendent SURTOUT PAS un vrai médium, car ils n'ont aucune envie de connaître ni leur présent ni leur futur. Ils veulent légitimer leurs chimères, simplement entendre d'une autre bouche la petite litanie intérieure ou le scénario que leurs convictions a déjà parfaitement échafaudé.

Mais pour les autres...

Et pourtant, tout pourrait être simple. Il y a des règles, dont la plupart sont issues du bon sens, pour savoir où l'on met les pieds.

Lorsque Anne Placier a commencé son *Guide de la voyance*, il y a cinq ans aujourd'hui, elle était comme vous, novice.

Journaliste, elle venait de mener une enquête pour le magazine féminin *20 ans*. Sceptique sur le phénomène, c'est à cette occasion qu'elle m'avait interviewée, ainsi que d'autres dont Marie Delclos. Il faut croire que la poignée de devins que nous étions était composée de sujets en forme, chacun dans son coin, car sa rencontre avec nous incita Anne à écrire un guide sur le sujet. Alors elle fit connaissance avec Marcel Picard, Axel Le Mée, Bernard Sahli, « Célya », Lila Kerlanne ou Guy Angeli.

Bref, des gens honnêtes, sérieux, doués. Des vrais.

Mais avant de choisir un médium, demandez-vous comment vous choisissez vos amis, votre médecin ou votre voiture, vos vacances.

C'est simple, il va falloir appliquer exactement les mêmes principes, la même rigueur, en les multipliant par dix. Car la rencontre que vous ferez peut faire basculer votre vie dans la libération ou vous enfoncer définitivement dans une spirale de désespoir, de peur, à cause de laquelle certaines personnes peuvent finir par se donner la mort.

D'abord, si escrocs il y a, vous pouvez dire merci à la pensée rationaliste. Car l'escroc ne fleurit durablement qu'en pays civilisé. Amer paradoxe.

Pourquoi ? Parce que nos élites intellectuelles, tout en vous racontant que vous êtes tous égaux, eux et vous compris, se permettent tout de même de penser à votre place ce en quoi il est bon ou non de croire. Et, tout en vous traitant de crétin dès que vous manifestez un intérêt pour l'essentiel, c'est-à-dire pour le sacré et l'éternel, ils vous inondent de la religion la plus grossière et la plus barbare de toutes : le matérialisme.

Dites-leur merci.

Car mon *a priori* des phénomènes et des pratiques qui existent – j'en ai parlé longuement dans le premier chapitre de ce livre – depuis la préhistoire correspond à priver tout un chacun de la plus élémentaire des cultures ésotériques. Pourquoi perdre du temps à parler de ce qui *n'existe pas* ? ça s'appelle un déni. Mais ça n'empêche jamais les choses de survivre quand même.

Seulement dans leur forme la plus médiocre et la plus destructrice ; imaginez une société déclarant que l'homme ne sait pas nager, que, n'ayant pas de branchies, il n'a rien à faire dans l'eau, que d'ailleurs personne ne s'est jamais baigné et que si des gravures du passé représentent des hommes dans la mer ou dans les rivières, c'est des traces de légendes ou bien la représentation d'accidents regrettables.

Que se passerait-il ? Peut-on penser sérieusement que plus un seul être humain n'irait se plonger dans la mer ? Bien sûr que non. Mais en se baignant de nuit (la honte) tout seul (encore la honte) – car que diraient les voisins ? –, dans n'importe quelle eau et sous n'importe quel climat, puisque tout le monde aurait oublié l'existence du drapeau rouge et la cartographie des zones saines ou polluées, nous aurions, tous les jours, un nombre de noyés spectaculaire, qui permettrait à l'autorité en vigueur de triompher d'un : « On vous avait bien dit qu'il ne faut jamais mettre un pied dans l'eau puisque l'homme ne peut pas nager et n'a jamais réussi à le faire autre part que dans son imagination. »

Le piment de l'interdit, ne serait-ce que moral, permettrait à une foule de profiteurs de s'autoproclamer « maître nageur », ce qui leur laisserait la liberté de détrousser leurs victimes avant de les jeter du pont. De nos jours, les mêmes font de la voyance à la chaîne. C'est exactement ce qui se passe aujourd'hui dans notre société avec la divination et la culture ésotérique et occulte en général.

Le grand public n'en trouve, en matière d'information, que des traces ou plutôt des allusions partielles au travers de symboles, souvent pris à contresens : sur les pochettes de C.D. de rock, dans les fêtes foraines (le train fantôme n'est-il pas une mini-imitation qui rappelle le Bardo Thödol...), dans l'imagerie des flippers où apparaissent parfois quelques barbares magiciens, dont l'aura rougeoie quand tilte le jackpot, ou encore dans des B.D. de science-fiction.

Bref, ce que les bien-pensants, qui à défaut d'avoir en général raté leur vie s'escriment à vous faire rater la vôtre, qualifient de « sous-culture ».

Je me suis installée en 1987. Au bout de trois mois d'exercice, j'ai créé Delta Blanc avec Chantal Hurteau-Mignon, une astrologue pas comme les autres. Elle est en train de passer son doctorat de psychologie sociale, participe à un groupe de recherches sur le thème des croyances à l'université et se réoriente aujourd'hui vers l'exercice de la psychothérapie brève, dans laquelle elle excelle. Elle est aussi l'auteur de *Cherche âme sœur* qui propose de mieux comprendre les secrets de l'alchimie entre les êtres. À Delta Blanc, notre slogan était : « Nous on n'est pas des sorcières. » L'idée était simple : regrouper des praticiens des arts divinatoires, sans juger leur travail au fond (comment être juge et partie ?), mais en leur proposant d'adhérer à un code de déontologie tellement strict qu'il ne permettait pas matériellement à un escroc de gagner sa vie dans un cadre aussi serré. J'en rappelle brièvement les grands principes, dont certains aujourd'hui me paraissent à réactualiser.

Tout d'abord, si l'on est voyant et astrologue tout le temps, l'on n'est pas toujours en forme, sans en être le moins du monde responsable ; alors, pour être sûr de faire une consultation valable, une règle s'impose : être capable sans que le consultant ait ouvert la bouche de lui parler distinctement de son présent et de son passé, en cernant ses difficultés, ses attentes, en permettant à sa vie de se redessiner. Nous devons le situer, au travers d'une trame qu'il nous faut reconstituer avec assez de véracité pour être sûr de bien « capter » la personne qui est en face de nous, dans le cas d'un voyant, ou de bien savoir interpréter son thème astrologique ou numérologique, si l'on officie en tant qu'astrologue ou que numérologue. Si, au bout d'un quart d'heure d'entretien, vous ou le praticien estimez que non, vraiment, ça n'est pas ça, la relation ne se prolonge pas plus longtemps et vous n'êtes tenu de verser AUCUN HONORAIRE. Ce point-là est la pierre angulaire de notre déontologie. Non seulement ni Chantal ni moi ne souhaitons le réactualiser, mais nous y tenons plus que jamais car comment un charlatan pourrait-il survivre en appliquant cette pratique ?

Le second est de ne pas exercer de manière indirecte, c'est-à-dire par correspondance ou par téléphone.

Il soulève une réelle ambiguïté. D'un côté sur le plan purement technique, il est parfaitement possible au fond de voir, par téléphone… C'est un peu plus compliqué, je crois pour l'astrologie ; de l'autre c'est la porte ouverte à n'importe quel abus auquel je consacre un chapitre entier. À ce titre, pénétrées de l'adage : mieux vaut prévenir que guérir, nous nous le sommes toujours rigoureusement interdit.

En outre, nous demandons à nos adhérents de s'engager à ne recevoir qu'un petit nombre de clients par jour – pas plus de quatre – pour garder toute la disponibilité nécessaire à un type de rencontres qui nécessite de la part du praticien un investissement massif.

Toutes les expériences de parapsychologie déjà citées ont révélé qu'il existait au bout de quelques heures de pratique une réelle usure. Le phénomène de voyance est relativement comparable à celui de la création artistique. Imaginez-vous Mozart composant tous les jours de dix heures à vingt-trois heures, comme les pseudo-médiums qui prétendent « voir » ainsi en non-stop et sur commande à des heures de bureau, sans jamais défaillir ? Rassurez-vous, s'ils avaient les « pouvoirs » (ce vilain mot) qu'ils s'octroient, et recevaient seulement, comme ils le prétendent dans leur publicité mensongère, les grands de ce monde, ils auraient autre chose à faire de leur vie que de vous écouter (en moyenne pour six cents à mille francs de l'heure quand même, leur charité a un prix), coincés derrière leur téléphone, comme des standardistes de radio-taxi. Les consultants se bousculeraient à leur porte, ils seraient depuis longtemps à même de mener des vies harmonieuses, prendraient tout de même le temps de déjeuner et, passé vingt heures, rejoindraient leur famille ou leurs amis avec lesquels ils retrouveraient le ressourcement impératif que l'exercice correct de la voyance, de l'astrologie et des arts divinatoires impose.

Se réclamant « Meilleur voyant de France », « Trophée mondial de la parapsychologie », il devrait vous sauter aux yeux que si leur qualité était réelle, ils n'attendraient pas le client.

Imaginez-vous un grand professeur en médecine comme Léon Schwartzenberg vous prendre en ligne à minuit, pour papoter avec vous contre échange de votre numéro de carte bleue, de vos angoisses au sujet d'un cancer dont il ne sait rien, puisqu'il ne prend même pas la peine de vous rencontrer ?

Ou encore, Maître Collard ou Vergès vous conseillant distraitement « tous les jours de dix heures à minuit », à quinze francs la minute, avec des petites remises tout de même, parce que vous êtes un habitué, au bout d'une ligne où vous pourriez les déranger comme ça n'importe quand ?

Le décalage entre les titres bidon, annoncés avec un mélange de prétention et de ridicule, en dit long sur l'infantilisme de la psychologie de ceux qui passent ce type d'annonce, et leur position parfaitement servile devrait alarmer le sens commun de tout un chacun.

D'abord, une précision indispensable qui est la base de tout le problème, mais qui ne sera pas résolue demain : il n'existe, une bonne fois pour toutes, *aucun* diplôme de parapsychologie, puisqu'il n'y a aucun enseignement officiel. Je le répète, nous ne sommes même pas supposés exister, rien de plus radical.

Il existe des groupes de chercheurs indépendants comme le Groupe d'études et de recherches en parapsychologie, fondé à l'initiative d'universitaires, dont la vocation est d'étudier l'ensemble du domaine parapsychologique, ou encore plus récemment la Fondation de psycho-physique Marcel et Monique Odier, avec laquelle j'ai accepté de collaborer.

Il y a des courageux comme le professeur Yves Lignon qui, malgré des difficultés matérielles certaines dues à une absence de crédits, continuent leurs recherches. Mais tout cela découle d'initiatives *privées*.

En outre, tous ces groupements, s'ils acceptent bien sûr avec plaisir de travailler avec des médiums, ne sont en aucun cas à même de leur donner le moindre diplôme et je ne suis même pas sûre que l'idée leur soit d'ailleurs passée par la tête…

Alors à quoi correspondent les titres ronflants de publicités mensongères ? À rien.

Vous êtes une dizaine de copains, vous ne savez pas quoi faire et, au lieu de vous lancer dans un sport d'équipe, vous décidez de vous autoproclamer jury mondial de parapsychologie. En toute modestie. Et vous vous autojugez tout seuls en vous décernant des prix.

Mais si la démarche est grossière, elle sous-tend une crise qui est réelle : celle de la légitimité du médium ou de l'astrologue.

Tout exercice professionnel des arts divinatoires, ou de la magie, passe dans les cultures traditionnelles par des initiations. Le chaman est d'abord élève, puis subit toute une batterie d'épreuves à base de température élevée (bain de vapeur, allant parfois jusqu'à l'évanouissement). De prise d'hallucinogènes et d'autres pratiques encore pouvant mettre sa vie en danger. Les marabouts, les vrais dans leur culture et pas les escrocs qui utilisent notre méconnaissance culturelle pour nous proposer ici des travaux bidon, sont d'authentiques érudits. Ils étudient le Coran durant des années. Ils interviennent grâce à leurs connaissances et à leur formation, par des incantations et des amulettes sacrées, dont ils ont appris la recette par des maîtres, qui les ont eux-mêmes reçues de leurs aînés depuis la nuit des temps.

Il n'y a pas de charlatans dans les cultures primitives, pour la bonne et simple raison qu'il y a une *tradition* ; le mot est prononcé.

C'est son absence en Occident qui est à l'origine de nos difficultés.

Dans les cultures où ce que nous nommons le parapsy, en faisant semblant de se rendre compte que ça existe, est considéré comme un fonctionnement à part entière, la culture ésotérique est suffisante pour que les charlatans, s'ils existent, ne durent pas longtemps.

On n'est volé que sur ce qu'on ne connaît pas. Un consultant de sorcier africain ne lui écrira pas au bout de six mois et un jour en lui disant : « Vous m'avez annoncé un changement de travail sous six mois. Or, cela fait six mois et une semaine et demie que nous nous sommes rencontrés et il ne s'est encore rien produit. C'est un scandale, vous êtes un charlatan. »

Parce que, en Afrique ou en Asie, le temps n'a pas la même valeur qu'ici. Comment des gens qui ne connaissent pas, pour la plupart, leur date de naissance et vivent très bien comme ça pourraient-ils avoir la naïveté de s'imaginer qu'un voyant peut voir précisément dans le temps ?

Les habitants des pays prétendument non civilisés n'ont aucun problème pour savoir utiliser leurs devins et sorciers divers, et ce, pour plusieurs raisons :

- Ils les respectent, et sans ambiguïté. Ils savent que pour exercer ils sont passés par une initiation et un très long apprentissage en mettant parfois leurs jours en danger. En Occident, le consultant se trouve prisonnier de deux pensées antagonistes, dans une double impasse : la culture dans laquelle il vit le culpabilise de croire en « tout ça », il est tout de même attiré par l'irrationnel parce que bien souvent il en a fait lui-même l'expérience dans sa propre vie ; le résultat est simple : il éprouve pour le praticien qu'il va voir un mélange de défi, de mépris, de demande exacerbée et de peur.

• Ils ont naturellement le sens du symbole et du sacré, qui est indispensable au bon usage des prédictions d'un médium. Quand le *Yi-King* vous dit de traverser les grandes eaux, on ne vous parle pas d'aller faire trois longueurs de bassin dans la piscine de Pontoise, mais bien sûr de vous lancer dans une entreprise, même si elle est périlleuse.

• La présence de l'irrationnel est *partout* dans la société. Et c'est celui qui prétendrait ne pas croire aux esprits qui passerait pour un malade, alors que chez nous, c'est le contraire.

La conclusion est simple, la formation intellectuelle et culturelle de l'Occidental ou de l'Américain moyen ne lui permet pas, sans véritable rééducation, de comprendre quoi que ce soit à la divination et à l'occulte en général.

Comment dans un univers technocratique, dans lequel des machines peuvent donner des réponses absolument précises sur des mesures au micron près, comment admettre qu'un voyant puisse voir et ne pas savoir exactement *quand* un événement se passera ?

Alors qu'une échographie peut s'attarder aussi longtemps que voulu sur les doigts de pied d'un bébé ou sur chaque centimètre de son crâne, à volonté, en appuyant sur un bouton, comme ça, comment ne pas attendre d'un médium qu'il puisse lui aussi, comme une vulgaire machine, scanner l'intégralité de toutes nos petites préoccupations, sans plus de discernement qu'une sonde sophistiquée ?

Nous vivons dans un univers de machines. Les médecins sont devenus – et beaucoup le déplorent – des ingénieurs. Je l'ai dit, selon la pensée de Descartes, nous avons pris l'habitude de morceler nos difficultés en une foule de petits bouts que nous tentons de traiter l'un après l'autre, en ayant parfaitement perdu la cohérence de l'ensemble.

Alors, l'autre doit *aussi* devenir une machine. Et avec la voyance, comme avec la création, ce n'est pas possible, et notre rôle devient parfois... un enfer.

La tradition ésotérique chez nous, l'Église s'en est chargée dans l'Histoire comme un hypermarché se débarrasse des petits commerçants : par le vide.

Après avoir pourchassé les sorcières, les alchimistes, les cathares, les gnostiques, l'Église a pu pendant de nombreux siècles être tranquille et s'enrichir paisiblement.

Jusqu'au moment où, pour des raisons que je n'hésite pas à qualifier de karmiques, c'est elle qui s'est trouvée détrônée par le matérialisme.

Le progrès technologique a eu raison – et tant mieux – des flammes de l'enfer, des mortifications diverses et de la culpabilité maladive.

Et nous en sommes arrivés maintenant au point où l'homme découvre qu'il a une âme et d'autres facultés peut-être que celles que les rationalistes veulent bien lui octroyer. Mais que faire de cette conscience d'autre chose ? Se retourner vers l'Église ? Difficile. J'en ai analysé les causes dans mon premier livre. Et là, la faille apparaît. La carence ne se laisse plus ignorer : il va falloir remonter dans le temps préchrétien pour retrouver notre tradition ésotérique. Les primitifs pourront nous y aider.

Mais la conséquence de ce vide, c'est notre crise d'identité à nous, voyants, c'est le demi-échec de Delta Blanc.

Nous partions avec l'idée de nous attaquer à la forme :

• Ne pas juger, au fond, des capacités d'un confrère.

• Lui faire passer un test de culture générale attestant de son intégration normale dans la société, puisque nous sommes tous les jours amenés à conseiller des consultants, au sujet de problèmes pratiques dont il est bon d'avoir quand même une petite idée.

• Exercer dans un cadre *digne*. C'est-à-dire en face à face, pas dix minutes, pas parqués dans les guérites d'un quelconque salon comme des vaches à la porte de Versailles pendant les beaux jours du salon de l'Agriculture. Pas au téléphone parce que nous voulons avoir un visage et voir aussi celui qui pose une question. Nous voulions exercer chez nous, durant des entretiens tranquilles dans des conditions optimales. Pour respecter les autres, il faut commencer par se respecter soi-même.

• Précéder toujours l'entretien du fameux test destiné à vérifier notre forme et aussi notre accord avec le consultant.

Mais au fil des ans, cela s'est révélé bien sûr tout à fait insuffisant. D'abord, très peu de praticiens nous ont rejoints. Après chacune de mes apparitions télévisées, nous recevions des centaines de coups de fil de consultants potentiels. Et nous n'avons été contactés en sept ans… que par trente praticiens.

Sur ce nombre, une dizaine, des fidèles, des mordus, sont encore avec nous. Ils nous sont venus de la France entière. Pour les autres, il y a ceux que nous avons refoulés tout de suite parce qu'ils espéraient seulement et naïvement grossir leur clientèle avec des pratiques malhonnêtes. Et les autres, ceux qui voulaient prendre notre place, qui ont pété les plombs au bout d'un an d'exercice, justement à cause de cette absence d'« initiation ». Et ceux dont la personnalité, et je les comprends car je suis individualiste moi aussi, ne collait pas forcément avec l'esprit du groupe. Alors Chantal et moi-même avons mis le doigt sur nos failles… Nous avons encore pensé créer une école de formation avec les plus grands de chaque discipline, de vrais examens, et l'obligation pour chaque client de faire un travail sur lui, que ce soit par une psychanalyse, des régressions karmiques, une thérapie de groupe ou n'importe quelle méthode de « passage de soi à la moulinette » qui est la condition *sine qua non* à l'exercice de notre métier.

Erreur encore, mais là, je l'ai senti tout de suite. Mes recherches intérieures avaient avancé. De tous temps, sous toutes les latitudes, ce n'est pas par un savoir constitué que se transmet l'apprentissage de nos métiers : c'est par une initiation qui succède à la prédestination. Et là, pas de règles, pas d'école, pas de notes de cours. Des guides, des rencontres, des révélations, des épreuves. Ou rien. Et le germe reste germe jusqu'à la prochaine vie. Ce ne sont pas dix ans d'études de l'astrologie qui changent quoi que ce soit. Il faut être *fait* pour ça. La part de talent, comme pour l'acteur, est la plus inquantifiable et la plus nécessaire des qualités, mais elle ne s'enseigne pas.

En outre, il était difficile de mélanger l'astrologie et la numérologie avec la voyance dans une seule association même si, au fond, les qualités nécessaires pour l'accueil des âmes en recherche sont semblables.

En conclusion, le vrai travail est à faire sur la société dans son ensemble. De même qu'il est impossible de faire avaler des contraceptifs à une population sans avoir préalablement modifié complètement sa vision de la richesse que représentent les enfants et sa conviction religieuse, il est impossible de proposer au public des « praticiens honnêtes », alors que ce public n'a aucune idée de ce qu'il peut vraiment attendre d'une consultation, et confond le label Delta Blanc avec celui du poulet de Bresse en nous rappelant, grognon : « Vous devriez virer Mme Machin, elle m'a dit que je partirais en vacances et elle s'est trompée, je suis vraiment déçu. »

Déçus, c'est nous qui le sommes. Et pas que par les praticiens. Par les centaines de coups de téléphone de consultants potentiels, qui, sans jamais oser laisser leur nom, nous traitaient comme si nous étions un service public qui leur devait « un conseil en voyance ». Celui-ci ne les intéressait que pour réaliser des économies. Bref, tout ce que nous n'avions pas envie d'être. Nous rêvions d'information et nous nous retrouvions chargés de « donner des noms », alors que c'était une méthode que nous voulions enseigner.

Je sais qu'il existe une autre association, l'I.N.A.D. (Institut national des arts divinatoires), qui, pour sa part, propose de légiférer sur l'exercice de notre profession, qui est, cela va sans dire, dans le vide juridique le plus total, puisque n'importe qui peut demain ouvrir sans souci un cabinet de voyance.

Mais comment proposer un projet de loi pour réglementer une activité qui est considérée culturellement par l'ensemble de la société comme tout simplement imaginaire ? Et en fonction de quel critère de base pourraient-ils décréter qu'un voyant plutôt qu'un autre a le droit d'exercer ?

En outre, il existe des lois sur la publicité mensongère et un bureau, le B.V.P (Bureau vérificateur de la publicité), qui pourrait parfaitement régler quatre-vingt-dix pour cent des problèmes se posant au sujet des grands escrocs notoires, si les victimes portaient plainte. Le problème, et nous l'avons déjà compris avec Delta Blanc, n'est pas dans la répression.

Delta Blanc n'est pas dissoute. Elle se cherche, comme nous avançons, Chantal et moi, dans nos pratiques respectives et dans notre quête spirituelle.

En attendant, il est urgent de continuer à informer le public.

Dans une quête de légitimité mal comprise, que peuvent faire les médiums et voyants divers dans notre société ? Chercher à se faire respecter par le seul dénominateur commun à tous : l'argent et les honneurs.

Ne pouvant être considéré grâce à un talent, non dépositaire d'une tradition que la société leur nie d'office, présumé coupable de charlatanisme à tous les guichets où l'on vous demande « Profession ? », et où vous répondez « Voyant », la tendance, non, la réaction est simple : impressionner le chaland à grands coups de publicité tapageuse, d'honneur mythomaniaque et de pseudo-contrôle d'huissier. Le truc est simple : il suffit d'envoyer des prédictions différentes sur le même sujet à autant d'huissiers de justice qu'il y a de futurs possibles à un événement.

Hélas, la conséquence n'en est qu'une plus grande discrimination encore de la part du public.

Mais, étrangement, il y a des voyants doués qui goûtent à ce style de communication, persuadés de gagner par là une position sociale dont ils seraient satisfaits ; dommage qu'ils cèdent à cette tentation. En vain. Ils sont rares, quand le talent est réel, à persister dans cette voie. Et ce pour une raison simple : un voyant talentueux vraiment apprécié peut, sans la moindre médiatisation et sans aucune publicité, remplir très confortablement son carnet de rendez-vous sur plusieurs semaines, c'est le cas de Marc Estève, et de bien d'autres, cités par Anne Placier dans son *Guide de la voyance*, et qui n'a pas attendu la parution pour remplir son cabinet.

C'est aussi le cas de certains de nos adhérents, comme Colette Olivier, Eliette Occhipinti, de Jeannie Tasson, d'Évelyne Lafon ou de Jackline Cervera qui, connus des habitants de leur région ou de leur quartier, se sont fait au fil des ans une clientèle tout à fait fidèle et régulière.

En récapitulant, voici les signes qui doivent vous faire fuir ou au contraire qui peuvent vous permettre d'approcher...

Courage, fuyons !

• La publicité tapageuse et vantarde. Elle coûte cher. Cela signifie que le praticien qui la passe a *besoin* d'elle pour remplir son cabinet. C'est mauvais signe. À ne pas confondre avec une annonce discrète et sympathique. Pour faire la différence, c'est simple : c'est une question de style. L'emploi des superlatifs conjugués avec les pseudo-qualifications, les phrases du genre « le voyant le plus prodigieux du XXe siècle » ou « son extraordinaire précision le fait consulter par les rois et les stars », augure l'arnaque et en outre... la bêtise. Même chose pour le diplôme fantaisiste dont nous avons déjà parlé.

• Les promesses de réussite assurée : plus un médium vous raconte qu'il ne se trompe jamais, plus il est mauvais. La voyance n'est pas une science exacte. Quant à ceux qui prétendent pouvoir vous faire gagner au Loto, s'ils en avaient vraiment le pouvoir, ils commenceraient par jouer pour eux-mêmes et, devenus milliardaires, se dispenseraient maintenant de faire du racolage.

• Les prétendues « voyances gratuites », c'est le système de l'échantillon, sauf que celui-ci est souvent piégé. Nous nous sommes amusées, à Delta Blanc, à répondre ainsi à l'annonce d'une célèbre pseudo-voyante pour avoir une consultation gratuite.

Je possède le document, qui vaut son pesant d'or. D'abord, la dame nous écrit en nous flattant. C'est comique, cela donne : « Monsieur Delta Blanc *(sic)*, vous qui êtes sensible, votre entourage ne vous comprend pas et vous n'êtes pas apprécié par les autres qui vous jalousent, depuis longtemps déjà vous souffrez, etc., mais j'ai la solution : ma médaille à 490 francs + un petit cadeau et patati et patata… »

Jusque-là, si le processus est clairement malhonnête, puisqu'une amie qui fait l'expérience en même temps que nous reçoit scrupuleusement le même texte adressé à Mlle Anne Duchesne…, on reste dans le commerce un peu crapuleux. Mais il y a pire : devant notre silence et notre refus de nous offrir cette médaille magnétisée qui ferait notre bonheur et éloignerait nos ennemis (sans blague, je n'en ai pas besoin, l'histoire est troublante, mais sur les trois seules personnes qui m'ont vraiment voulu du mal, activement, dans ma vie, à des périodes différentes, deux sont décédées jeunes et brutalement, et la troisième a connu une succession de catastrophes peu communes, sans que, bien sûr, je l'aie même souhaité…), le ton monte et change. On passe à : « Monsieur Delta Blanc, vous n'êtes pas raisonnable, votre situation empire plus encore que vous ne le pensez depuis ma dernière lettre et vous refusez toujours mon pendentif à 350 francs – parce que c'est vous, je vous fais une remise – et le somptueux porte-bonheur que je vous offre en prime. »

Silence de notre part. Pour voir jusqu'où on va aller. Je vous passe les étapes intermédiaires. La dernière lettre reçue, au bout, en gros, d'un an fait frémir. La dame ne propose plus son aide, elle menace : « Monsieur Delta Blanc, de graves ennuis vont tomber sur vous et menacent votre santé, votre prospérité et ceux que vous aimez. Vous ne pouvez vous en sortir tout seul. Si vous ne commandez pas immédiatement mon transformateur d'onde et ma bague porte-bonheur, vous courez un *grand danger...* »

M. Delta Blanc va bien, merci pour lui. Mais comment des malheureux, séduits par la petite phrase « voyance gratuite », peuvent-ils résister à de telles pressions psychologiques ?

Si la voyance ne doit pas être un commerce, il est en revanche non seulement normal mais indispensable qu'elle soit rétribuée. Il s'agit d'un travail et tout travail mérite salaire.

• À fuir aussi : tous les « amateurs », et tireurs de cartes directs qui vous alpaguent dans les dîners alors que vous ne leur demandez rien et vous proposent généreusement leur secours. Vous ne les rétribuez pas, certes, mais il y a de fortes chances qu'ils se payent différemment... En vous mettant par exemple en dette à leur égard, ou en jouissant du pouvoir exercé sur vous et du contrôle qu'ils tenteront de prendre peu à peu sur votre vie. Ce sont souvent des prêcheurs qui, en échange du temps qu'ils vous offrent, vous inondent de considérations religieuses ou philosophiques que vous n'avez pas désirées, ou encore des personnes à la vie personnelle pauvre qui se nourrissent de vos histoires et vivent à travers vos aventures les émotions qui leur manquent dans leur propre vie.

J'ai rencontré ainsi une consultante, Laure, qui avait été fortement traumatisée et mise en dépendance par une femme rencontrée par hasard. De la génération de sa mère, la dame, qui tenait un commerce et inspirait confiance, avait proposé à Laure, fraîchement divorcée, son aide. Un peu désemparée, Laure accepta. Les prédictions d'abord justes se succédèrent. Enchantée, ma consultante prit la mauvaise habitude d'appeler la dame de plus en plus souvent, puis tous les jours. Or, peu à peu, les relations se transformèrent. La voyante s'avéra possessive, jalouse, intruse. Et lorsque Laure rencontra – enfin – un nouvel homme, celle-ci, profitant de la confiance qu'elle avait su établir, n'eut de cesse de le démolir aux yeux de sa protégée. Elle n'hésita pas à charger le nouvel amour de Laure de défauts majeurs et à l'accuser de tout, y compris d'infidélité.

À cause de cette femme, qui exerçait ainsi un contrôle sur une poignée de soi-disant amies, auxquelles elle prétendait se dévouer, Laure faillit rompre plusieurs fois avec Bruno. Il lui fallut plus de deux ans pour réussir à avoir confiance en son nouveau compagnon, après avoir été obligée de couper tout contact, non sans mal, avec la devineresse qui, à la fin, la harcelait de coups de téléphone, censés la protéger d'un monstre… dont elle a maintenant deux belles petites filles et avec lequel elle vit un amour harmonieux depuis cinq ans.

Tout étant dans la vie échange, et la voyance, bien que naturelle, étant une dépense énergétique certaine, il n'y a aucune raison, sauf s'il s'agit vraiment d'un ami intime, pour que quiconque vous « offre » ainsi ce que tous les devins du monde échangent selon les cultures contre du tabac, des alcools, de la nourriture ou, en Occident, de l'argent, et ce, depuis la préhistoire. Vous risqueriez de payer d'un prix que vous découvririez amer leur soi-disant bienveillance et vous vous sentirez redevable, ce qui est une entrave à votre liberté d'aimer et de fréquenter qui vous voulez. La voyance est une parole qui marque. Il est nécessaire qu'elle ait un cadre relationnel clair pour éviter les dérapages.

Quant au prix demandé, il est difficile d'évaluer s'il est ou non abusif. Cela dépend de la région, ou encore du quartier, où le praticien exerce. Le loyer d'un studio en province n'est pas le même que celui d'un trois pièces au Trocadéro. Pour ma part, j'ai fixé le mien sur celui que prend, à Paris, un avocat ou un expert-comptable compétent pour une heure de travail. En outre, une consultation par an suffit en général amplement à éclairer la destinée. Finalement, la voyance n'est « pas si chère que ça ».

Le vrai problème est ailleurs : ou l'on accorde du crédit à un praticien, autant qu'à n'importe quel autre libéral, et on le paye le même prix, ou on vient en touriste et, dans ce cas, c'est toujours beaucoup trop coûteux pour le peu qu'on en tirera !

• En toute confiance…

Vous pouvez vous risquer – en sachant que le meilleur des praticiens peut, en toute bonne foi, se tromper complètement – si le médium que vous souhaitez consulter réunit au moins deux des signes suivants :

Il ou elle est sympathique en photo ou au téléphone. Ça paraît bête mais ce n'est pas toujours le cas. Il est important que vous soyez en confiance. Si un médium vous fait peur ou vous déplaît, la relation part mal.

Vérifiez que la personnalité du médium que vous avez choisi ne va pas vous insupporter. Renseignez-vous avant. Tout le monde sait que je suis une succursale de la S.P.A. Ne vous indignez pas de trouver des chiens sur mon canapé ou encore cessez de reprocher amèrement à une de mes célèbres consœurs son goût des œuvres d'art et de l'extrême raffinement. Ces éléments font partie de notre personnalité. Enfin ne cherchez pas forcément à consulter des médiums célèbres. Ils ne seront pas nécessairement plus à même de vous aider qu'un inconnu. En outre vous risquez d'en attendre trop, et trop longtemps. Optez pour un(e) praticien(ne) qui vous est recommandé(e) par un ami qui va le (la) consulter depuis longtemps. Le bouche à oreille est le principal mode, et le plus noble, de création d'une clientèle solide.

Il (elle) à l'air équilibré(e), bien intégré(e) dans la société. C'est indispensable. Si nous avons vu que les personnalités médiumniques sont souvent éprouvées au départ, il est important de vérifier qu'elles sont arrivées à une certaine stabilité émotionnelle.

La relation s'annonce franchement : pas de secret lors de la prise de rendez-vous, ni sur le prix de la consultation, ni sur sa durée, ni sur les méthodes. Un petit délai est rassurant car il tend à laisser penser que le praticien de votre choix a une bonne clientèle, sauf dans les petites villes, ou encore chez des professionnels installés récemment. Plus le comportement du médium se rapproche de celui de n'importe quel libéral que vous pouvez consulter, médium ou avocat, plus vous avez de chance de tomber sur quelqu'un de sérieux.

En revanche, plus l'atmosphère est soit au mystère, soit au franc racolage de mauvais représentant de commerce, plus il faut courir vite.

Enfin, n'oubliez pas que s'il vous faut être confiant, il est nécessaire, si la consultation ne démarre pas d'une manière probante, de vous en ouvrir franchement au médium.

Un voyant n'est pas un psy. Ce n'est pas à vous de parler, c'est à lui de deviner. Si la vie qu'il vous raconte n'est pas la vôtre, dites-le-lui. Et s'il insiste cependant, n'hésitez pas à vous lever et à partir. Pas au bout d'une heure de travail de sa part, évidemment, car ce ne serait pas honnête, mais au bout de dix minutes cela reste tout à fait normal. Vous ne lui devez rien.

Une voyance est une prestation, pas un service rendu gracieusement. À ce titre, vous êtes en droit de vous assurer que le médium voit, pour vous, et ce jour-là, car le meilleur d'entre nous peut avoir à chaque instant des défaillances, alors que, si vous reveniez le lendemain, vous seriez ébloui par son talent.

Les pièges à éviter

D'abord, on ne comprend pas très bien pourquoi je suis si opposée aux consultations indirectes par Minitel et par téléphone. D'un côté je sais qu'en tenant un fragment de photo non identifiable, il est possible de raconter en détail la vie d'un homme décédé dix ans plus tôt à dix mille kilomètres, et voilà que je m'acharne à exiger un contact physique, un rendez-vous bien matériel. Pourquoi ?

Après chaque émission télévisée, j'ai reçu de nombreuses photos et lettres, souvent accompagnées de chèques, me demandant ainsi à distance de répondre à des questions. J'ai toujours tout renvoyé méthodiquement. Si ma position est militante, ce n'est pas pour des raisons techniques, mais éthiques.

Une consultation de voyance n'est pas une pizza prête à livrer, et le médium ne doit en aucun cas être confondu avec une machine à sous, dans laquelle il suffit de glisser des pièces pour avoir des réponses car nous ne sommes pas des tirelires.

En outre, le fait de consulter un voyant (surtout s'il est performant) est une décision grave à laquelle il faut tout de même réfléchir à deux fois. C'est beaucoup plus long que de composer un numéro de téléphone.

Or, avant même toute considération sur l'identité réelle du médium et sur ses capacités, en dehors de toute idée d'« arnaque », la relation du type fast-food est dangereuse pour le voyant comme pour le consultant. Le premier y perd son crédit, le second y prend des risques inconsidérés.

Bien sûr, il y a d'excellents voyants qui, pour des raisons d'éloignement, ont l'habitude de travailler ainsi. Ceux-là ne sont pas installés en supermarché et ils n'acceptent en général cette pratique qu'à la suite d'un courrier, de photos – au minimum – ou encore en suivi, pour des consultants qu'ils ont déjà rencontrés. Dans ce cas, il n'y a rien à dire de grave puisque cette rencontre n'est que le prolongement d'une vraie relation de confiance, sans masque et sans fuite.

Je me refuse pour ma part à ce type de contact même pour mes consultants habituels. J'ai choisi ce métier aussi parce que j'aime la présence humaine, la rencontre, l'échange.

Or, il y a une dynamique réelle dans une consultation de face à face, qu'on ne retrouve pas avec autant de force au téléphone. Et puis, j'aime aussi me servir du corps de l'autre, principalement de ses rétines, ou de ses doigts comme... d'un support ! Lorsque je me promène dans les cratères argentés des yeux humains, les images intérieures bondissent, se précisent, s'affinent. Au détour de l'observation discrète d'une bague à un doigt ou d'un grain de beauté au coin des lèvres, des réponses montent, d'autres histoires s'organisent. Le corps présent me parle de demain, comme si chaque cellule avait une antenne télescopique braquée sur le futur général de son propriétaire et me jouait déjà le film...

Mais cette habitude de travail m'est propre, et je reconnais qu'il doit être tout à fait possible de faire la même chose avec une voix.

Le danger n'est pas dans la consultation téléphonique avec un médium habituel, mais avec les amateurs. Isabelle est un jour venue me voir. C'est une jeune fille sensible, en « galère », avec un talent de peintre certain. Elle fait les Beaux-Arts, avec beaucoup de difficulté, car partie de chez elle et en rupture totale avec sa famille, elle doit subvenir entièrement à ses études. À Paris, ce n'est pas facile.

Dès le départ je la sens tendue. Je lui parle très vite de couleurs, de pinceaux, je lui décris même l'évolution actuelle de son travail. Elle est ravie mais je vois bien qu'elle ne se décontracte pas pour autant.

Au bout d'un quart d'heure elle avoue... un vrai problème de conscience : pour gagner sa vie, Isabelle se fait passer pour voyante derrière un Minitel. Voilà que cette jeune fille de dix-neuf ans répond sans aucun don, sans aucune connaissance psychologique, à des consultants désespérés, parfois sur des questions aussi graves que : « Dois-je garder mon travail ou accepter la proposition qui m'est faite ailleurs ? » ou encore : « Mon mari est parti avec une autre femme, dois-je espérer ou renoncer ? »

Au pif. Elle l'avoue, elle répond uniquement au pif. Les maquereaux (il n'y a pas d'autre terme) qui l'ont l'embauchée pour un salaire proche du SMIC lui ont juste remis un genre de petit test de recommandations, avec un type de réponses générales et habiles, à glisser à l'interlocuteur pour relancer la conversation dès que la situation se dégrade et que l'autre veut interrompre la connexion. Un peu comme les bons tenanciers de bars montants apprennent aux filles à faire consommer du champagne aux clients.

Qui sont ses collègues ? Une mère de famille au chômage, un jeune homme atteint du sida, ancien réceptionniste d'hôtel qui, amoindri par la maladie, gagne sa vie ainsi derrière un écran Minitel, une comptable au chômage en pleine dépression qui n'hésite pas à passer ses nerfs sur le consommateur en lui annonçant de multiples catastrophes.

Hélas, de l'autre côté de l'écran nous déplorons les victimes. Tous ceux qui, submergés par l'angoisse, composent un « 36 quelque chose » et veulent savoir, vite, très vite, ce que l'avenir leur réserve.

Bien sûr, il y a des situations intermédiaires. Il y a aussi de vrais voyants, hélas pour eux, embauchés par ce type d'entreprise. Mais, une fois de plus, le don est rare. Et un médium performant sidère son entourage partout où il passe. Et, avec un peu de patience, c'est d'ailleurs une grande grâce. Il est rapidement possible, je l'ai déjà dit, de gagner sa vie honnêtement partout du moment que l'on parle la langue.

Comment accepter d'être ainsi traité au rendement, quand on sait la fragilité de ces perceptions ? Comment dégrader une relation qui doit être empreinte de magie, de tendresse et de force en répondant sur plusieurs Minitel à la fois, ou sur plusieurs lignes de téléphone, à des consultants qui ne sont pas toujours vraiment demandeurs de voyance, mais en proie à des crises d'angoisse que l'absence de formation – et de don ! – ne fera que dangereusement exacerber ?

Quel couple étrange que le consultant et le voyant ! Parfois, j'en souris intérieurement. Si je devais représenter symboliquement ce duo fragile et absolu, je peindrais la scène suivante :

Un paquebot en plein océan (Neptune...) et sur le pont désert au lever du jour, autour d'une table couverte d'une simple nappe blanche où brûlerait une bougie, ces deux-là, qui se regardent et échangent l'essentiel en voyant retomber les cartes que l'on vient de tirer, ou en écoutant les Runes former des dessins sur la blancheur de la nappe dans un respect curieux et joyeux, car il y a quelque chose de comique dans mon travail. Comique et sérieux comme le regard de l'ange sur l'homme.

Parfois j'arrive en retard, essoufflée (je suis fâchée avec les montres, je n'en ai d'ailleurs pas). Je fais entrer mon consultant, que je n'ai jamais vu, et alors qu'il s'assoit, je lance, les mains encore pleines de mes clefs et de mes paquets, sans le regarder, l'air distrait : « Et alors cette boutique... Que de soucis autour de cette boutique... Comment faire pour vous sortir de là... ? ! Bon on va voir ça... Je vais me laver les mains et je reviens... » Le regard de l'autre est inoubliable dans ces instants-là. L'inquiétude est évanouie. La confiance est là. C'est ma façon à moi de faire tomber la tension, de me faire pardonner ma non-ponctualité en créant l'univers-île de ce tandem voyant-consultant.

Comment peut-on se faire payer à la minute comme un horodateur aveugle ?

Quand il faut parfois rester une heure, parfois quarante minutes ou parfois une heure et demie, avec une personne ?

Quant à l'objection du prix elle n'est pas sérieuse : une heure au téléphone coûte en moyenne... sept cents à neuf cents francs… soit beaucoup plus cher que le prix moyen d'une consultation réelle. Vous dépenserez plus d'argent, pour ne même pas savoir quel est le visage de celui qui rentre ainsi dans votre vie, avant que vous ne puissiez appuyer sur « Connexion-Fin » à la demande. Quelle tristesse, pour risquer d'avoir affaire à un étudiant, à un chômeur ou à une mère de famille désargentée ! Pourquoi prendre un tel risque ? C'est si beau, une rencontre médiumnique.

Nécessairement intime et passionnée. Parfois, il m'arrive de me mettre en colère parce que je sens le danger, le mensonge, la trahison. Je choque ? Tant pis. J'ai fait mon devoir.

Une sirène d'alarme n'a pas à avoir honte de casser les oreilles de ceux qu'elle importune.

Je n'ai pas envie de plaire à tout prix. J'ai trop de respect pour la divination pour en trahir le sens. Et parfois, je décide de ne pas travailler, volontairement.

Une jeune femme brune est assise en face de moi. Je lui parle de l'étranger, d'un homme qu'elle aime et qui fait du négoce. Je la vois vivre dans un pays chaud. Elle acquiesce.

Sans savoir pourquoi, j'ai un petit pincement au cœur. Elle me donne alors d'elle-même des précisions : son ami, avec lequel elle vit en Amérique latine, vend… des avions.

Alors je lance, incrédule : « Et pourquoi je vois des têtes de mort sur les avions ? » J'ai les yeux ronds, elle me répond sans la moindre gêne : « Parce que ce sont des bombardiers, mon ami vend aussi des armes. »

Eh bien non, pas de voyance pour les salauds ! Je l'ai mise à la porte. Je ne veux pas un franc de cette femme. J'ai eu des clients marginaux, des braqueurs, un tueur à gages recyclé dans l'hôtellerie. Ces gens-là ont pris des risques, ceux de se retrouver des années derrière les barreaux. Ils jouent avec la société un jeu dans lequel ils cherchent inconsciemment des limites. Ils ont souvent un petit accent du Midi et, allez savoir pourquoi, me font en général porter des fleurs impressionnantes et des chocolats à Noël, avec un petit mot plein de fautes d'orthographe. Avec moi, ils sont sentimentaux.

Et quand ils « tombent », ils acceptent la sanction, en général plutôt bien. Alors je vois leur « femme ». Ils laissent des téléphones bidon et ne donnent pas souvent de vrais prénoms, qu'importe !

Étrangement, je n'ai pas même pensé à les juger. Sont-ils pire que l'huissier de justice qui, en saisissant un chômeur, le pousse au suicide et brise une famille pour des P.-V. non payés ? Certainement pas.

Mais là, marchand d'armes, le crime et l'impunité conjugués avec le profit comme moteur, c'est intolérable. Des victimes qui ne sont plus d'autres truands, mais des enfants, des femmes, des tendres petits vieux, qui explosent un jour sous du plomb brûlant…

Non. Toutes ces vies brisées, toutes ces femmes devenues folles au milieu des ruines, devant le cadavre de leur gosse, hurlant de désespoir, tous ces hommes amputés par la guerre, les images montent en moi. Inacceptable overdose, déchirant mes vaisseaux sous la pression de tonnes de lave sanglante et boueuse. J'ai du cadavre dans les narines et, planté dans les yeux, le regard de pintade prétentieuse de cette inconsciente qui s'insurge que je rechigne à faire mon travail. Mais file vite quand même. Parce que je ne rigole plus.

J'ai une capacité à la colère froide, dont un psychanalyste qui se plaisait à démolir mon métier a fait les frais, un jour sur une radio.

Sa seule réponse : « Madame, vous êtes méchante. »

Ouais. Et parfois, j'en suis fière !

C'est la seule fois en sept ans que j'ai refusé de plonger dans l'autre, parce que cette plongée m'aurait couverte d'une crasse indélébile.

Une consultation est donc une vraie rencontre. Avec des implications émotionnelles, maîtrisées et relativisées par les années d'analyse que j'ai faites, mais réelles tout de même.

J'engage donc tous les vrais médiums qui sont exploités par ce type d'entreprise véreuse ou par les organisateurs de salons de voyance, qui leur louent à prix d'or des stands qu'ils sont obligés de rentabiliser en se livrant à un véritable abattage, à se révolter, à se grouper et à trouver un moyen de torpiller ceux qui, sans vergogne, les exploitent et discréditent ainsi l'un des plus beaux métiers du monde en en faisant un chantage à l'angoisse, un petit commerce au ras des poils de la moquette. Pourquoi ne pas se faire connaître et rencontrer le public en proposant à des municipalités des conférences sur les Tarots ou l'astrologie ? En matière de voyance, comme en matière de médecine ou de sécurité, il ne saurait y avoir de « basse qualité » sans dégâts majeurs.

La divination est un art essentiel qui ne peut souffrir de banalisation.

Nous avons passé le praticien des arts divinatoires à la moulinette. C'est à votre tour maintenant ! Car une consultation réussie est un accord subtil, qu'il est plus facile d'obtenir avec n'importe quel médium à condition de connaître quelques petites règles de conduite intérieure et extérieure qui vous permettront de profiter pleinement de l'entretien.

AVANT

Une vraie motivation vous aurez

À ce stade de la lecture de ce livre, je n'ai plus à vous expliquer que la voyance n'est pas un jeu de société, mais un exercice de « ralliement » de toute votre personne, avant de vous projeter dans votre futur. Réfléchissez à votre motivation. Si vous ne supportez pas d'entendre que X ou Y n'est peut-être pas l'homme de votre vie, faites une croix sur les arts divinatoires. Ils offrent des réponses, justes en grande majorité, mais qu'il faut accepter sans toujours pouvoir sur le moment les comprendre. Cela peut être douloureux ! Même si un voyant sérieux ne dit jamais les tragédies qu'il peut parfois percevoir, ne serait-ce que par peur de se tromper, ce que vous risquez est de ne pas entendre ce que vous souhaitez. C'est tout. Mais cela peut être grave. Alors, avant de prendre rendez-vous, pensez-y.

PENDANT

Bienveillant vous serez

Le médium est là pour vous parler, le plus précisément possible, de votre vie passée et présente, avant de se risquer à entamer le chapitre du futur. Pas pour subir un interrogatoire type Gestapo, ou vos regards suspicieux, dès que vous serez assis face à lui. C'est vous qui l'avez choisi. Vous regrettez peut-être d'être là. Mais il n'y peut rien, laissez-le faire son travail. Toutes les ondes de défiance que vous envoyez le bloquent ; s'il est honnête, il va vous renvoyer. Vous aurez perdu votre temps et lui aussi. S'il ne l'est pas, il risque de prendre le taureau par les cornes, dans une bagarre énergétique où il n'aura qu'à pousser un « Hou la la !.. Je vois des choses vraiment graves... Je ne sais pas si je peux vous les dire... », pour vous déstabiliser et, à défaut de gagner votre confiance, il aura su générer chez vous la peur et la dépendance. En outre, si votre principal moteur dans la vie est la haine, ne perdez pas votre argent pour savoir ce que sera votre futur : une catastrophe de toute façon. Ouvrez d'abord votre cœur. Tant que le plus clair de votre temps sera utilisé pour nuire, en actes ou en pensées, à d'autres, votre vie ne pourra que naufrager.

Silencieux vous resterez

Une consultation est un exercice qui demande un certain calme. Le praticien ne peut pas voir *et* bavarder avec vous en même temps. Taisez-vous ; lorsque, de lui-même, il aura fait le tour de ce qu'il pourra spontanément vous dire, vous pourrez parler librement et poser toutes les questions qui vous tiennent à cœur. Mais pour le moment, laissez-le vous découvrir, comme un puzzle qu'habilement il doit remonter. C'est aussi par votre seul silence que vous pourrez être certain de sa compétence.

Vos émotions vous maîtriserez

Au risque de paraître sévère, il est important d'essayer, tant que faire se peut, de garder une relative neutralité émotionnelle durant une consultation. Il vous dit que vous allez déménager et vous n'en avez pas envie ! C'est désagréable et décevant, le médium est prêt à compatir, en toute bienveillance. Mais en revanche, vos larges gestes, exclamations et remises en cause du style : « Mais enfin ! Vous n'y pensez pas ! Je n'ai pas que ça à faire, moi ! Et mon entreprise ? Vous ne me parlez pas de mon entreprise ? » sont peut-être soulageants pour vous, mais désastreux pour lui ; le médium n'est pas responsable karmiquement de votre destinée. Il n'est qu'un messager. Pour le bureau des réclamations, adressez-vous à l'église, au temple ou à la synagogue. Pas chez le devin. En outre, il ne peut pas vous parler *en même temps* de votre entreprise et de votre déménagement. Laissez-le travailler à son rythme, c'est la seule façon pour qu'il ne se bloque pas et reste performant.

L'inattendu vous accepterez

On vous aurait prédit il y a dix ans, alors que vous ne juriez que par les grands blonds distingués et silencieux, que vous seriez aujourd'hui assise en face de moi à cause d'un petit Méditerranéen qui a su vous faire mourir de rire et vous rend folle de jalousie parce qu'il séduit toutes vos copines, malgré ses poignées d'amour et ses lunettes d'hypermétrope, vous ne l'auriez jamais cru. Et pourtant ! C'est bien lui le père de vos enfants, c'est lui qui vous fait battre le cœur et, s'il devait demain vous quitter, vous ne vous en relèveriez pas aussi facilement que pour ce bel Allemand, dont vous étiez amoureuse l'été de vos vingt ans. Alors acceptez l'inattendu. Laissez le médium vous surprendre. Peut-être que ces notes, que vous gribouillez, sceptique, n'ont aucun sens aujourd'hui. Il faudra peut-être dix ans pour qu'elles en aient. Ouvrez-vous, la vie est surprise, transformation, enchaînement. Soyez réceptif. Dieu ne donne pas toujours aux hommes ce qu'ils veulent, mais toujours ce dont ils ont besoin.

Informé vous serez

Il est bon de connaître un peu le fonctionnement de la voyance avant d'aller consulter. Un médium *ne peut pas* répondre avec le même type de langage que celui d'un médecin ou d'un avocat. Il s'exprime par métaphores, pas par conclusions. Notre culture *ne nous permet pas,* sans préparation, d'utiliser correctement une consultation. En sachant ce que vous pourrez vraiment en attendre, vous en tirerez un réel profit. (Je vous conseille le livre de Marie Delclos *La Voyance en dix leçons* : le titre est un peu railleur mais le contenu excellent.)

Réaliste vous demeurerez

C'est merveilleux d'avoir en face de vous quelqu'un capable de vous dire, au seul prénom de « Catherine » : « Tiens, elle a un problème au bras », au moment où vous venez d'apprendre que votre fille aînée est dans le plâtre suite à une chute à skis ! Mais la magie a ses limites. Le médium qui vient de vous impressionner ainsi peut parfaitement se tromper en toute bonne foi, et sur toute la ligne, sur ce qui vous arrivera plus tard. C'est un risque à prendre. La voyance n'est pas une science exacte. Êtes-vous prêt à réaliser quelques années plus tard que tout « était faux » sans être dans l'agressivité à son égard ?

Sinon, dispensez-vous d'aller voir un voyant. Il est tenu de faire tout ce qu'il peut, mais pas d'être infaillible.

APRÈS

Créatif vous deviendrez

Vous allez rentrer chez vous avec vos notes. Certaines vous paraissent logiques, d'autres non. Laissez vagabonder votre imagination et pas toujours vers le pire.

Une consultante, divorcée, âgée de cinquante-cinq ans, et très éprouvée par la vie, a pris rendez-vous avec moi pour savoir si elle allait bien acheter, comme prévu, un bar-tabac dans Paris.

Je ne vois aucun commerce. Je vois de longues vacances. Beaucoup d'eau. Du soleil. Elle repart effondrée. Je lui ai aussi parlé d'unc rcncontre mais ça, elle l'a, dans son pessimisme, oublié.

Elle retrouvera quelques mois plus tard son premier amour, de dix ans son aîné. C'est maintenant un riche entrepreneur de B.T.P. en retraite. Il est veuf depuis deux ans, et au fond de lui il n'a jamais vraiment réussi à oublier ma consultante.

Plus de bar-tabac à assumer. Une belle maison en Corse avec une histoire d'amour éternelle, à déchaîner un cinéaste.

Tant qu'à imaginer un fil qui relierait toutes les séquences de vie que le médium vous révèle, ne le choisissez pas forcément en barbelé…

Le temps qu'il faudra vous patienterez

Il est impossible de juger d'une consultation en trois mois, ni même en un an. Ce qui vous paraît aujourd'hui être une erreur ou ne pas s'être produit va peut-être se produire plus tard, ou simplement autrement. Gardez confiance, le temps est la chose la plus difficile à évaluer en voyance.

Le service après-vente, vous oublierez

« Chère madame, je suis venue vous voir en mai 92, je suis la dame qui avait un petit garçon ayant des problèmes scolaires… Voilà, j'aimerais savoir aujourd'hui si mon mari va trouver une situation dans la banque ou dans l'assurance et sous combien de temps. Vous aviez prédit un changement qui a eu lieu, mais nous voudrions être sûrs qu'il s'agit bien de ce changement et pas d'un autre, car nous avons aussi une possibilité de partir travailler à l'étranger et… »

Face à ce type de demande, l'on peut concevoir deux types de réponse :

La première est commerciale. Faire plaisir et fidéliser. On n'a plus, bien sûr, aucun souvenir de la dame et on fait distraitement un petit Tarot. On répond. Hors contexte, alors qu'il est hasardeux de répondre à des questions précises, sauf au sujet d'intimes dont nous connaissons tout, ce qui permet par les déductions et les comparaisons auxquelles nous pouvons nous livrer de pouvoir interpréter sans trop d'erreurs la réponse.

Car qui nous dit que le mari de la dame n'a pas, en fait, un problème de santé ? Et que c'est pour cette raison uniquement que les cartes ne parlent pas de reprise d'activité ? Sauf inspiration – ça arrive –, il vaut mieux s'abstenir.

La seconde réponse, la mienne, est justement dans l'abstention fréquente. Pas par paresse, car j'ai une réelle curiosité à dépouiller mon courrier. Mais parce que je me sens impuissante et qu'en dehors de moi-même ou de mes intimes, avec lesquels je suis connectée naturellement et constamment, je ne me vois pas plonger cinq minutes dans la vie d'une famille pour répondre à un ou deux paramètres hors contexte, alors que la trame, l'ensemble, n'est plus là. Je ne sais pas me contenter de tirer les cartes. J'ai besoin d'avoir des flashes et je n'en ai pas avec ce type de pratique, qui équivaut à de la voyance par correspondance, en moins profond.

Beaucoup de médiums sont comme moi.

Il leur sera difficile de rester fiables dans de telles conditions.

Relisez les prédictions qu'ils vous ont faites autrefois, en les interprétant vous-même. La voyance nous traverse un instant, et il nous est impossible de savoir ce que nous avions vraiment voulu dire en 92 sur un sujet, tout simplement parce que l'oubli est notre façon d'intégrer naturellement le secret professionnel.

Si votre question n'est pas fondamentale, attendez la réponse de la vie. Sinon reprenez un rendez-vous. Un vrai. Et allez plus loin en face à face.

Quand le destin se « bloque » : apprenez à transformer vos épreuves pour en sortir

La pratique de mon métier m'a amenée à être au contact de beaucoup de situations de crise. Une amie m'a questionnée un jour sur la présence d'une impressionnante réserve de mouchoirs en papier dans un tiroir. Je lui ai répondu que c'était… pour mes consultants. Je ne sais pas pourquoi, chacun croit nécessaire, avant de s'effondrer en larmes, de me dire : « Excusez-moi. » Pourquoi s'excuser d'avoir des émotions ? Je sais que la capacité à les exprimer est un courage, un premier pas vers la libération. Je les encourage à cette explosion émotionnelle qui gêne tant certains d'entre nous. Au travers de la crise, la solution parfois déjà se dessine comme un ciel s'apaise avec la tempête qui le déchire. Il n'y a que de bonnes raisons de pleurer quand on souffre. Une raison médicale : on libère des endorphines. Une raison spirituelle : pleurer c'est s'abandonner, cesser de résister, de se bloquer, permettre à l'accumulation de stress emmagasiné de se transmettre. Les pleurs, c'est l'usine de recyclage et de conversion des épreuves, que le Créateur a donnée à l'homme pour supporter sa lucidité.

L'approche des états de crise m'a été facilitée par le fait que j'ai suivi moi-même, pendant sept ans, une psychanalyse. Si je sais aujourd'hui que le système n'est pas parfait, et que la théorie analytique est réductrice, c'est tout de même en Occident une des seules formes d'initiation qui permettent de régler les problèmes de transfert.

J'ai eu la chance de pouvoir être à même de ne pas me sentir désarmée devant les états de souffrance extrême, et de devenir le point d'appui suffisamment mobile pour permettre à l'autre de basculer dans la libération des larmes.

Cela m'a amenée à réfléchir sur la souffrance des états de crise, sa gestion et aussi sur ses causes qui, au travers de la multitude des destinées diverses, se rejouent au travers des mêmes scénarios à base de manque, d'abandon, de blessure morale.

Mais, en attendant d'atteindre chacun la sagesse de Bouddha, il faut essayer d'échapper aux tempêtes morales, qui amènent certains d'entre nous à des extrémités fâcheuses. L'heure est visiblement grave. Un employé du métro parisien, chargé de la sécurité, m'a dit que le nombre de corps retrouvés sur le rail allait croissant depuis un an ou deux.

Si ce constat macabre est sûrement lié en partie à l'aggravation de l'état économique, il est aussi provoqué par la négation hypocrite que notre société fait de la souffrance. Quand l'univers publicitaire nous renvoie des mannequins bronzés et méprisants, trônant dans des univers de rêve, quand la santé et l'équilibre sont supposés *aller de soi* dans la plus totale absurdité philosophique, que faire de la douleur ? Faut-il la soigner comme une maladie, en s'abrutissant d'antidépresseurs, alors qu'elle est un stade nécessaire dans l'accomplissement de la personnalité ? Sûrement pas. C'est pour cette raison que j'ai décidé de créer le système « Indigo », pour que la douleur devienne une énergie de sagesse. En attendant d'écrire une adaptation du *Yi-King* et un enseignement du Tarot, c'était ma façon de permettre à chacun de découvrir son cerveau « gauche ».

Indigo est un espace de rencontre pour tous les passionnés des arts divinatoires, une bibliothèque, un guide du bon usage de la consultation. Et c'est aussi un programme permettant de dialoguer avec notre inconscient.

Il n'est hélas pas accessible à tous, puisque je propose, là encore, l'aide d'un test préliminaire pour vérifier s'il est possible ou non de se livrer à l'autodivination pour chacun.

J'ai travaillé deux ans, pour tenter de traduire en un langage adapté à chaque cas de figure (vie spirituelle, amoureuse, professionnelle) la sagesse des « Runes ». Les Runes sont des pierres divinatoires utilisées par les Celtes. Le langage varié des Goths et des Vikings. Je voulais créer un outil qui, dans l'urgence, donnait des indications fiables et permettant d'attendre une VRAIE consultation avec un voyant, qui ne serait pas un distributeur automatique de prédictions.

En cas de crise, la tentation de l'ouverture vers l'autre est la réaction la plus courante, mais pas nécessairement la plus appropriée.

Une âme à vif projette d'étranges lueurs de désespoir, dont les proches ne savent pas toujours que faire. En outre, les « à ta place, voilà ce que je ferais », même lorsqu'ils sont teintés de bienveillance, sont dangereux et décentrent la personnalité davantage qu'ils ne l'apaisent.

Bien sûr, chacun a sa version sur comment traiter l'amant à problèmes, l'employé autoritaire ou l'enfant à la dérive. Tous sont certains de savoir mieux que vous comment régler un problème sur lequel ils n'ont en général que des *a priori* liés à leur expérience, partielle, de la vie. Il existe en vous une part omniprésente et omnisciente qui ne s'effarouche ni ne juge, une part de sagesse qui n'est pas emportée par le flot des émotions, mais comment l'interroger ? En vous familiarisant avec les arts divinatoires sans trop de risques.

J'ai testé Indigo « sur plusieurs cobayes volontaires de mon entourage ».

Ainsi, une amie qui était en proie à un deuil, en pianotant, choisit de demander à l'oracle : « Comment suis-je moralement en ce moment ? » Elle tira la Rune Kanu inversée avec mon commentaire : « La fin d'un cycle est arrivée. Il ne faut pas craindre la perte, ne pas souffrir de la séparation, accepter le vide, qui demain sera terreau fertile. »

Amusée, elle continua. Elle demanda : « Quelle est la personnalité de Jean-Pierre ? » et obtint la Rune Gebo avec ces mots : « Un désir de don, d'union, une écoute de l'autre tout en tendresse et en dévotion. » Or, la personne en question, son ami, est éducateur spécialisé et passe tous ses week-ends, depuis vingt ans, à aider bénévolement des défavorisés divers.

Cela marche exactement comme si vous choisissiez les pierres. Hélas, tout le monde ne peut pas réussir à être connecté avec sa part de sagesse. C'est pour cela que, comme dans une consultation avec un professionnel, je recommande l'essai en posant *d'abord* des questions sur le présent dont vous pouvez tout de suite évaluer la justesse et la fiabilité.

Avec ce système j'ai épaté beaucoup de sceptiques, qui reconnaissent que « ça marche ». Comment ? Comme n'importe quel système de divination, avec votre propre énergie psychique. Indigo est, comme le *Yi-King* (dont je prépare une traduction), un outil infatigable sans humeurs, ni jours de congé, sans interférences, plein de désir ou de crainte des tiers, qui peut vous permettre de résoudre vos conflits et vous conseiller pour les solutionner, même en pleine insomnie ou un dimanche à l'aube. En le testant, je lui ai demandé l'opportunité de l'installer sur un service télématique d'information ésotérique. J'ai tiré la Rune Laguz avec mon propre commentaire : « Vous êtes toute en intuition. Fiez-vous à la compréhension profonde que vous avez des choses pour appréhender l'univers et les autres, car c'est avec cette plongée au cœur de vous-même que vous pourrez comprendre et aider. »

Je sais l'avoir traversé sans dégâts, grâce à l'usage que certains de mes proches jugèrent d'ailleurs intempestif du Tarot de Marseille, du *Yi-King* et des Runes. Bref, de tous les systèmes divinatoires, y compris la géomancie, qui me tombaient entre les mains pour résoudre mes crises d'angoisse.

J'ai posé lourdement cent fois les mêmes questions et, avec la même patience et un humour éternel, les arts divinatoires m'ont répondu... cent fois la même chose. Je ne connais pas un seul être humain capable de résister à un questionnement aussi maniaque.

Je n'épuisais que moi, puisque ce sont nos propres ressources psychiques qui font fonctionner ces systèmes.

Mais la lecture symbolique que j'en ai demande un apprentissage particulier, auquel j'ai accepté de consacrer des jours et des nuits, parce que je découvrais que la divination, lorsqu'elle permettait une introspection, était le meilleur anxiolytique du monde. J'ai eu aussi les frayeurs du début, parce que je ne savais pas interpréter l'oracle, quel qu'il soit, que j'avais tiré. Indigo est la somme de mes propres expériences divinatoires et de mes années de travail. J'ai voulu traduire des symboles en mots, car il n'est pas donné à chacun de dialoguer en abstrait avec des concepts. En mots, parce que rien ne m'a mieux aidée que le *langage* du *Yi-King*...

Des phrases qui laissent une place à l'interprétation, mais ne permettent pas l'identification parfois morbide, parce que totale, que l'on a avec des images ou des symboles.

La divination n'est pas un jeu. La consultation chez un voyant est un moment fort d'une vie, un moment sacré, qu'il n'est pas question de renouveler trop souvent, sans risque de la désacraliser. Il fallait donc trouver un système pour se rebrancher avec soi-même, surtout en état de détresse. C'est comme cela qu'Indigo est né dans mon esprit, parce que la divination est avant tout une plongée en soi-même avant d'être une plongée dans l'avenir.

Je voulais trouver un outil facile d'utilisation qui, au travers de réponses à des questions quotidiennes, diffuse de grands principes spirituels, réapprenne l'écoute, la patience, l'indulgence, l'espoir, ravive la créativité, sans bercer pour autant d'illusions et serve de guide là où plus personne n'a le temps, l'envie et, pire parfois, la compétence d'aider celui qui est en crise. Et quel dommage, lorsque l'on sait que c'est dans ces états de désorganisation douloureux que tout redevient possible !

Une philosophie économique de la croissance non-stop ne peut avoir que mépris pour la douleur ; mais elle se trompe en étant une négation des réalités cycliques de la destinée, en refusant l'éternelle mouvance des soixante-quatre types de transformations du *Yi-King*. La souffrance ne doit pas être combattue comme un fléau, mais utilisée comme une soupape, dans une tentative d'alchimie qui vous fortifiera au lieu de vous anéantir.

Nous allons parler d'elle, une fois qu'elle vous tiraille, que vous n'avez plus la force de vous lever, que d'aller travailler est un exploit renouvelé chaque jour, que chacune de vos cellules vous paraît contaminée par un poison mortel et que vous n'avez plus le moindre intérêt pour le monde.

Ensuite, nous aborderons la prévention et le traitement particulier d'une des raisons qui peuvent facilement vous mener là : l'insécurité, à l'effondrement que provoque un chagrin d'amour.

Comment survivre quand on a envie de mourir ?

Peu importe les raisons qui vous ont mené là. Vous n'êtes plus à même, souvent, de les estimer. Chacun de nous a eu une crise de foie après un repas trop copieux. Dans cet état pâteux, vous étiez *certain* de ne plus jamais remanger de chocolat ou de boire du champagne. Et pourtant... le mal a disparu et vous avez à nouveau eu du plaisir à vivre et le chocolat qui vous dégoûtait tant est redevenu un délice.

La déprime, c'est la crise de foie du cerveau. On est anéanti et on est *certain* de ne plus jamais avoir de goût à vivre, d'être indigne d'amour et *certain* d'avoir d'excellentes raisons de mourir.

Et vous ne pouvez cependant avoir aucune certitude sur ce que sera votre avenir.

Ce n'est pas de l'optimisme débridé, c'est de l'observation. Je me rappelle une vieille demoiselle de soixante ans, perdue dans des histoires d'héritage éprouvantes, malade de surcroît. J'avais vu, six ou sept ans avant que l'événement ne se produise, une « maison avec de la neige à perte de vue, des kilomètres de neige ». Elle m'avait répondu sèchement que, vivant en Normandie, elle ne voyait pas très bien le rapport.

Cependant, comme je ne m'étais pas trompée au sujet d'un tas de petits détails quotidiens qui survenaient année après année, elle revenait me voir régulièrement.

Elle a retrouvé, à un enterrement, de lointains cousins vivant au Québec. Pour se changer les idées, elle a entrepris d'aller y passer Noël. Là-bas, elle fit la rencontre d'un célibataire de son âge, supportant très mal, lui aussi, le deuil de sa mère. Ils sont aujourd'hui mariés. Et elle vit dans la maison que j'ai décrite sans comprendre moi-même de quoi il pouvait bien s'agir.

Votre vie va peut-être rester un cauchemar, mais pour le moment vous n'en savez rien, alors, de grâce, *doutez* du pire. C'est ce qui s'appelle de l'espoir intelligent.

Une fois ce doute admis, comme pure hypothèse, PLEUREZ. Votre entourage cherche à vous distraire, vous assène des « n'y pense plus » dangereux. Les souffrances morales sont aussi réelles que les factures téléphoniques. Si, à la lecture de l'une d'elles, vous vous mettiez à raisonner en terme de « n'y pense plus », je vous laisse imaginer les conséquences. Au contraire, pensez-y. Réalisez ce que vous avez perdu, mesurez l'ampleur du désastre. Franchement, si la vérité blesse, c'est le mensonge qui tue.

Vous avez envie de vous rouler par terre ? Ne vous gênez pas. Il y a de quoi puisque vous en avez envie et cessez de penser aux « pauvres-petits enfants-qui-crèvent-de-faim-dans-le-tiers-monde » qui seraient supposés vivre un enfer plus grand que le vôtre. Il n'y a pas d'échelle objective de la douleur, et les pays riches détiennent le record des suicides, ne l'oubliez pas.

Acceptez la souffrance. Permettez-lui de vous envahir, de se répandre en vous comme une marée noire ravageuse. C'est comme ça que vous allez la découvrir et la désarmer ; en la bloquant si elle devient soutenable, elle creusera au fond de vous des galeries, telle une taupe sournoise qui mène, sans que vous le sachiez, votre conscience, Et l'effondrement, plus tardif, sera encore plus dur.

J'ai une admiration sans bornes pour Elisabeth Kübler-Ross et ses méthodes de thérapie, destinées en partie aux parents ayant perdu des enfants ou aux malades incurables. Elle raconte à Shanti Nilaya, dans *La Mort, porte de la vie*, qu'une des méthodes préconisées est celle du « matelas » sur lequel elle fait s'installer les participants de ses séminaires et qu'ils frappent à tour de rôle à l'aide de ballons ou de Bottin.

Mais la thérapie de groupe est une aventure particulière, ce n'est pas la seule possible. Trouvez un déclencheur de crise : une photo de l'être avec lequel vous avez rompu ou que vous avez perdu, une pensée qui vous paraît insupportable au sujet de votre situation présente.

Et exprimez votre rage ; si vous avez envie de taper votre matelas, allez-y, personne ne vous regarde.

Ensuite, et seulement ensuite, il se peut que vous ayez encore une rancœur contre quelqu'un à qui vous n'avez jamais osé dire ce que vous pensiez de lui (ou d'elle), par peur qu'il (ou elle) ne vous aime plus, pour ne pas lui faire de mal, bref, pour de mauvaises raisons, car c'est *vous* qui êtes aujourd'hui en danger et qu'il faut libérer.

Au lieu de prendre votre téléphone, écrivez-lui tout ce que vous avez sur le cœur, même si c'est inconvenant et pas charitable. Si votre souffrance vous poussait vraiment à vous suicider, ce ne serait pas non plus très élégant, très correct, ni très généreux.

Soyez précis, mais juste. N'oubliez jamais que vous avez aussi une part de responsabilité, ne serait-ce que celle d'avoir supporté tout ça sans broncher. Précisez-le éventuellement, en insistant sur le fait que votre rôle de victime ne vous amuse pas du tout, qu'une autre ère va s'ouvrir maintenant.

Si vous décidez de la poster, attendez deux jours de réflexion, au terme desquels vous déciderez ou non d'expédier votre message. Cela ne changera peut-être rien entre vous, mais peut-être que cette explication pourra bouleverser favorablement la situation.

Je connais aussi une personne de quarante ans, profondément marquée par une injustice dans une donation que la mère avait faite à ses frères et sœurs en l'en excluant. Cette préférence manifeste donnée aux autres la fit tomber en dépression, réactivant des souvenirs d'une enfance durant laquelle elle avait toujours été la bonne de ses cadets, lesquels ne l'avaient pas remerciée pour autant, trouvant somme toute normale sa position de Cosette en sacrifice.

Sur mes conseils, elle écrivit un jour à sa mère une lettre des plus claires, reprenant par là même le récit de quarante ans de brimades.

La première réaction de celle-ci fut de nier farouchement les dires de sa fille, en se retranchant derrière une amnésie de circonstance.

Après un silence radio de deux ans, ma cliente, qui n'attendait plus rien, mais qui après avoir dit ce qu'elle avait sur le cœur allait mieux, reçut un jour une lettre qu'elle m'apporta immédiatement. Suite à de graves problèmes de santé, sa mère avait eu un réveil de conscience et réalisait soudain ses erreurs passées. La vieille dame était presque aveugle, et elle avait recopié cinq ou six pages d'une écriture énorme et tremblante qui se terminait par « pardonne-moi ». La paix se fit entre elles. Et une histoire d'amour étonnante commença entre les deux femmes, jusqu'au décès de la plus vieille.

La lettre que ma cliente avait écrite était violente, agressive, désespérément lucide. Après avoir provoqué des défenses du type : « Après tout ce que j'ai fait pour toi, fille ingrate... Moi qui me suis tant saignée pour vous nourrir », etc., elle avait provoqué une révolution psychologique inespérée.

Vous ne *perdrez* jamais, en disant la vérité, que ce qui était déjà *perdu*.

Après avoir échappé aux « pense à autre chose » de votre entourage, acceptez vos incapacités temporaires. Vous n'avez pas envie de vous lever ? Dans la mesure du possible, restez couché. Il vaut mieux huit jours d'arrêt maladie qu'une dépression dont vous mettrez cinq ans à guérir, parce que vous vous serez forcé.

Vous n'avez pas le courage de vous laver la tête et de vous faire les ongles ? Eh bien, tant pis ! Laissez-vous aller. J'entends déjà les hurlements des sirènes volontaristes, qui pensent que l'on retrouve le goût de vivre à grands coups de pied aux fesses. Pouvez-vous rendre fraîche une rose malade en la mettant dans un joli vase et sur une jolie table ? Bien sûr que non. Alors cessez de penser que votre âme souffrante ira mieux dans une tête fraîchement permanentée, sauf si, bien sûr, vous trouvez du plaisir et du réconfort à vous occuper de vous, ce qui prouve que vous n'êtes déjà plus au fond du gouffre que j'évoque en ce moment.

Vous avez le droit de ne pas être un héros de série américaine vingt-quatre heures sur vingt-quatre.

En revanche, faites-vous plaisir. Si vous avez envie de manger quelque chose, achetez-le, de lire un livre, lisez-le. Tant pis pour les travaux domestiques. Il va falloir que votre entourage admette que vous n'allez pas bien. S'ils sont furieux, vous n'y êtes pas étranger, cela fait trop longtemps que vous postulez pour le casting de la femme ou de l'homme parfait à leurs yeux, ils vous découvrent faillible. Dure est la chute. Mais belle sera la leçon. C'est le plus beau service que vous leur rendez, car par les vertus de l'exemple ils sauront ce qu'il faut faire quand on ne va pas bien : s'abandonner.

Ne m'objectez pas que vous êtes responsable d'eux. Vous êtes avant tout responsable de vous-même. Si vous ne vous octroyez pas le *break* nécessaire pour vous recharger, vous risquez d'aller vraiment très mal. Qui s'occupera d'eux si on vous hospitalise ?

N'allez pas jusqu'au fond du puits pour découvrir qu'il est tari.

Pleurez sur vous-même. La même chose arriverait à quelqu'un d'autre, vous seriez le premier à être ému. La compassion s'exerce aussi à la première personne.

Vous allez devoir continuer à vivre. Il faut penser à demain. Imaginez le genre de vie qui vous paraîtrait supportable et vous serait agréable.

La plupart de nos souffrances proviennent de l'atrophie étonnante de notre imaginaire. Dérivé du chamanisme, je vous propose un petit exercice qui ne marchera que si vous admettez qu'il est possible que des guides invisibles vous aident. Si vous en doutez, relisez le chapitre destiné aux anges gardiens et aux pratiques chamaniques.

Fermez les yeux. Bandez-les éventuellement. Si ça vous paraît ridicule, pensez que ça ne l'est sûrement pas davantage que d'avoir des bigoudis sur le crâne, ou de pédaler sur un vélo de salle de bains.

Produisez un rythme régulier avec un tambour sur lequel vous taperez avec une cuillère entourée d'un linge, pour ne pas produire de sons à fréquences aiguës. (Un tambourin fera l'affaire ainsi que n'importe quelle vieille casserole en aluminium ou en fer.)

Il n'y a rien de superstitieux dans cette pratique, d'un rythme lancinant de tambour, pour obtenir des changements d'état de conscience dans la plupart des cultures primitives. En Inde on répète inlassablement le même mot ou la même phrase appelée « Mandala » pour obtenir ce résultat. La raison en est neurologique : le bruit court sur vos fibres nerveuses et anesthésie, en quelque sorte, les perceptions ordinaires qui vous distraient, en les court-circuitant, car il va en quelque sorte plus vite et plus fort que les autres informations. Ainsi le cerveau est libéré de ses réflexes habituels et peut passer à une autre activité.

Ce type de sons est ainsi utilisé par certains guérisseurs, car l'anesthésie ne serait pas que symbolique.

Laissez monter en vous toutes les images qui viendront à votre esprit. Ne cherchez pas à les provoquer. Ne posez aucune question. Soyez un écran vierge.

Mais ne soyez pas impatient. Il faudra peut-être une dizaine de minutes de roulement de tambour avant que vous ne vous débarrassiez de votre sentiment de faire quelque chose d'inutile ou d'absurde.

Toute votre éducation vous a conditionné, en vous coupant de votre pouvoir imaginaire et de votre intuition. Vous n'allez pas les retrouver en cinq minutes.

Vous pouvez vous aider en répétant ceci pendant l'exercice :

Je ne suis pas mon esprit
Je ne suis pas la raison
Je ne suis pas mes pensées
Je ne suis pas mon corps physique
Je ne suis pas ma mémoire
Je ne suis pas mon jugement
Je ne suis pas mon vouloir
Je ne suis pas dualité
Je suis l'unité
Je suis l'intemporel
Je suis l'infinie connaissance
Je suis l'infinie compassion
Je suis le total abandon
Je suis en toute chose et toute chose est en moi
Le reste est illusion.

Au moment où vous commencez à sentir un certain état de relâchement intérieur et de vide, imaginez la présence de quelqu'un vivant ou décédé, en qui vous avez une totale confiance, à vos côtés, ou encore, si vous avez déjà découvert son existence, sollicitez votre ange gardien.

Au moment où les images apparaîtront dans votre esprit, laissez-les défiler. Cela peut être des souvenirs, des scénarios d'angoisse, de vengeance, des fantasmes, des paysages lumineux, des rencontres avec des personnages bizarres.

N'ayez pas de censure sur ce que vous voyez. L'imaginaire n'est pas régi par les lois de la morale ordinaire. Essayez en revanche de vous rappeler chaque détail *sensoriel*. De quelle couleur était le paysage, quelle odeur avez-vous sentie en vous retrouvant dans l'école de votre enfance, qu'est-ce que les personnages connus ou méconnus vous ont raconté ? Notez tout sur un cahier. Si vous n'avez rien entendu et que votre écran mental est resté vide, tant pis. Ça sera pour une prochaine fois. Votre inconscient *connaît* la clef de votre problème. Il ne vous la donne pas encore, parce que vous n'êtes pas prêt. Apprivoisez-le. Cela va peut-être prendre du temps, mais vous en aurez d'immenses bénéfices.

Il se peut qu'au bout de cinq ou six séances vous vous sentiez déjà beaucoup mieux.

Vous pouvez évaluer votre état psychique grâce à un tirage de Runes ou de n'importe quel art divinatoire avec lequel vous choisirez de vous familiariser. Vous n'aurez encore posé aucune question précise sur ce qui vous tourmente. Vous aurez déjà découvert que vous avez une vie intérieure, avec des symboles, des couleurs, des souvenirs, des ambiances qui vous appartiennent. Ce monde est aussi réel que celui dans lequel vous évoluez sensoriellement tous les jours. Il obéit à peu près aux mêmes lois, à cette différence que vous pouvez y construire des refuges, dans lesquels aucun huissier de justice ou aucune catastrophe ne pourra *jamais* vous atteindre.

Tout le monde connaît cette photo qui fit le tour de la planète : un moine bouddhiste s'immolant par le feu sur une place publique, parfaitement impassible au milieu des flammes, continuant sa prière.

Où sa conscience était-elle réfugiée pour ne pas sentir la douleur ? Dans ce que l'on appelle à tort « le monde imaginaire ». « Ne vis pas dans tes rêves », vous a-t-on dit lorsque vous étiez enfant, et que vous vous retiriez en vous-même. Eh bien si, justement, c'est là qu'il faut réapprendre à vivre, car c'est le même endroit où vous pouvez retrouver des forces, et recréer pour demain un futur *meilleur,* en échappant au mécanisme de destruction dont vous êtes victime par ignorance.

Reste à trouver le chemin.

Quand vous sentirez le moment venu, vous pourrez commencer à diriger un peu vos voyages. Ne soyez pas impératif et revendicatif. Vos gardes ne sont pas des employés de la Sécurité sociale, car l'aide spirituelle n'est pas un *droit* mais une grâce.

Vous allez bientôt découvrir votre garde. Il peut s'agir d'un défunt que vous chérissiez, d'un animal qui vous offre ses pouvoirs, d'une figure inconnue. Un guide est toujours bienveillant. Lorsque son image apparaîtra dans votre voyage intérieur, sachez-le et posez votre question. Vous serez peut-être étonné par ce qui va suivre, car votre guide vous entraînera dans des zones reculées de votre conscience. Voilà le type de réponses que vous pouvez obtenir :

José Stevens et Lena Stevens racontent, dans *Secret du chamanisme*, le cas suivant :

Pour Bob Anderson, l'argent semblait être un problème perpétuel. Quelle que soit la somme qu'il ramenât à la fin du mois, elle ne lui paraissait jamais suffisante. Pourtant, objectivement parlant, elle l'était. Il avait de solides économies, il avait fait des placements intéressants, mais il ne pouvait chasser de sa tête l'idée qu'il n'était pas suffisamment riche pour entretenir sa famille. Ils travaillaient dur, lui, sa femme Mary et leurs fils, mais, bien que les bénéfices de l'affaire eussent augmenté de trente pour cent cette année, il tenait à ce que tout le monde fasse des heures supplémentaires, rien que par sécurité. Malgré tous ces efforts, il continuait à se tracasser. Il songeait même à prendre un second travail pour gagner davantage.

Mary Anderson étudiait depuis longtemps le chamanisme, mais elle n'avait jamais eu le courage d'apprendre à son mari la manière de se faire aider pour en finir avec ses soucis d'argent. Un soir, comme ils discutaient de leur situation, elle parvint néanmoins à lui parler du chamanisme, et quel ne fut pas son étonnement : Bob insista pour qu'elle éclairât davantage sa lanterne. Visiblement, elle avait parfaitement choisi son moment.

Elle expliqua à son époux qu'il pouvait compter sur un allié qui l'aiderait à régler n'importe quel problème. Il serait peut-être bon qu'il entreprît un voyage chamanique en se servant de sa peur de la pauvreté comme point focal. Quand elle l'eut mis au courant de la procédure, Mary fit se décontracter Bob, l'installa confortablement dans une pièce obscure et lui donna un enregistrement de battements de tambour pour faciliter sa concentration.

En arrivant à l'entrée de la grotte, Bob fut sur-le-champ accueilli par un loup gris au pelage argenté. Il lui fit part de son problème. « Viens, je vais te montrer », lui dit son guide. Bob l'empoigna alors solidement par la queue et tous deux plongèrent dans une galerie pleine d'embranchements. Ils émergèrent sur le flanc d'une colline dominant une étroite vallée. Il était tard et il faisait presque nuit. Au-dessous d'eux brillait un grand feu à la lueur duquel des danseurs se livraient à des farandoles endiablées. Ils donnaient une impression de liberté et d'aisance aérienne. Bob avait une envie folle de descendre pour danser avec eux, mais il était incapable de faire un mouvement. Baissant les yeux, il s'aperçut que de lourdes chaînes qui allaient jusqu'au sol lui emprisonnaient les épaules et la taille. C'était leur poids qui l'empêchait de se joindre aux danseurs. Il comprit que ces chaînes ne différaient en rien des soucis financiers qui l'accablaient dans la réalité ordinaire. Il demanda au loup comment s'en défaire, et il fut sidéré quand il vit ce dernier revêtu d'un bermuda et portant un matelas en caoutchouc sur lequel il s'allongea et se mit à lire un livre.

Bob pouvait en voir le titre : *Vacances au bord de la mer*. Tout d'abord, il resta interdit, puis la lumière se fit dans son esprit. Il y avait des années qu'il avait envie de passer des vacances au bord de la mer, mais il s'était toujours refusé ce plaisir, disant pour la plus grande déception des siens qu'il y avait trop de travail pour qu'on puisse se le permettre.

Le loup se leva d'un bond et s'exclama : « Très bien ! Tu commences à comprendre. » Sur quoi il se métamorphosa, devenant d'un seul coup le portrait tout craché du défunt père de Bob. Rien n'y manquait : ni la salopette ni la boîte à outils. « Je suis désolé, Bob, laissa-t-il tomber, mais il n'est pas possible que tu ailles camper, tu sais. Nous ne sommes pas comme les riches qui peuvent envoyer leurs gosses camper tous les ans. D'ailleurs, j'ai besoin de toi pour m'aider cet été. »

Ces paroles secouèrent terriblement Bob. Il sentit la rage monter en lui, bientôt suivie d'une profonde tristesse. Il commença à sangloter. Il avait autant de peine pour lui que pour son père qui n'avait jamais été capable de sortir de ses embarras financiers.

Et voilà le loup de retour. Cette fois, il était coiffé d'un chapeau haut de forme et portait une montre en or démodée avec sa chaîne. « On dirait, mon garçon, que tu dois te mettre à l'ouvrage pour rattraper le temps perdu. Est-ce que tu vas continuer à vivre comme ça ou réaliser que tout cela remonte à quarante ans, hein ? »

Bob, le visage encore barbouillé de larmes, sourit ; puis il baissa à nouveau les yeux et ce fut pour constater que ses chaînes avaient disparu. Il en éprouva un intense soulagement et s'élança pour rejoindre les danseurs autour du feu.

À la sortie de la caverne, le loup lui fit un présent : « Voici un anneau d'or serti d'une pierre précieuse. Chaque fois que tu te mettras à penser que la mouise te guette, souviens-toi qu'il est à ton doigt et il te rappellera ton voyage. Alors, tu auras le choix et tu ne seras plus esclave de l'habitude. Maintenant, tu vas amener ta famille au bord de la mer. Elle le mérite bien après t'avoir supporté depuis tout ce temps. » Bob éclata de rire et remercia le loup. Quand il ouvrit les yeux, il tâta son doigt. Bien qu'il fût invisible, l'anneau était bien là, il le sentait. Alors il se remit à rire.

Vous obtiendrez peut-être une réponse qui vous semblera sur le moment absurde. Notez-la tout de même. Je ne savais vraiment pas ce que voulaient dire les « taches d'encre » dont j'avais rêvé en 1984 mais elles bouleversèrent ma vie quand même sans que j'en sois consciente ; ce rêve chemina à l'intérieur de ma psyché et prépara le chaos qui me permit de comprendre que ma place était dans l'exercice professionnel de la voyance.

Lorsque vous avez appris à lire, vous butiez sur les mots. Ce n'est pas pour autant que vous accusiez le livre ni l'imprimeur d'absurdité. Faites de même avec les visions intérieures. Votre sens du décryptage va s'affiner progressivement.

Pour savoir dans quel sens vous diriger pour stimuler votre vie spirituelle, et quel est le type d'erreur qui vous freine, un tirage du Tarot de Marseille ou quelques Runes interrogées vous seront d'un grand secours.

Si vous constatez que vos désirs sont vraiment impossibles à réaliser, c'est peut-être que ce ne sont pas les vôtres.

Une de mes amies s'obstinait à réussir dans l'immobilier. Après une ou deux années de demi-réussite, elle s'effondra totalement en entraînant toute sa famille dans les dettes. Bien sûr, la mauvaise conjoncture récente y était pour quelque chose, mais malgré tout la faillite était retentissante. Elle sombra dans une dépression grave et perdit treize kilos en trois mois. Elle appliqua, sceptique, mon conseil quant à la visualisation chamanique, son guide lui apparut sous la forme d'une Vénus blonde qui sortait de l'eau, semblable à la célèbre peinture de Botticelli.

Elle revécut des scènes d'enfance, où elle découvrit qu'une rivalité farouche l'avait toujours éloignée de sa sœur, plus brillante qu'elle scolairement. Au lieu d'apaiser la situation, ses parents avaient toujours mis de l'huile sur le feu, entretenant un climat de suspicion exacerbée entre leurs enfants.

Adolescente, elle avait éprouvé une passion pour l'art, les meubles anciens et la peinture. Sa famille, composée de commerçants laborieux et inquiets, l'avait vivement découragée de poursuivre une voie qui leur semblait aussi dangereuse qu'inconnue.

Et, mettant la réussite maternelle au premier plan, lui avait passé un curieux message du type : « Tu ne seras quelqu'un que si tu gagnes de l'argent. »

Obtempérant, elle avait successivement entrepris et raté des études de gestion, de droit, puis venait de couler une affaire d'immobilier.

Son guide lui présenta un pinceau doré qu'il lui mit dans les mains. Elle vit ensuite un miroir vénitien (la présence de l'Italie n'est pas innocente dans cette affaire), des cadres de différentes tailles et de différentes couleurs, empilés au mur, et une petite ruelle dans un centre-ville encombré de vieilles bâtisses.

Elle nota le tout sans comprendre, mais retrouva là des symboles qui lui rappelaient curieusement son goût des belles choses passées.

Alors que tout, *rationnellement*, aurait dû la pousser à rechercher un travail au plus vite, elle décida de prendre des cours de style, à la plus grande fureur de son entourage.

Elle y rencontra une vieille aristocrate romaine, fortunée et oisive, qui, se prenant de sympathie pour elle et admirative de sa motivation, décida de lui avancer une (petite) somme pour démarrer son activité de brocante. Mais lorsque la voie est juste, les barrières tombent, toutes, très vite. Une deuxième chance se présenta en l'achat sous-évalué d'un lot de cadres dorés, qu'elle reconnut comme étant ceux de son voyage intérieur. En les revendant, elle était lancée. Elle a gagné en deux ans d'activité deux fois plus d'argent qu'avec son agence, en multipliant les chances et les bonnes affaires à un rythme qui défie la logique.

N'ayez pas peur de changer. Si vous êtes arrivé à un point de souffrance qui vous paraît à la limite du supportable, c'est parce que votre chemin n'était pas le bon et que votre désir n'était peut-être pas le vôtre. Il n'y a pas de « gens bien » et de « gens pas bien », de chanceux et de malchanceux. Il y a des gens à leur place et d'autres qui ne le sont pas. La vôtre est peut-être très loin de ce que vous aviez imaginé avec la raison.

La souffrance que vous commencez à utiliser comme du gaz propulsif, au lieu de vous laisser dévaster par elle, fait percevoir par les brèches qu'elle a créées dans votre ego la trame de ce qui va vous sauver bientôt. Vous devez maintenant commencer à accepter à moitié l'échec qui vous donnait envie de mourir, car vous sentez que quelque chose d'autre se met en place.

Mais, s'il vous arrive encore d'être plein de douleur, n'hésitez pas à retourner au début de ce chapitre.

Maintenant que vous êtes plus en accord avec vous-même, utilisez vos voyages intérieurs pour mettre à l'épreuve vos projets et vos espoirs. Vous pouvez aussi utiliser la divination, après avoir fait quelques tests pour savoir si vous êtes à même de vous servir des arts divinatoires. Un bon projet répond toujours à ce type de critère :

Vous auriez pu en rêver enfant ou adolescent. Freud ne disait-il pas qu'une vie heureuse était une vie où l'on exauçait ses rêves d'enfant ?

Lorsque vous pensez à l'accomplissement de ce projet ou de ce souhait, vous pensez toujours à votre bonheur personnel et l'avis des autres vous est bien égal.

Si vous découvrez que vous ne pensez pas à ce bonheur, mais que vous imaginez la tête que feraient vos collègues, vos parents ou votre conjoint si votre souhait s'accomplissait, vous êtes dans l'erreur. Vous n'êtes pas sur terre pour plaire ou agacer les autres, mais pour réaliser pleinement le potentiel qui est en vous.

Sachez renoncer.

Si vos voyages intérieurs et les oracles vous montrent que la route est barrée, acceptez de revenir à la case départ et renoncez à votre désir. N'oubliez pas que ce qui, pour la majorité d'entre nous, a provoqué l'état de détresse dans lequel vous vous êtes trouvé a été cette incapacité au renoncement de l'Occident appelée la « ténacité », l'« obstination », et que je nomme « acharnement », « non-respect des signes du destin ». Le fait de vous comporter avec la brutalité d'un mauvais représentant de commerce qui force la main de ses clients ne produira que des cendres dans votre vie.

Les lois de la vie obéissent à des progressions subtiles, toutes en relation avec votre karma. Vous n'êtes pas libre de tout réussir dans l'indétermination que la société vous a laissé espérer. Mais il n'existe pas d'humain sans accomplissement, pas de vie sans possibilité de réalisation. Une voie juste existe et nous attend. Renoncez aux chimères. Préparez le terrain de votre nouvelle vie. « C'est l'affaire de l'homme noble que de reconnaître à temps que l'heure de la retraite est arrivée. Quand on choisit le moment opportun pour se retirer, l'opération peut s'accomplir dans des formes amicales, sans donner lieu à des " explications fâcheuses ". » (*Yi-King*.)

Vous sortez à peine d'une situation de douleur extrême. Vous commencez à percevoir quelles seront les données futures qui vous permettront de vous reconstruire. Et cependant, seul le présent peut vous soulager vraiment. Le présent dont tous les maîtres spirituels s'accordent à dire que lui seul est important.

Que se passait-il lorsque vous grandissiez ? Il fallait jeter vos vêtements, car ils n'étaient plus à votre taille.

Vous avez sûrement réalisé, grâce aux pratiques que vous venez de découvrir, que votre système de valeurs devait être modifié. Un équilibre de vie doit être respecté *coûte que coûte,* pour maintenir le début de soulagement que vous ressentez.

Passez avant les autres.

Le *Livre des transformations* nous dit, dans l'hexagramme n° 41, qu'on ne peut aider les autres en faisant litière de soi-même.

Ce principe est intangible. Si votre destin devait être dans le sacrifice total de vous-même, vous seriez *déjà* au côté de Mère Teresa.

Il est peut-être douloureux de commencer à réaliser que ce que vous pensiez être des sacrifices traduit seulement une incapacité à vous opposer à la volonté des autres, de peur d'être rejeté, ou – pis – un marchandage inconscient du style : « Regarde tout ce que je fais pour toi », sous-entendu : « Tu me le devras un jour d'une manière ou d'une autre. »

Quoi qu'il en soit, vous devez chaque jour trouver le temps de :

• Manger assis aux trois repas. Ça paraît bête, mais combien de fois avalez-vous debout dans un coin ?

• Vous baigner, vous coiffer et faire éventuellement un peu de relaxation ou de gymnastique ;

• Prendre une demi-heure au moins, que vous utiliserez à effectuer vos voyages intérieurs ou, si vous n'êtes pas en forme, à relire les notes que vous avez prises durant vos diverses expériences, ou encore à lire des ouvrages de développement personnel.

Se détruire est simple, se reconstruire aussi.

Votre seule sécurité, c'est la vie intérieure que vous allez créer au fil des mois.

Plus vous vous fortifierez, plus vous serez en état d'aider les autres. Vos enfants peuvent très bien vivre avec des jeans qui ne seront pas repassés impeccablement ou apprendre, même très tôt, à cirer leurs chaussures. Ils n'ont pas non plus un besoin vital de vacances somptueuses, que vous leur offrez en travaillant d'une manière excessive au-dehors. Il existe un excellent livre qui devrait être distribué avec les pages jaunes du Bottin dans tous les foyers, il s'agit de *L'Art de gérer son temps,* d'Érik Pigani. Il éviterait bien des drames personnels et familiaux et permettrait de mieux communiquer entre les hommes que les annuaires du téléphone !

En revanche, la seule vraie éducation étant l'exemple, vous risquez de compromettre gravement leur futur en leur offrant le spectacle de votre débâcle psychologique, car ils n'auront aucun modèle sur lequel se construire si vous vous effondrez.

Apprenez à recevoir : en mettant en place votre nouvelle conception de la vie, vous allez connaître des moments de vraie paix intérieure, vous allez susciter des sympathies inattendues, et aussi commencer à avoir de la chance. Acceptez sans culpabilité ce que le destin vous offre. Les chamans ne disent-ils pas que les maladies et les douleurs proviennent de notre refus des cadeaux que le monde spirituel nous fait, et des blocages énergétiques que cela déclenche en nous ? Alors, sans culpabilité, acceptez les présents de la vie et ses joies. Votre souffrance n'aidera jamais un malheureux, sauf s'il est sadique.

Tout est dit. Le message peut vous sembler égocentrique, détrompez-vous. Le vrai don passe par le choix, pas par le chantage ou la pression. Vous pourrez bientôt vous consacrer aux autres, mais construisez-vous pour avoir quelque chose à leur donner. Rien des principes d'urgence exposés ici ne flatte l'orgueil, le narcissisme ou l'abandon de poste. C'est une invite au recentrage de vos forces et à une prise de responsabilité cosmique.

Bien que chacun soit différent, j'ai répété des centaines de fois les mêmes mots au sujet de problèmes qui se posaient dans la vie de ceux qui venaient vers moi. De même qu'une institutrice, au fil des ans, retrouve dans ses dictées les mêmes erreurs accrochées au même test, l'âme humaine semble intangible dans ses égarements.

Il semble que nos erreurs, dictées par un parcours et notre absence de recul, se répètent avec une ponctualité quasi scientifique.

Aussi, pour compléter mon « guide d'urgence », je vais tenter de synthétiser ici quelques principes et quelques vérités qui « marchent » quand on choisit d'avoir la force de les appliquer. Elles ne résolvent pas miraculeusement tous les problèmes, mais peuvent sur quelques semaines permettre au moins d'en diminuer la portée tant pour vous que pour vos proches.

Le chagrin d'amour.

« La douleur d'un seul, je te l'ai dit, vaut la douleur du monde. Et l'amour d'une seule, si sotte qu'elle soit, balance la voie lactée et ses étoiles... » (Saint-Exupéry, *Citadelle.*)

Au fond, n'est-ce pas un peu toujours de lui que l'on meurt ?

La blessure affective est une lente hémorragie, au travers de laquelle on se vide de toute substance ; alors, parfois on va même jusqu'à tomber gravement malade de ses suites. Sans aller aussi loin, tous ceux qui l'ont connu savent comment le chagrin d'amour peut faire basculer le quotidien dans un cauchemar. Les minutes, les secondes passent comme des gouttes d'acide qui nous tomberaient sur le crâne.

Il n'y a pas de répit ou si peu.

On passe un bon moment avec un(e) ami(e) et, soudain, le nœud se reforme près de l'œsophage, un siphon invisible nous aspire alors que l'on ne l'attendait plus. On retombe encore plus dans le manque que l'on ressent de l'autre. C'est comme si chaque cellule de notre corps appelait la présence réconfortante indispensable que l'on a *perdue*. Désarmé comme une voix d'enfant tombé dans une crevasse et dont l'écho impuissant ne traduit que la solitude, c'est comme si, en nous quittant, l'autre avait emmené une part de nous-même. J'ai vu des personnes âgées s'effondrer en pleurs à l'évocation d'un amour brisé vieux d'un demi-siècle.

Non, le temps n'arrange pas les choses, il les range dans des boîtes, dans lesquelles elles se tiennent tranquilles, les choses ; seulement, dès que l'on ouvre les couvercles, elles se répandent, rapides comme des chenilles, échappant à notre contrôle, elles rampent dans nos mémoires et y sèment une poudre incandescente de regrets jamais refroidis.

Après le rasoir jetable, une certaine pensée soi-disant légère et jouissive invente l'amour facile. Le sexe facile, je peux l'admettre, ça, c'est possible à vivre. Mais pas l'amour. Et confondre les deux est une faute de goût qu'aucune civilisation n'a eu la bêtise de faire avant la nôtre. Ça en dit long sur le parfum d'apocalypse que nous diffusons à notre insu.

L'amour est grave. Ce n'est pas très commercial, ce que je raconte là, mais c'est certain. Rien n'est plus dangereux, au fond, que cette confiance que l'on donne, parfois malgré soi, à celui ou celle à qui l'on remet notre vie. Hier il était étranger. Maintenant il est nécessaire. Alors comme le chagrin d'amour est, avec le deuil, numéro un du palmarès dans l'échelle de la souffrance morale, la première précaution est de tout faire pour l'éviter.

Quand le mal n'est pas encore arrivé.

Vous sentez que l'autre s'éloigne. Moins d'appels téléphoniques, moins de rendez-vous sollicités de sa part ou un quotidien qui s'émaille, ça y est, une certaine distance affective s'installe entre vous, la tendresse se fait rare, quand vous ne sentez pas carrément que vous irritez celui ou celle qui, il y a quelque temps, vous couvait d'un regard admiratif. Et vous avez mal.

Si vous vivez sous le même toit, il y a de fortes chances que vous le (la) retrouviez plongé(e) dans des bouquins, le nez scotché sur la télé avec de la superglu invisible, qu'aucune de vos paroles ne dissout.

Si vous habitez séparément, ses soirées se remplissent d'activités diverses, il (elle) se rend dans la famille les week-ends que vous passiez autrefois enlacés.

Dans tous les cas, si vous commencez à avoir le sentiment de le (la) déranger au téléphone, si il (elle) a deux heures de retard, alors qu'autrefois il (elle) était ponctuel(le) à tous les rendez-vous, ça brûle. Si vous entendez des amabilités du style : « C'est fou ce que tu as comme pellicules quand même ! Y a des shampooings pour ça ! » proférées avec un agacement haineux, ou encore : « Mange pas comme ça, tu as vu ton ventre ? Dans dix ans tu vas ressembler à ta mère (ou à ton père) », c'est presque cuit, mais si vous ne réagissez pas très vite, ça le sera complètement et définitivement.

Vous aimeriez réagir, vous défendre, répondre, vous en moquer. Un(e) autre vous en dirait ou vous en ferait le dixième, vous l'auriez déjà giflé(e). Mais là, ce n'est pas possible. *Aimer, c'est d'abord faire confiance*. Et c'est ce que vous avez fait vis-à-vis de celui ou de celle qui aujourd'hui vous rejette. De sublime allié(e), le (la) voilà devenu(e) un(e) ennemi(e). L'anéantissement vous guette, vous vous sentez plus démuni(e) qu'un nourrisson oublié sur un trottoir devant un orphelinat. Il serait tentant de nier cette réalité qui vous submerge. De mettre son indifférence sur le compte de son surmenage, son agressivité sur celui de sa fatigue ou de ses problèmes professionnels. N'en faites rien.

Beaucoup de consultants, après que je leur eus décrit leur situation d'abandon, m'ont précisé : « Je ne comprends pas, c'est arrivé d'un coup. »

Hélas non, cela n'arrive jamais d'un coup. Mais lente est la dégradation qui mine une relation amoureuse. C'est pour cela que j'ai aussi entendu parfois : « Je ne comprends pas comment j'ai pu tomber aussi bas. » Eh bien si, tout doucement. Les Africains disent : « Il faut tuer le crocodile quand il est petit. » J'ajouterai : et ne pas le prendre pour un bébé lézard !

C'est donc au premier signe de négligence, d'agacement et d'indifférence qu'il est nécessaire de réagir.

Comment ? En commençant par parler.

Il sera toujours temps de trouver des stratégies en feignant l'indifférence, le détachement ou de créer un rapport de forces suffisamment brutal pour savoir si « ça passe » ou si « ça casse ». Mais avant il faut PARLER.

Les Peaux-Rouges disent qu'une relation heureuse entre un homme et une femme doit se vivre sur un axe nord-sud, c'est-à-dire prendre sa source dans l'inspiration et se réaliser dans l'action.

Ils se moquent de notre axe est-ouest, qui nous fait privilégier la sensibilité et la réflexion, et aboutit à d'interminables refrains sur le mode : « Je voudrais être sûr que tu saches ce que je voulais dire lorsque je repensais à ce que j'avais peur que tu penses de moi. » Certes, nous pouvons paraître ridicules avec notre constante réflexion, même si l'installation dans une analyse continuelle d'une situation ne fait que révéler sa précarité à *être* puisqu'on a besoin d'en *parler*.

Il est en revanche nécessaire, puisque nous ne sommes pas tous télépathes, de vérifier que nous nous comprenons bien. Le langage est imparfait, soit, il est source de malentendus, j'en conviens, mais éloigne moins que le silence. Celui-ci peut créer des drames irrémédiables, dont le plus tragique que j'ai observé reste l'histoire de Camille.

Camille avait cinquante-huit ans. Elle n'avait jamais eu d'enfant et n'était restée mariée que très peu de temps. Je lui ai longtemps décrit des oliviers, car elle venait du Midi, lorsque ma voyance sur son passé buta sur un homme grand, à la voix hésitante, très brun et viril. Elle fut impressionnée par la description que je fis de lui « en train de pêcher », car l'homme, en effet, passait autrefois ses loisirs les pieds trempés dans les rivières.

Cet homme, que nous appellerons Marc, était tombé amoureux d'elle dans un bal, au milieu des années 50. Leur coup de foudre était resté dans sa mémoire des images de paradis céleste. Elle venait de comprendre quelques mois plus tôt qu'elle avait gâché sa vie à cause d'un malentendu et d'une trahison. Mais surtout à cause de leur réciproque fierté, primaire…

Marc était futur médecin. En 1955, dans un petit village du Midi, la blouse blanche jouissait d'une auréole sociale éblouissante, sans comparaison avec celle, nettement plus assombrie, d'aujourd'hui.

Camille, elle, était orpheline. Élevée par une tante commerçante, acariâtre et profondément jalouse de son idylle avec Marc. Dès le premier jour, celle-ci n'avait cessé de lui répéter : « Il s'amuse avec toi et ne t'épousera jamais », « Ce garçon t'utilise et, quand il sera en âge de se marier, tu verras qu'il ira avec une autre fille ».

La guerre d'Algérie leur impose une séparation de deux ans. Marc doit partir là-bas. Il jure son amour à Camille et promet de lui écrire.

Il le fera : cent lettres en un an. Sans une seule réponse de Camille, puisque sa tante les confisque soigneusement et ne les lui donne jamais lorsqu'elle revient passer tous les week-ends au village.

Or, ces lettres, Camille a fini par les lire… Mais l'année dernière, à la mort de sa tante, en débarrassant le grenier.

Elle a sauté sur le Minitel, après une nuit blanche de larmes, de rage, d'espoir.

Mais le docteur n'habitait plus à Nice. Le docteur était décédé deux ans plus tôt.

À l'époque, l'abominable tante s'était chargée de rappeler à Camille ses mauvaises paroles : « Tu vois bien qu'il ne t'écrit pas et qu'il se moque de toi », poussant la calomnie jusqu'à insinuer qu'une de ses clientes avait vu Marc avant son départ, traînant dans la campagne à vélo, avec une autre fille, une « demoiselle », celle-là…

Incapable d'imaginer, tant la chose aurait été sordide, que la tante fût capable d'une telle machination, Camille s'en tint aux faits : Marc ne donnait pas de nouvelles.

Par dépit, elle épousa dans l'année un autre garçon.

Au fil des lettres, Marc, lui, s'était d'abord inquiété, puis résigné. Puis il s'était tu.

En rentrant d'Algérie, il apprit le mariage de Camille. Lui aussi trouvait dans l'observation de ce qu'il croyait être à tort la réalité une réponse à ses questions, une réponse amère. Camille avait fait preuve d'inconstance et s'était jetée sur le premier garçon qui était passé.

Lui aussi se maria dans l'année. Avec la fille d'amis de ses parents, notaires.

Plus de trente ans de silence, deux vies mutilées, des mots coincés au travers de la gorge, comme des arêtes de poisson, plantées dans la glotte, des flots de larmes qui s'abattent sur la seule qui reste, anéantissant son équilibre comme les vagues d'une tempête dynamitant une digue et le fantôme victorieux d'une sombre mémère dont le diable lui-même ne doit pas vouloir !

L'exemple est extrême, j'en conviens, c'est peut-être l'histoire la plus cruelle que j'aie entendue en matière de gens qui se sont ratés. Irrattrapable. Vertigineuse d'absurdité.

Mais combien de gens ont ainsi gâché leur vie pour ne pas avoir voulu prendre le risque de passer pour un imbécile ?

Parler, c'est d'abord dire tout ce que vous ressentez. N'oubliez pas que c'est une tentative de communication, pas un réquisitoire.

Préférez l'emploi de la première personne à celui de la seconde. Il vaut mieux dire « Je me sens très seul(e) à tes côtés et j'ai le sentiment que tu te désintéresses de moi » que « Tu te conduis vraiment très mal, tu es abominable avec moi ».

Peut-être aboutirez-vous à une explication dans laquelle celui ou celle que vous aimez reconnaîtra la situation et lui aussi aura des choses à vous dire, et peut-être pas des plus agréables. Ce n'est pas grave. Disputez-vous une bonne fois. Acceptez les griefs qu'il vous fait. Même si vous n'êtes pas d'accord. Prenez le temps d'y réfléchir. Il se peut que vous ayez affaire à un(e) manipulateur (manipulatrice), mais vous ne pouvez encore en être sûr(e).

Si vous avez un doute, servez-vous des Runes ou du Tarot. Non seulement sur lui (elle), mais aussi sur vous. À la question : « Suis-je honnête avec X ? » vous aurez peut-être une réponse pas très agréable. Dans un conflit, chacun porte toujours une part de responsabilité.

Plus grave, en cherchant à ouvrir le dialogue, vous tomberez sur un mur.

Si, devant le spectacle de votre souffrance, et devant votre sincérité, votre compagne ou compagnon aboie :

« Arrête de couper les cheveux en quatre, je ne vois pas où tu veux en venir avec tes salades », ou encore : « Comment ça, je fais la gueule ! Moi je fais la gueule ? Comment ça, je crie ! Mais non je ne crie pas ! » il va falloir s'inquiéter.

Car une relation n'est plus possible avec un être qui nie vos émotions. Qui sait à votre place ce que vous avez ou non le droit de ressentir. Qui refuse la remise en question. Qui n'est pas ému par votre détresse.

Si relation il y a entre vous, elle est celle d'un maître avec son esclave. J'ai trouvé pour ce type de relation une définition qui fait rire ceux qui en sont victimes : « Entre vous, c'est simple, il y en a un qui a les droits et l'autre qui a les devoirs. »

Mais nous sommes loin des univers pervers et du sadisme esthétique d'*Histoire d'O*. Si cela vous amusait, vous ne seriez pas en pleurs. Vous n'êtes pas dans un jeu raffiné de décadents machiavéliques. Vous êtes tout simplement en train de vous dévitaliser jour après jour dans une relation où vous êtes *nié(e)*. C'est un meurtre symbolique de vous-même, auquel vous assistez, impuissant(e). Réagissez.

Puisque votre cher (chère) et tendre ne sait plus parler, vous allez changer de méthode. La meilleure, si vous ne vivez pas sous le même toit, sinon attention à l'abandon de domicile, c'est la disparition pure et simple.

Branchez le répondeur téléphonique et ne prenez plus l'autre en ligne. Plus du tout. Il s'inquiète ? Tant mieux. C'est qu'il tient à vous. Laissez les messages se succéder, sans vous préoccuper de son angoisse que vous sentez monter à chaque nouveau message. Il ne se souciait pas non plus de vos émotions, il n'y a pas si longtemps. Car c'est lui qui va maintenant vouloir une explication.

Mais comme vous n'êtes pas un chien de chasse, prêt au premier coup de sifflet, vous ne vous exécuterez pas. Lorsque vous jugerez le temps suffisant, c'est-à-dire le temps qu'il vous aura fallu, à vous, pour prendre de la distance, vous pourrez le (la) revoir. Mais il arrive parfois que quinze jours d'arrêt permettent de reprendre si bien ses esprits que l'on n'a plus du tout envie de retourner dans la galère.

Si c'est le cas, dites-le-lui assez clairement.

Sinon posez vos conditions. C'est lui ou elle qui vous rappelle, c'est le signe de son intérêt pour vous. Profitez-en pour lui rappeler, sans haine mais fermement, tout ce dont vous avez souffert, en précisant que si, par malheur, cela devait se reproduire, vous sauriez vous passer de sa présence. Il ou elle aura de bonnes raisons de vous croire puisque vous venez de lui en faire une démonstration.

Mais il y a, hélas, une autre probabilité : celle où le téléphone ne sonne plus. Et où l'autre ne rappelle pas...

Ça va être dur, mais il va vous falloir tenir le coup. Si vous n'avez pas de nouvelles, il va falloir vous faire une raison...

Comme l'exprime le *Yi-King*, « ce n'est pas en courant après son cheval qu'on le rattrape. Si c'est vraiment votre cheval il reviendra naturellement vers vous ».

Je n'ai jamais vu un seul être humain qui soit retombé amoureux d'un autre, parce que celui-ci tendait à se confondre avec un paillasson. C'est peut-être douloureux mais c'est la vie ! Oubliez les larmes, les supplications, elles ne servent à rien, comme le chantait Serge Gainsbourg : « Je suis venu te dire que je m'en vais et tes larmes n'y pourront rien changer. »

Au contraire, si une petite chance demeure de retrouver les sentiments de l'autre, c'est en se repliant dans une retraite salutaire. Évitez de ne pas tenir votre parole. Cela veut dire qu'avant de vous lancer dans de grandes déclarations de rupture, soyez sûr(e) de les assumer. Si vous annoncez à l'autre que tout est fini entre vous de manière hebdomadaire, vous vous discréditerez très vite.

« Les hommes vulgaires ne doivent pas être éloignés par des interdictions ou des moyens extérieurs. Si l'on veut se défaire d'eux on doit d'abord se détacher complètement d'eux intérieurement, car ils remarquent d'eux-mêmes la gêne que l'on témoigne et ils se retirent... »

Quand de toute évidence une rupture s'impose, mais que vous vous sentez trop faible pour cesser tous contacts, ne vous précipitez pas.

Changez simplement votre regard sur l'autre, lorsque vous vous rencontrerez. Vous savez au fond de vous que l'histoire est finie. Observez-le. Notez intérieurement tous ses gestes, réalisez bien tout ce qui ne va pas entre vous. Pesez-le. Au fil des jours, vous verrez sûrement apparaître les premiers signes de votre détachement.

Enfin, si le malheur éclate brutalement, parce que vous découvrez une trahison, une infidélité, tentez, même si c'est très difficile, de couper net. En effet, l'ébranlement que provoque ce type de surprise fragilise au point de faire régresser la personnalité dans la situation décrite par Jacques Brel, dans *Ne me quitte pas*. Je vous certifie que cette supplique n'a jamais fait revenir un amoureux éloigné, sauf dans le cas où votre compte en banque rivalise avec celui de la défunte Christina Onassis, c'est sordide, je sais, mais ça existe.

Outre l'inefficacité, pensez au malaise que vous aurez dans cinq ans, en croisant l'intéressé(e) dans le bus ou au Prisunic, en proie à une seule pensée : « Mais comment j'ai pu me mettre dans un état pareil pour ça ?... » Et il sera toujours très déplaisant de croiser son regard, peut-être ironique, plein du souvenir de vos jérémiades...

Maintenant, le mal est fait.

C'est fini. Vous êtes en proie à un arrachement proche de l'amputation. Il va falloir vous reconstruire.

Il existe des techniques pour accélérer le deuil psychologique.

Teignez-vous les cheveux, même de votre couleur naturelle.

Si les cheveux ont toujours été utilisés en magie et en sorcellerie, c'est parce qu'ils sont de merveilleuses surfaces, à la fois poreuses, et tout ce que vous êtes en train de vivre, mais aussi l'expression de votre essence la plus intime.

Cela veut dire que toutes les caresses qu'ils ont reçues de l'être aimé sont là, dans leur mémoire. Toutes les souffrances infligées aussi. Sinon la psychométrie dont nous avons déjà parlé n'existerait pas.

La teinture va un peu « brûler » tout ça à condition de l'associer à un petit rituel très simple :

Achetez de la sauge. Prenez-en une poignée, que vous ferez brûler pendant que vous appliquerez votre teinture et pendant tout le temps de pose.

La sauge brûle très naturellement, il suffit de la disposer dans un petit récipient en métal.

Au moment du rinçage, lorsque toutes les opérations auront été faites, vous répandrez sur vos cheveux de l'eau que vous aurez préparée avant.

Les pouvoirs du magnétisme ont été prouvés mille fois, en réalisant le test des deux bacs d'herbe à chat, dont un pousse deux fois plus vite avec de l'eau « magnétisée ». Même si vous n'avez pas le talent de Marcel Crozier, radiesthésiste méridional aux résultats surprenants, vous pouvez vous aussi « charger » l'eau d'un message.

L'idéal serait de choisir de l'eau de pluie. Il vous en faudra à peu près un verre. À défaut, n'importe quelle eau de source fera l'affaire.

Avant de vous coucher, trois soirs durant avant le shampooing, vous parlerez à cette eau, en lui demandant de vous « nettoyer » de tout souvenir concernant la personne avec laquelle il vous faut faire un deuil.

La pensée exerce un pouvoir sur la matière, nous l'avons largement abordé, ne doutez pas de votre efficacité. Il vous restera à la verser sur vos cheveux fraîchement teints et lavés. Épongez-vous avec une serviette, mais laissez sécher naturellement.

J'ai découvert ce pouvoir « annulant » de la teinture en essayant d'effectuer une voyance sur une mèche donnée par un consultant.

Je ne voyais RIEN, mais je me mis à dire : la seule chose que je vois, ou plutôt que je sens... une odeur de détergent.

Éclat de rire : la mèche appartenait à la personne elle-même qui venait de se recolorer les cheveux.

Toute autre information avait disparu...

Coupez vos ongles.

Parce qu'ils ont la même nature « poreuse » que les cheveux. Si cela vous fait mal au cœur, on en fait de très jolis dans le prêt-à-poser, ceux-là auront le mérite de ne pas vous rejouer, des nuits durant, le film de votre descente aux enfers, que, telle une bande magnétique, ils ont douloureusement enregistré.

Baignez-vous tous les jours.

Pour les mêmes raisons.

Je vous donne ici une recette inspirée de celle qu'un chaman mexicain donna à Jacobo Grinberg Zylberbaum, dans *Rencontre avec les chamans du Mexique* et dont il fut surpris de découvrir l'efficacité. Munissez-vous :

– d'un litre de cidre ;
– d'un litre de bière ;
– d'un grand pot de miel sauvage.

Mélangez l'équivalent de deux verres de cidre et de deux verres de bière avec le miel.

Enduisez-vous des pieds à la tête du liquide épais que cela aura formé. Restez ainsi un bon quart d'heure dans la baignoire. N'oubliez pas vos cheveux, vos aisselles et votre intimité. Rincez-vous et lavez-vous normalement.

Suite à un accrochage en voiture, j'étais rentrée chez moi, d'une humeur massacrante. Revenue pour une consultation que je devais donner deux heures plus tard, il fallait que j'arrive à annuler l'énervement des injures que je venais de subir.

J'ai expérimenté, sceptique, la fameuse recette. J'étais non seulement calmée et revitalisée pour ma consultation, mais aussi les jours qui suivirent.

Je ne comprends absolument pas comment ça marche, je l'avoue, mais je ne sais pas non plus très bien comment fonctionne un fax, ce qui ne m'empêche pas de m'en servir chaque jour !

Vous pourrez répéter ce bain aussi souvent que vous le voudrez.

Il y a de fortes chances que vous ayez encore des objets ou des photographies concernant l'objet de votre douleur. L'idéal est de les brûler, avec de la sauge. Mais on regrette parfois plus tard de s'être débarrassé de souvenirs qui, sans nous faire souffrir, nous amusent au contraire, lorsque nous les retrouvons quelques années plus tard.

Mais pour le moment, vous devriez rassembler tous ces trésors dans un sac de toile blanche que vous aurez confectionné vous-même et entourer le tout de papier aluminium.

Là encore, l'effet du métal sur les transmissions de vibrations subtiles m'a été révélé en consultation. Ainsi, la plupart des photographies démagnétisées sont celles qui ont touché des clefs dans le fond des sacs.

Désormais, lorsque la photographie est vraiment vide, je pose maintenant directement la question : « Elle n'était pas en contact avec vos clefs ou de la monnaie, par exemple ? » et souvent, c'est en effet ce qui s'est passé.

Enfin, purgez-vous.

Je n'ignore pas la connotation moliéresque (modernisée par Rika Zaraï) de ce genre de pratique, mais plus vous nettoierez vos cellules, plus vous oublierez vite, là encore. Associez votre prise de purgatif au fait de brûler un peu de sauge et demandez à la lune, comme vous avez demandé à l'eau, de nettoyer votre imaginaire, des souvenirs qui vous empêchent de faire votre deuil. La lune est maîtresse de l'imaginaire. Vous avez vu son effet sur les marées ; et le corps contenant un énorme pourcentage d'eau, elle agit donc beaucoup sur vous. Faites-lui confiance.

Depuis la nuit des temps, les hommes du monde entier ont pratiqué la « Magie blanche » pour calmer, soigner, apaiser.

Que ce soit le « Petit Chant du poivre », que les Indiens Cuna font brûler au chevet d'un malade pour chasser les mauvais esprits, ou la sanguine que les Berbères utilisent pour la paix du foyer ou l'harmonie du couple.

Si cela ne *marchait pas*, cela fait longtemps qu'ils auraient arrêté !

Et pour faire *revenir* un amant ou une maîtresse disparu(e) ? me demanderez-vous.

Je vous répondrai que l'amour est fondé sur la liberté. Et que le fait de travailler, par des voies magiques, pour « faire revenir » un autre est un acte de violence tout à faire répréhensible, puisque cela équivaut à tenter de l'emprisonner, donc de ne plus pouvoir jouir de son libre arbitre.

Ce qui est une injure aux biens cosmiques les plus élémentaires. Or, vous ne pouvez pas demander l'aide du cosmos et violer ses règles élémentaires ! Ou alors gare au choc en retour.

Cataclysme ou mutation ? À vous de décider !

Tout a commencé il y a dix ans. J'habitais devant la tour Montparnasse. À l'époque, nous n'étions pas encore à ce point en crise, économiquement.

En promenant mon chien, sur le parvis de la tour, je me suis laissé prendre par le bruit du vent, la litanie régulière des voitures qui passaient en bas, le vertige de cette architecture.

Comme toujours lorsque la voyance se manifeste, je ne pensais à rien.

Embarquée par le froid, affaiblie par la faim, je faisais à l'époque, sans raison, des régimes amaigrissants constants. J'étais, une fois encore, en train de créer sans le savoir toutes les conditions nécessaires au passage dans la « dimension superlumineuse » décrite par le professeur Dutheil.

Alors, deux visions se superposèrent clairement devant mes yeux : la première était actuelle. Je voyais le parvis, la tour, des jeunes qui faisaient du skate. Puis une seconde vint s'imprimer dessus : une image intérieure, mais beaucoup plus forte que la première. Exactement comme sur un fond sonore de nuit d'été, peut soudain éclater le bruit assourdissant d'une autoradio qui efface tout son sur son passage.

Les dalles étaient retournées, la tour était tombée. Dans les décombres, il y avait des feux et, autour de ces feux, des jeunes qui se réchauffaient. Les vêtements qu'ils portaient étaient déchirés. Ils avaient les cheveux rasés ou d'étranges coiffures, qui n'étaient pas sans rappeler celles des Barbares. Certains avaient aussi d'énormes bagues, des tatouages sur le visage.

La surimpression dura quelques secondes. Puis tout rentra dans l'ordre. J'étais, bien sûr, d'autant plus troublée, que je ne me savais pas, à l'époque, voyante. J'avais déjà vécu cette sensation de sortir du temps, mais en sens inverse, deux ou trois fois.

Adolescente, je faisais mes courses au Printemps Haussmann, comme beaucoup de jeunes des banlieues ouest, qui arrivaient par la gare Saint-Lazare.

Un jour, au moment de Noël, je m'étais assise sur un banc. Là encore, je fus mise en condition involontairement en fixant des guirlandes argentées, dont le balancement, dans la chaleur qui s'échappait à chaque ouverture ou fermeture de la porte du magasin, créait un effet hypnotique.

Soudain, j'étais bien en période de fête, mais plutôt en 1900, 1920. La sensation fut éphémère. Je vis se surimprimer un ou deux fiacres avec des cochers. J'entendis le bruit de pas des chevaux sur les pavés. Une femme portant un grand chapeau, une guêpière et tenant à son bras une diaphane jeune fille… me passa au travers.

Je mis la chose sur le compte de mon imaginaire, mais la réalité sensorielle de l'expérience, dont j'avais ramené jusqu'à des odeurs, me bouleversa sérieusement.

Une autre fois, c'est la photo d'une pin-up de la guerre de 40 qui me projeta en plein dîner-spectacle de music-hall américain. Je ne sais pas si cette femme a été le détonateur d'un voyage astral dans le passé, ou si j'ai, dans une voyance particulièrement puissante, revécu quelques minutes de sa vie, comme si j'étais devenue elle : je peux juste dire que j'ai été assise – enfin une partie seulement de ma conscience, l'autre étant restée dans ma chambre d'adolescente – devant une belle nappe blanche, que l'on parlait américain autour de moi et que je voyais se déhancher une superbe danseuse noire. Je me vis entourée de femmes à la coiffure caractéristique. J'entendis des rires. Et puis plus rien…

Ces voyages dans le passé, ou dans le futur, semblent jalonner la vie de certains mystiques, pour qui l'existence n'est qu'un plongeon constant dans le surnaturel, telle Anne-Catherine Emmerich, dont Karl Schmogler, un prêtre, rédigea la vie et les visions, dont celle concernant la Passion du Christ ; ses visions semblent être d'authentiques sauts dans le temps. Pour citer Pierre Jovanovic : « C'est comme si elle avait eu une caméra au poing. »

En outre, la jeune femme lisait parfaitement dans les pensées et lévitait régulièrement.

Devant ce type de prodige, mes petits retours en arrière, les soirs de réveillon, ou mes évasions dans des théâtres de music-hall sont de bien piètres histoires, dont la portée spirituelle n'est, bien entendu, pas comparable. Mais elle procède du même phénomène avec des cibles différentes : Anne-Catherine était religieuse et stigmatisée. Ses préoccupations, son désir, pour parler en termes analytiques, n'étaient évidemment pas de même nature que les miens, franchement plus terrestres.

Quant à ses déplacements dans le futur, son confesseur recueillit un jour une confidence distraite de celle-ci : « Tiens, j'ai vu un pape qui couronnait un petit bonhomme à la mine verdâtre… »

Quatre jours plus tard, Napoléon Bonaparte devenait empereur.

Il faut bien différencier voyance et prophétie. En résumant, la voyance touche l'avenir d'un sujet, la prophétie l'avenir du monde.

Mais il arrive, accidentellement, à certains médiums, dont l'inégalable Edgar Cayce, de recevoir aussi, indépendamment des traitements efficaces pour soigner des malades dont il fut le dépositaire, des visions alarmantes sur notre fin de siècle.

C'est davantage dans cette lignée que je classe les flashes fréquents que je reçois du futur.

Mais là où je me trouble, c'est quand mes visions recoupent, alors que je ne les ai pas encore lues, celles de Nostradamus. Vlaicu Ionescu et Marie-Thérèse de Brosses ont publié en 1993 *Les Dernières Victoires de Nostradamus*, ouvrage imparable qui a de quoi retourner tous les sceptiques au sujet du pouvoir du visionnaire provençal.

Le magazine *Marie-Claire* m'a demandé de parler du futur de notre civilisation, dans une longue interview, dans laquelle mes dires étaient comparés avec ceux d'Alvin Toffler, le futurologue américain.

J'y écris : « Les sociétés, de type américain, vont vers une issue dramatique. Je donne quinze ans à l'économie américaine pour s'effondrer. Des gens vont crever de faim… »

Et qu'en pense Nostradamus ? La même chose que moi.

Après cette première expérience, celle du parvis de Montparnasse, je suis restée tranquille de nombreuses années. C'est il y a deux ans maintenant que les visions, que je qualifie pour la plupart de « flashes sauvages », sont revenues dans ma vie.

La voyance est presque toujours volontaire.

Lorsque, gênés par ma présence dans un magasin ou dans un dîner, des individus souffrent de la peur d'être nus, qu'ils se rassurent. Je ne fais pas d'heures supplémentaires et, si mon état de conscience général est poétique, c'est-à-dire réceptif à tous les influx de la vie et naturellement porté sur l'analogie et la métaphore, je ne suis pas, sans exception, envahie par des images de la vie de mon voisin de table, lorsque je déjeune au restaurant. Lorsque je déjeune, je déjeune... seulement.

Ça peut paraître simple mais c'est peut-être ma plus grande victoire. Il est difficile d'être tout à ce que l'on fait. D'être dans une attention parfaite de l'instant sans être troublé par le flot des pensées ou des désirs...

Ce qui caractérise le flash sauvage, c'est bien le fait qu'on ne l'a pas demandé... Il s'impose tout seul à vous, dans des conditions que je commence à recenser.

J'en ai eu plusieurs ces deux dernières années. J'ai choisi de les exposer dans un premier temps, les uns à la suite des autres, sans commentaires. Bien que les commentaires, eux non plus, ne me soient pas toujours venus par les voies de l'analyse.

C'était à la Bastille. Dans un bistrot où j'attendais un ami en retard, il pleuvait et j'étais exaspérée par l'ensemble des contretemps dont ma journée semblait frappée. Il n'y a pas que des émotions célestes qui me transpercent, hélas, la rage m'envahit bien souvent. Assise devant mon café, j'en fixe le fond en essayant de me reprendre. Je n'y arrive pas. Mon regard choisit alors de se poser sur le goutte-à-goutte qui ruisselle d'un store. Et me voilà partie. C'est toujours le même phénomène au travers de cette série de flashes : un sentiment de surimpression de la réalité ambiante, par une autre plus forte, plus dense.

Je vois alors exploser la vitre du café où je me trouve. Il y a des hommes masqués et casqués, qui rentrent avec des barres de fer. C'est un vrai massacre. Il fait chaud, la lumière de la rue est aveuglante et j'ai une sensation de canicule. Là encore, « ils me passent au travers », c'est-à-dire que je prends conscience de ma réalité non matérielle. Je vois, en revanche, ma table se soulever, se retourner. Et, détail amusant, je réalise que le dessous de son plateau est tapissé de chewing-gum. Puis, tout s'arrête. En atterrissant, deux idées me traversent : il fait froid. Je dois vérifier tout de suite ce qu'il y a sous cette table. Mes doigts heurtent alors des paquets de cochonneries collés : j'en ai le cœur net.

Dans le même esprit catastrophiste, une deuxième vision s'imposa à moi, quelque temps plus tard :

C'était un soir d'hiver, dans une ruelle de banlieue.

Je devais mettre un document dans la boîte aux lettres d'un pavillon. Il s'agissait d'une banlieue moyenne, comme celle dans laquelle j'ai grandi. Ni la zone ni un quartier résidentiel. De petits pavillons collés les uns à côté des autres, avec des jardinets modestes, bien que très bien entretenus. Là encore, je me suis énervée. Je n'avais pas de plan lisible, le plafonnier de ma voiture ne marchait pas et mon chien avait décidé de faire du tourisme, puisqu'il avait vu un chat à l'extérieur. Concrètement, cela signifiait une série d'aboiements assourdissants et soixante kilos de viande poilue qui sautaient sur la banquette arrière. Je rêve d'être une sorcière accomplie pour le transformer d'une seule incantation en un joli caniche frisé. Ce macho serait tellement vexé qu'il se tairait un peu !

Je me suis arrêtée au milieu de la ruelle, m'apprêtant à sortir, pour lire sur un plan lumineux.

Et là, je vis soudain les pavillons transformés, les grilles avaient sauté. Les jardins étaient envahis par les herbes folles. Il n'y avait plus de carreaux aux fenêtres, une espèce de boue jaune avait coloré les façades blanches. J'avais surtout les yeux et le nez qui me piquaient douloureusement, comme si j'avais respiré du gaz lacrymogène. Dans cette désolation, il y avait du linge qui séchait dehors... Ces maisons ravagées étaient donc encore habitées ? Les antennes sur les toits étaient tombées et je n'avais pas vu un seul être humain. Ce qui me marqua le plus c'était la couleur du ciel. Un ciel brun-violet, opaque, sans luminosité.

Lorsque cela cessa, même les aboiements du chien me parurent joyeux.

Autre flash dans la banlieue parisienne, encore :

Je suis allée récupérer mon dossier scolaire au lycée. Ce n'était pas facile, mais j'en avais besoin. Là encore, j'ai attendu. Pas d'énervement cette fois-ci, mais plutôt une émotion. J'ai vécu des histoires intenses de révolte et de passion au travers de ces murs épais, dans ces classes aux murs couleur pastel, pleines d'échos et de néons.

Je suis assise et je pense : « Tiens, ils ont changé la machine à café. » Cliquetis de pièces dans une oreille, je regarde par-delà la rampe du grand escalier, presque prise de vertige. Cette fois-ci, c'est comme si le temps s'était arrêté.

D'abord, je vois les locaux considérablement dégradés, la peinture écaillée, le plafond troué par endroits. Puis, je vois des hommes dont le visage est caché par des foulards, avec des mitraillettes. Ils parlent fort, rient, fument, assis sur le sol crasseux. Par la fenêtre, il n'y a plus rien... Je précise que les fenêtres de mon lycée donnent sur la Défense. Ils ressemblent davantage à des guerriers qu'à des militaires. Ils sont étrangers, mais d'où ? Je ne sais pas. Plus d'adolescents, plus d'enseignants.

Une poussière crayeuse recouvre tout. Là encore, il fait abominablement *chaud*. J'ai encore une image, celle d'un chien famélique et néanmoins content, qui rejoint le groupe d'hommes. Puis, plus rien. Il y a une génération qui ne préparera plus son BAC dans ce lycée public. Servira-t-il de dortoir à des insurgés ? de squat ?

La construction, années 30, est un peu monumentale. L'endroit est solide. Serait-ce le seul à rester debout après une explosion ?

Mais il semble que certains lieux dans le futur connaîtront, eux aussi, d'étranges destinations, sans aucun rapport avec ce qui s'y passe aujourd'hui :

C'était à Orly. En fin de journée, je rentrais d'un petit voyage dans le Sud. J'ai toujours un certain plaisir à regarder les avions décoller. Je n'avais pas mangé de la journée et j'avais du coton dans les jambes. Je sentais néanmoins un agréable état de paisible fatigue, lorsque, en descendant l'escalier mécanique, je me suis retrouvée projetée dans le futur.

Ma première sensation fut l'écho. Un écho d'église. Il y avait comme toujours deux visions.

Dans la première, celle du présent, je voyais des hommes et des femmes promenant leurs valises sur des chariots, glissant, pressés, décentrés, vers des destinations diverses, au rythme des annonces des hôtesses et d'une de ces vilaines musiques de fond, que nous avons inventées pour ne jamais pouvoir nous permettre de nous recueillir en nous-mêmes.

La seconde vision prit le dessus. Elle est incompréhensible, c'est comme si Orly était devenu une cathédrale. Au pied de l'escalier, il y avait des hommes et des femmes rassemblés, certains à genoux, d'autres debout, qui chantaient, mains jointes, des cantiques ou priaient à haute voix. Ils étaient extrêmement nombreux. Je me souviens que leurs vêtements étaient sombres et qu'il s'agissait d'Occidentaux.

Ce décalage entre le lieu et la ferveur inouïe qui sortait de ces chants reste un mystère. Là encore, j'ai vu au travers des vitres cet étrange ciel marron-violet, et j'ai eu mal au nez et à la gorge comme si l'atmosphère était beaucoup plus polluée. En bas de l'escalier, tout était terminé.

D'abord, comme pour les messages de mon ange gardien, ou ceux de Jim Morrisson, ce qui me surprend, c'est la cohérence.

Elle n'est pas évidente en voyance, au contraire.

Bien des fois, en consultation, je me vois en train de décrire des flashes du futur qui n'ont aucun rapport entre eux. J'ai pris l'habitude, et mes consultants aussi, de dire : « On met de côté et on verra à la fin. » C'est-à-dire de noter l'ensemble, et de ne chercher le sens qu'à la fin. Mais ici, il y a une réelle suite dans tout ce qui s'impose à moi. Je découvre ainsi les circonstances qui favorisent cette réception, je le répète involontaire, d'images.

D'abord, le fait d'avoir faim. En sachant qu'à certaines périodes de ma vie, la faim ne m'est pas quelque chose de désagréable ou de trop douloureux car, le fait est bizarre, je ne me rends pas toujours compte que je n'ai pas mangé. Soit, parce que je suis extrêmement occupée ou alors parce que je suis franchement angoissée.

Ce jeûne est une constante dans toutes les mystiques et qu'il s'agisse de chamans, de yogis et de certains religieux catholiques, tous ont remarqué l'influence du jeûne sur des états modifiés de conscience.

Une autre variante semble déclencher la chose : mon mal-être. La voyance, j'en suis maintenant sûre, est apparue chez moi comme une défense psychique pour appréhender une réalité dans une vérité que le langage me cachait. Donc, dès qu'il y a malaise intense ou surmenage, mon cerveau se branche tout de suite sur la fréquence au-dessus. C'est uniquement pour cette raison que je me suis retrouvée en train de faire une voyance à la sage-femme durant mon accouchement, qui fut pénible. Or, dans deux des cas décrits ici, je suis oppressée, par des bêtises, mais très oppressée. Enfin dans le dernier, celui du lycée, c'est aussi la richesse des réminiscences émotionnelles qui m'a fait basculer.

Alors, la catastrophe est pour quand ? a-t-on envie de demander. Je ne sais pas. Mais je sais qu'elle arrive, suivie, Dieu merci, d'une agréable renaissance.

Cela m'a encore été confirmé, alors que je réalisais un de mes premiers voyages chamaniques. Ici, il s'agit d'une voyance provoquée. Par une mise en condition rituelle, l'emploi de roulements de tambour court-circuite le circuit nerveux auditif habituel et permet une plongée dans des mondes intérieurs. Et j'ai la chance d'aller toute seule là où les patients volontaires, soumis à des injections de L.S.D. 25, dont je n'ai pas à rappeler qu'il s'agit d'un puissant hallucinogène, arrivaient artificiellement sous l'œil de Stanislas Grof. Le psy génial qui découvrit lui-même, en en prenant une dose, qu'il pouvait devenir un ours, en plein internat de psychiatrie.

Mais, ce qui le frappe au cours de ces expériences, c'est la netteté des scènes dites fantasmatiques, revécues, et aussi le fait que certains sujets semblent revivre des pans entiers d'histoire, qui semblent appartenir au passé et pas forcément à leur culture. Patrice Van Eersel raconte très bien dans *Source noire* l'étonnement des médecins qui observent un patient revivre tous les détails d'un rituel toltèque dédié à Quetzalcóatl, le dieu Aigle-Serpent.

Bref, le L.S.D., à condition que l'expérience soit bien menée, c'est-à-dire sous surveillance et accompagnée d'un ou de deux guides, permet à n'importe qui de découvrir des mondes au-delà de son ego. De vivre une expérience transpersonnelle.

Pour ma part, je dirai que, tel Obélix, j'ai dû tomber dans la potion magique quand j'étais petite, puisque ma conscience, sous l'effet de pressions et d'expériences diverses, semble être... naturellement extensible !

Avant de m'être bandé les yeux, je n'avais volontairement cette fois rien mangé de la journée. Mais à peine mes mains avaient-elles commencé à frapper le tambour tibétain, dont je me sers habituellement, que les visions déferlèrent.

J'avais demandé à mon guide une réponse au sujet d'un conflit.

Mais ce n'était pas là qu'il avait décidé de m'emmener. J'ai traversé une sorte de tunnel plein de stalactites et de stalagmites, très vite, avant d'atterrir sur une terre brûlée. Il y avait là un vieil homme, un Indien aux cheveux presque entièrement blancs. Il était assis en tailleur auprès d'un feu. Il me tendit une tasse en fer émaillé dans laquelle il y avait une sorte de thé, dont je bus quelques gorgées. Mon guide disparut. Le vieil homme me tendit une plume d'oiseau et alors que la touchais, je me suis retrouvée avec lui dans les airs, sur les ailes d'un aigle silencieux et sombre. Puis il me passa une sorte de savoir télépathique. Il me dit qu'il était désincarné depuis plus de cent cinquante ans, mais qu'il veillait toujours sur son peuple. Il prétendit avoir été un très puissant chaman et aussi un grand sorcier. Il me dit même son prénom, dont je n'ai, hélas ! pas gardé souvenir au réveil. Il me montra d'abord son peuple, dans des plaines. Mais je n'étais pas là en train de regarder un film, comme au cinéma.

Non, je *vivais* vraiment avec eux.

Je vis des jeunes filles ramener de l'eau d'une rivière, un bébé naître sous la tente, des femmes préparer une sorte de soupe qui sentait très bon. Je sentais le vent dans les branches. À côté de moi l'homme parlait dans une langue dont je ne comprenais pas un seul mot, mais tout le sens. Il me disait qu'il avait vécu paisiblement avec eux et qu'ils avaient été très heureux, jusqu'au jour où les cow-boys les massacrèrent les uns après les autres.

Alors sa voix est devenue sanglotante, il chantait à moitié et nous sommes arrivés au-dessus d'une ville complètement illuminée, du présent (Las Vegas ?), devant un Indien obèse, couché par terre, ivre mort, à l'angle d'une brasserie rouge, au milieu de papiers gras et de la foule indifférente. Je compris qu'il s'agissait du dernier de ses descendants. À l'heure où j'écris ce livre je suis en pleine recherche au sujet de ce « voyage » : recherche du peuple auquel appartenait ce vieil homme, car j'ai des détails si précis sur ses vêtements et ses bijoux qu'il doit être possible de l'identifier ; recherche de la ville où nous sommes arrivés.

Il m'a, en outre, demandé un « service » que je rêve de pouvoir lui rendre, à condition toutefois d'avoir la possibilité de retrouver l'endroit.

Puis il rentra dans une colère terrible et me prit la main. Il était accroché à moi et me transmettait une force étrange. La suite est plus difficile à décrire car tout est allé très vite, sans succession d'images, mais dans une simultanéité d'autant plus incommensurable qu'aucune expérience humaine ne ressemble à ça.

Disons, en vrac, que j'ai vu : un incendie gigantesque à New York, des bombes ou du plomb plein le ciel, une vague de chaleur (tiens...) effrayante, des monceaux de cadavres, des explosions et aussi des trombes d'eau qui ensevelissaient une autre ville. C'était tellement atroce et apocalyptique que j'ai du mal à discerner précisément la succession mais, là encore, le message est clair, le monde moderne dit civilisé est en train de se préparer à une mutation complète qui risque de ne pas se passer dans la douceur.

Je compris aussi qu'il disait : « C'est le sang de mes frères qui va leur retomber sur la tête. »

Puis il me donna une graine et me demanda de la faire pousser dans une plaine, qu'il m'indiqua comme située après une chaîne de montagnes rouges et désertiques. Il pleurait. J'étais touchée et abasourdie. Tout cela ne serait que fantasmes si, pour me remercier à l'avance, l'homme n'avait pas opéré… une guérison…

Un de mes chiens, de très grande taille, souffrait depuis quinze jours d'une boiterie, dont mon vétérinaire n'avait pas identifié la cause, mais qu'il suspectait d'être une maladie assez grave. Nous devions aller faire des radios pointues. La batterie des anti-inflammatoires avait été essayée, en vain, et rien n'était cassé.

Or, que fit le vieil Indien ? Au moment de me quitter dans la plaine aride, où nous nous étions rencontrés, il fit… apparaître près de lui mon chien ou plutôt sa forme astrale et, après avoir passé des plumes sur la peau de son épaule, l'y mordit et sembla aspirer quelque chose qu'il recracha immédiatement et qui ressemblait à du sang caillé. Je tiens à dire que ce rituel de guérison est courant.

Jacobo Grinberg Zylberbaum en raconte de nombreux dans *Rencontre avec des chamans du Mexique*, et les pouvoirs de mon Indien sont bien peu de chose à côté de ceux de Donia Sara, une guérisseuse, qui semblerait capable d'effectuer des régénérations complètes d'organes, par la seule force de sa pensée.

On retrouve les mêmes histoires dans les livres de Lynn V. Andrews. Mais ce qui est étonnant, ce n'est pas que le rituel ait été pratiqué dans les formes : c'est que mon chien soit parfaitement guéri !

Et qu'il le fût dès ma « descente », si je puis m'exprimer ainsi, alors qu'il boitait sérieusement une heure plus tôt.

Je n'ai plus qu'à aller chercher la plaine, car je me sens maintenant obligée de terminer ce que ce vieux sorcier m'a demandé de faire et que je préfère garder secret pour l'instant.

Il va donc falloir voir le monde passer par des phases de violence extrême. J'aurais hésité à écrire tout ceci, si je n'avais découvert, en relisant *Source noire* de Patrice Van Eersel, que de nombreuses personnes ayant vécu des Near Death Experiences, expériences proches de la mort, surtout des « expérienceurs » du cinquième stade, c'est-à-dire ceux qui sont allés jusqu'à l'illumination, n'avaient visualisé les mêmes images que moi, teintées d'apocalypse.

D'aucuns n'hésitent pas à parler de « boules d'âmes humaines affreusement mêlées les unes aux autres, glissant vers des abîmes ». Certains chercheurs ont même commencé à travailler sur ces visions prophétiques collectives, mais n'ont pas encore rendu de conclusions définitives.

Mais avant de se désespérer, il faut comprendre que le monde qui nous paraît normal en cette fin de XXe siècle porte objectivement les germes et déjà les stigmates de sa fin.

N'en déplaise aux existentialistes, le monde n'est pas absurde et il existe au-delà de l'homme des règles cosmiques, qu'on ne peut violer en toute impunité très longtemps.

Découvrez votre potentiel d'adaptation à la société future

Notre société fonctionne rigoureusement à l'envers des principes et règles qui de tout temps ont été rabâchés par les sages, les mystiques, de toutes religions et de toutes cultures confondues.

D'abord, une société qui vit dans l'idée que seule existe la matière est, pour le reste du monde, il faut en être conscient, une aberration barbare.

Nous sommes immortels et spirituels, nous nous pensons physiques et éphémères. Imaginez la folie d'une société où les individus s'identifieraient à leurs vêtements. Chaque accident de teinturerie serait l'occasion d'un article de deux colonnes, plein de digne compassion dans les journaux gratuits locaux. Toute la science se pencherait sur la façon de revitaliser les tissus en injectant – pourquoi pas ? – des microfibres de lin, et l'on ne parlerait plus très sérieusement que lessive et portemanteau à longueur de journaux et de publicités. Or, il est à peu près aussi insensé de s'identifier à son corps *seulement* quand on sait de quoi il est fait et qu'une âme en revêt parfois des dizaines, que dis-je, des centaines au fil de ses incarnations successives.

En outre, notre société valorise l'impatience quand la publicité crie : « Je veux tout, tout de suite », cri de bêtise, cri d'infantilisme consommateur en totale opposition avec l'expérience que chacun peut faire au quotidien. Il ne faut pas vouloir *tout*, mais faire un choix, et une fois qu'il est fait, vous avez tous observé que le « tout de suite » était la meilleure ligne droite pour aller à l'échec. Alors que la patience dénoue parfois d'épineuses situations.

En outre, la culture ambiante ne fait que valoriser le mouvement à outrance. Bouger pour bouger, mais pour quoi faire ? Quelle est la pérennité d'une société qui tient sur la force centrifuge ? Quand elle ralentit, elle tombe. C'est exactement ce qui est en train de nous arriver économiquement, et je ne suis pas étonnée de l'extrême pauvreté dans laquelle j'ai vu l'univers de demain. Ce n'est que le contrecoup d'un mythe de croissance éternelle et de progrès vertical, qui ne prend pas en compte la loi de base de l'univers, qui est celle des cycles et des transformations.

Quelle arrogance démentielle a pu faire rêver l'homme d'une société toujours plus prospère alors que la nature, les saisons, le cosmos entier, les marées ne parlent que de croissance et de décroissance, de pleurs et de vide, d'été et d'hiver ?

L'intérêt économique de ceux qui y trouvaient leur compte, dans un expansionnisme et une mégalomanie, a un prix qui sera payé par chacun d'eux.

Plus les années passent, plus j'ai l'impression de vivre dans un monde absurde, lorsque j'entends parler de « créer des besoins » là où mon expérience personnelle – et transpersonnelle – me dit tous les jours que la seule voie est justement l'inverse, celle de la libération de ces besoins auxquels mes contemporains tentent de m'enchaîner.

Ce n'est pas la possession ou la dépossession qui est importante, mais l'esprit que l'on y met.

Pourtant, je refuse de donner le moindre amour et d'accorder un intérêt viscéral aux objets de consommation, et contrairement à beaucoup de grands mystiques, qui ont eu de tout temps un détachement et une indifférence complète à la possession, j'ai pour ma part le goût et le sens de l'harmonie. J'aime, certes, vivre le plus agréablement et le plus esthétiquement possible, puisque je l'ai dit ma voie n'est pas celle de l'ascétisme.

Ma voiture ne m'a jamais donné le dixième du quart du bonheur déferlant que certains états modifiés de conscience ont provoqué en moi.

Et le plus raffiné de mes verres en cristal, dans lequel j'ai beaucoup de plaisir à boire, ne représente rien à côté de deux secondes de ce que m'apporta mon voyage aux côtés du vieil Indien.

Toute notre échelle de valeurs est fausse. Que se passe-t-il dans une entreprise lorsque le comptable a additionné au lieu de soustraire, et qu'il a multiplié les sommes qui devaient être divisées ? On coule.

Et pour couler plus vite, nous engendrons un climat général, qui ne fait que valoriser la distraction et l'extériorité, là où seuls le recentrage et l'intériorité pourraient nous permettre d'y voir clair, et peut-être de ne pas sombrer.

Partout, on veut nous « occuper ». Sous un flot d'images et de bruits avec la télé, la vidéo, la musique, jusque dans les ascenseurs. Ce n'est plus un spectacle, c'est une overdose, avec une surenchère dans le spectaculaire, qui ne peut nous renvoyer de nos vies qu'une image minable et frustrée.

De quoi les leaders ont-ils peur, pour nous empêcher ainsi d'être reliés avec nous-mêmes, en nous noyant sous un flot de « distractions » ? De la force que donne la vie intérieure, le recentrage, la patience, la maîtrise ? Je vais encore citer ce moine bouddhiste autosacrifié par le feu en place publique. Son impassibilité, qui fit le tour du monde, et dont j'ai encore retrouvé récemment la photo sur une pochette de C.D. rock, *Rage against the machine*, est la forme de résistance la plus solide à toute forme d'oppression.

Car un homme qui retrouve tout son potentiel intuitif retrouve aussi une maîtrise sur sa vie et est imprégné d'une conscience, qui lui interdit un certain type d'obéissance. Même si nous ne pouvons, bien sûr, pas arriver chacun à un tel pouvoir sur nous-mêmes, nous ne serons plus aussi disposés à la manipulation.

C'est pour cette raison que deux millénaires d'Église catholique ont exterminé les alchimistes et magiciens divers, dont les recherches avaient pour but de restituer à l'homme rien d'autre que sa dimension divine. John White, philosophe et inventeur d'un terme qui m'est cher, parle de l'homme « noétique ». Le terme est choisi en honneur à Teilhard de Chardin, il signifie « qui a trait à la conscience et à l'étude de celle-ci ».

Et que dit John White, sur l'autonomie de l'*Homo noeticus* ?

« Il ne tolérera plus que la société bloque le plein épanouissement de ses potentialités. Sa psychologie sera fondée sur l'expression des émotions et non plus sur leur refoulement. Sa motivation sera la coopération et non plus la compétition et l'agression. Sa logique sera polyvalente, intégrante, simultanée et non plus séquentielle, linéaire, alternative. Les voies sociales ne lui conviendront pas. »

En ce qui me concerne, c'est largement fait. Je souffre tous les jours de vivre dans une société qui hisse au premier rang des valeurs n'ayant aucune importance, pis, étant des non-sens.

Vous avez remarqué cette expression particulière que l'on fait prendre à de nombreux mannequins dans les publicités. Tantôt, une arrogance ridicule du genre : « Moi je suis vraiment un être très très supérieur, loin de vous autres, petits mortels ayant des soucis, je suis sans failles, sans émotions et au travers de mes yeux vides de toute compassion et de toute douceur, vous vous agitez comme des crapauds inutiles qui salissent presque mon impassibilité d'un autre monde. »

Or, je peux affirmer qu'au travers des expériences faites auprès des trois mille personnes environ que j'ai dû voir en sept ans de consultation ceux qui se perdent dans les petits jeux de l'arrogance – le destin est ainsi fait – reçoivent en général un retour aussi rapide que celui du son sur une scène, mais plus violent. Et la vie se charge de briser celui qui se voulait un roc.

« Les hautes montagnes sont usées par les eaux, et les vallées comblées. La loi des puissances du destin est d'entamer ce qui est plein et de dispenser le bonheur à l'humble. Les hommes aussi haïssent ce qui est plein et aiment l'humilité. » (*Yi-King*.)

Ce n'est pas moral, c'est ainsi. Et aussi incontournable qu'un principe de jardinage, qui oblige à tailler des branches régulièrement, pour que puisse croître un buisson.

Et quand ils ne jouent pas l'arrogance dévastatrice, les publicitaires choisissent de faire singer aux mannequins l'hilarité hystérique et le mouvement déchaîné. Et nous avons droit, tous les jours, à voir les murs se couvrir de modèles d'hommes et de femmes coincés dans un fou rire, agités, cavalant avec des paquets plein les bras. Là, c'est : « Je cours, je cours, je fais dix mille choses à l'heure, toutes plus mal et superficiellement les unes que les autres, jamais la même, parce que je n'approfondis surtout rien, ça risquerait de me rendre consistant, et je ne connais pas dix secondes de solitude, ce qui est souhaitable car à mon stade, dans la dégénérescence mentale, j'en mourrais. »

J'enrage. Pour recoller tous les jours dans mon cabinet les victimes de cet idéal absurde, férocement destructeur. Car les paquets déballés amènent le désir d'autres paquets, qui, comme une drogue, en demandent toujours de nouveaux et la vie, qui tend à se prendre pour une succession de saynètes esthétiques du style « Tiens, allons au golf », « Passons chez les Durand », « Mettons-nous au squash », se transforme un jour en « Et voilà qu'arrive le cimetière et je n'ai rien fait de ma vie », sauf de me ronger d'angoisse à l'idée de perdre un principe de fuite et de possession qui, sous mon sourire crispé, m'a protégé de toute réelle expérience fondamentale : l'amour et la connaissance.

Bien que faisant justement partie des privilégiés à tous niveaux, auxquels elle fait la place belle, puisque je possède en apparence tout ce qu'elle chérit, je ne regretterai vraiment pas cette société qui dévitalise les hommes et fait se suicider des adolescents.

Dussé-je troquer mon bel appartement contre une caverne ou le tonneau de Diogène, ça n'aura aucune importance pour peu que chacun retrouve le sens du sacré. Que ceux qui nous dirigent soient à nouveau choisis avec des critères de chefs et non plus de techniciens, sans courage et dénués d'inspiration, qui se spécialisent dans l'ouverture de parapluies, pour fuir toutes les conséquences de leurs actes.

Les jeunes ne sont pas dupes. Ils voient leurs parents souffrir et ils ont été bernés. L'expression musicale change. Alors que la vague « yé-yé » parlait dans ses textes, un peu guimauves, de libération amoureuse, les champions du hit-parade de cet été nous offrent, eux, des textes dont la réelle profondeur philosophique et la très juste analyse sociale anéantissent définitivement le lieu commun selon lequel les adolescents de 1994 seraient futiles.

Ainsi, le groupe de rap IAM, que chacun connaît maintenant pour leur tube, *Je danse le mia*, dénonce ce type d'attitude, au travers d'une autre chanson, *Contrat de conscience* : ... « Ils ont tout dans les urnes, rien dans les burnes » (*sic*). C'est trivial, peut-être, mais réaliste.

Car la force vient de l'esprit, pas de la matière. Et une société qui choisit ses élites avec des critères qui sont la capacité de mémoriser, de synthétiser et de reproduire des systèmes appris, bref, est une société technocratique qui exclut les intuitifs et les inspirés. Et ce sont ces derniers, dont j'ai tenté de démontrer qu'ils étaient les seuls à savoir agir vite, dans l'urgence, puisque seul le développement de la pensée holistique peut parer la crise d'aujourd'hui. Et en termes de rapport de forces, certaines images parlent d'elles-mêmes. Que peut faire l'Occidental devenu peureux, craignant la perte de son confort et de ses biens, au moindre problème avec ses pairs, se réunissant en séances, comités, avant de prendre la moindre décision ? S'il doit vivre un conflit, avec un chef du tiers-monde qui possède le pouvoir sans partage, fanatique, intégriste, et pour lequel la vie a moins de sens que l'honneur ? Pas grand-chose. Sinon perdre, à coup sûr.

L'épisode américain de la guerre du Viêt-nam, la guerre du Golfe, mais aussi les événements de Somalie, d'Haïti et plus récemment de l'ex-Yougoslavie ne sont qu'un avant-goût de ce qui nous attend avec le reste du monde, si nous ne « changeons pas nos méthodes », comme me le disait Morrisson à propos des miennes.

Il est à craindre qu'après avoir pris l'ensemble du monde pour des sauvages ou des attardés culturels nous connaissions un cuisant revers de médaille. Nous avons hypocritement trouvé urgent de les bombarder de canettes de Coca-Cola et de valeurs occidentales, pour les sauver de leur obscurantisme et surtout pour pouvoir piller leurs ressources en leur envoyant de l'aide humanitaire...

Notre double langage risque de nous coûter notre confort, par un retour karmique, dont peut-être un éveil général pourrait encore nous sauver, à condition de savoir accepter la perte de la société d'aujourd'hui.

Elisabeth Kübler-Ross a étudié les cinq phases d'un deuil, de la façon suivante :

- La première, c'est le déni, le « Non, ce n'est pas possible », on refuse de savoir.
- La seconde, c'est la colère : le « C'est la faute de... », la révolte, l'agressivité, la haine.
- La troisième, le marchandage : « Bon d'accord, je vais perdre ce à quoi je tiens mais peut-être que, quand même, il m'en restera un tout petit peu, allez, juste un petit peu... »
- La quatrième, c'est l'abattement, la dépression et l'anéantissement avec son cortège de découragements.

• Et enfin la cinquième, c'est la renaissance, une sorte de grâce magique, au travers de laquelle l'épreuve est soudain intégrée, transformée.

En lisant cela, j'ai brusquement réalisé que ces phases décrivaient certainement la façon dont chacun pouvait réagir aujourd'hui devant la crise morale, économique, familiale, qui s'est emparée de nous. Il n'y a plus un feu rouge dans Paris sans un S.D.F. qui essaye avec un gobelet de récolter les pièces qui lui permettront de survivre. L'envoyer travailler ? Mais où ? Il n'y a plus une famille sans un jeune au chômage.

Les grandes promesses se sont révélées mensonges. « Faites des études. » C'est ce que tous les adultes nous disaient quand nous étions jeunes. Celles-ci étaient supposées nous apporter bien-être et confort assurés. Mais l'évolution sociale systématique est un leurre arithmétique : deux ouvriers ayant chacun deux enfants, cela peut faire quatre agents de maîtrise, à la première génération, mais pas huit cadres moyens à la troisième, seize cadres supérieurs à la quatrième et trente-deux P.-D.G à la cinquième !

Et comment peut-on à la fois être pour nos enfants des modèles tout en leur expliquant que nous ne serons heureux que s'ils font *mieux* que nous socialement, ce qui est une façon implicite d'avouer notre échec imaginaire ?

Peut-on avoir une quelconque autorité sur des êtres auxquels on demande de réussir socialement, c'est-à-dire de racheter ce que nous pressentons à tort comme notre insuffisance ?

Si nous nous jugeons insuffisants, je ne vois pas au nom de quoi nous pourrions leur donner des conseils, au risque d'entendre un « Qu'as-tu fait de ta vie ? » bien mérité, puisque nous nous mettons face à eux en position de demande. Et si nous ne pouvons leur servir de modèle, comment vont-ils grandir ? Mal. Et en n'ayant aucune envie de devenir adultes. D'enfants, nous les mettons en position de sauveurs potentiels. Devenus grands, ils deviendront eux aussi des insatisfaits, à notre image. C'est ça, le message que notre exemple fait passer. Et l'éducation, ce n'est que de l'exemple. J'exagère ? Je ne crois pas. En interrogeant de nombreux psychothérapeutes d'enfants, il semblerait que l'indication qui pousse les parents à se soucier de la santé psychique de leur progéniture ne soit ni son angoisse ni sa souffrance, mais... son échec scolaire.

Or, notre société est malade. Et, comme pour le deuil, il y a les premiers qui nient la maladie. C'est le cœur des politiques, qui nous endorment d'une hypothétique reprise, en taillant dans les chiffres comme un habile tailleur retournait des costumes en pleine pénurie sous l'Occupation : si c'est bien fait, ça ne se voit pas trop.

Les seconds, qui se déchaînent dans la haine. Haine raciste, haine sociale. C'est la faute des patrons, des jeunes, des pédés, des vieux, des chômeurs.

Les troisièmes, en phase de marchandage, qui patientent calmement en se disant : « Je ne pars pas aussi souvent en vacances, mon fils aîné est au chômage, soit, mais cela veut dire que statistiquement ma fille va trouver, car deux chômeurs dans mon foyer ce n'est pas concevable », sous-entendu : « J'ai déjà payé. »

Les quatrièmes sont dans le désespoir. C'est le flot montant de ceux qui provoquent des accidents de voiture, en augmentation, vivent grâce aux anxiolytiques de tous genres, ou, plus grave, mettent fin à leurs jours.

Les cinquièmes, dont je fais partie, et qui ont joyeusement traversé les quatre premières phases, tentent d'entrevoir le monde de demain. Et les signes précurseurs d'une humanité nouvelle, aux potentiels curieusement élargis.

C'est comme si, brutalement, tout concordait : le résultat des expériences des physiciens quantiques, l'étonnant travail mené par les observateurs de la mort, sur ces êtres qui, l'ayant frôlée, ont comme moi le sens de toutes leurs valeurs profondément modifié, dans un sens clairement spirituel, indépendamment de leurs croyances philosophiques ou religieuses de base, et les messages des autres plans de conscience… Tout concorde. Kenneth Ring, un des spécialistes américains de la Near Death Experience, n'hésite pas à parler de l'hypothèse d'une mutation collective prochaine de l'humanité, qui récupérerait ses pouvoirs passés. Ceux dont, pour le moment, quelques sujets seulement sont les dépositaires et les expérimentateurs. Sa thèse me séduit d'autant plus que je ne saurais me réjouir davantage de pouvoir contribuer, par ma petite expérience personnelle, à ce qu'il qualifie de renforcement du champ « morphogénétique humain ».

Quant à l'ange de Gitta, il lui laisse ce bouleversant message qui, au terme de ce récit, prend tout son sens :

« La nouvelle langue donne naissance à de nouvelles oreilles, il n'y a encore personne pour entendre le son, la voix vibre, la matière, le limon originel frémit, ainsi naîtront les oreilles nouvelles… »

C'est là que s'inscrit mon combat de chaque jour. Dans l'urgence de préparer les « oreilles nouvelles ». C'est la seule mission humanitaire qui les résume toutes, puisque le sujet qui connaît l'éveil ne provoque plus sur son passage ni mort ni destruction, ce qui ne l'empêche pas d'être un vrai guerrier à l'image du sorcier yaki, décrit par Castaneda dans *Voyage à Ixtlan*.

Et si les visions tragiques dont j'ai été l'écran involontaire et qui en recoupent de nombreuses, éprouvées par d'autres, n'avaient comme sens que celui de nous faire passer le plus près possible de notre mort collective ?

De manière que, comme les rescapés des expériences proches de la mort sur le plan individuel, nous ayons un profond et radical changement de nos valeurs ?

Tout est encore possible. Y compris d'être sauvés, car « l'éveil » annule le fatras accumulé par le karma, même collectif, et c'est ensemble qu'aujourd'hui il nous faut réagir, par une lutte quotidienne contre tout ce qui nous décentre, nous disperse, nous distrait et nous enchaîne. En sachant que nous pouvons retrouver, à l'intérieur de nous-mêmes, le savoir que d'autres prétendent détenir à notre place, et qu'il existe des guides, sur d'autres plans de conscience, qui ne demandent qu'à nous conduire.

Avec fureur, et avec amour, sans complaisance et dans l'efficacité, quitte à brutaliser nos habitudes et celles des autres, dans une de ces belles colères dont Jésus sut faire preuve à l'égard des marchands du Temple. Unis dans la même nécessité de nous transformer et d'épanouir en nous toute notre humanité.

Et de même qu'une seule feuille ne jaunit qu'avec le silencieux assentiment de l'arbre entier.

Ainsi le malfaiteur ne peut agir mal, sans le secret acquiescement de nous tous.

Comme une procession, vous avancez ensemble, vers votre moi divin.

Vous êtes sur le chemin et ceux qui cheminent.

Et lorsque l'un d'entre vous tombe, il tombe pour ceux qui sont derrière lui, les prévenant de la pierre d'achoppement.

Khalil Gibran, *Le Prophète*

Et enfin, je ne voulais pas clore ce livre autrement qu'avec ce texte… sévère peut-être ?

En d'autres termes la prophétie renaît 3 275 ans après.

La spiritualité l'emporte sur les forces matérielles, la puissance divine en extension descend du ciel.

Prends garde, prends garde, humain.

Car le reflet de la vanité va sortir du miroir et t'étrangler.

Nos ancêtres le savaient sur cela ils ont écrit.

Aujourd'hui à quoi cela a servi ?

Le temps tue le physique et l'esprit demeure, et rien ne parviendra à le briser…

Pharaon, reviens !

Qu'ai-je donc choisi pour conclure ?

Un vieux poème d'un mystique visionnaire ascète et médiéval ? Pas du tout. C'est un extrait de la chanson *Pharaon, reviens !* du groupe IAM qui sont les auteurs d'une autre, dont j'ai déjà parlé,

Je danse le mia, qui a été un des tubes de notre été 1994.

Qui achète leurs disques ? Les jeunes. Ceux avec lesquels demain il faudra reconstruire le monde. Ils ont, semble-t-il, compris... Et c'est ça, que j'appelle l'espoir !

Paris, septembre 1994

BIBLIOGRAPHIE

ANDREWS Lynn-V., *Femmes de pouvoir, femme étoile*. (Le récit d'une femme en quête d'initiation. Passionnante exploration.) Espace Bleu.

AUGERIAS François, *Domne ou l'Essai d'occupation*. Le Rocher.

BENDER H., CHAUVIN R., FAVRE F., JANIN J., *Soixante années de parapsychologie*. (Une bonne approche résumée de la question scientifique.) Kimé.

BEVILACQUA Marguerite, *Voyance et Prophéties*. Henri Veyrier.

BLUM Ralf, *Les Runes divinatoires*. Robert Laffont.

BOUNIAS MICHEL, *Si Dieu avait créé le monde*. Philippe Lebaud.

CHARON Jean, *Le Monde éternel des éons*. (Indispensable pour percer les mystères de la matière.) Le Rocher.

CHAUVIN Rémy, *La Fonction psy*. Robert Laffont.

DELCLOS Marie, *Le Toucher intérieur*. Souffle.

DELCLOS Marie, *La Voyance en seize leçons*. (Beaucoup plus profond et sérieux que ne le laisse supposer le titre.) Librairie de l'inconnu.

DONNER Florinda, *Le Rêve de la sorcière*. Le Rocher.

DUTHEIL Régis, *L'Homme superlumineux*. Sand.

GRINBERG Jacobo, *Rencontre avec les chamans du Mexique*. Le Mail.

HALIFAX Joan, *Les Chamans*. Seuil.
HARDY Christine, *La Science et les États frontières*. Le Rocher.
HURTEAU-MIGNON Chantal, *Cherche âme sœur*. Dangles.

JOVANOVIC Pierre, *Enquête sur l'existence des anges gardiens*. Filipacchi.

KÜBLER-ROSS Elisabeth, *La Mort, porte de la vie*. Le Rocher.
KUBLER-ROSS E., *La Mort dernière étape de la croissance*. Le Rocher.

LABORDE-NOTABLE Élisabeth, *La Voyance et l'Inconscient*. Seuil.
LAPLANTINE François, *Un voyant dans la ville*. Payot.
LIGNON Yves, *L'Autre Cerveau*. (Instructif et plein d'humour, ouvre des horizons nouveaux.) Albin Michel.

MALLATZ Gitta, *Dialogue avec l'ange*. (Mon livre de chevet.) Aubier.

NICHOLS Rosanna, *Vivre la voyance*. Âge d'être.
NICHOLSON S., *Anthologie du chamanisme*. Le Mail.

ODIER Marcel, *L'Esprit de la nouvelle science*. L'âge d'homme.
ORION Blanche, *Voyance destinée à la conquête de la chance*. Verseau.

PIGANI Érik, *L'Art de gérer son temps channels*. De Vecchi Verseau.

PLACIER Anne, *Guide de la voyance*. (Parfait pour en finir avec les arnaques…) Philippe Lebaud.

STEVENS José et Lena, *Secret du chamanisme*. J'ai Lu – New Age.
SUGRUE Thomas, *Edgar Cayce, Il est un fleuve…* De Mortagne.

VAN EERSEL Patrice, *Source noire*. (Un classique indispensable pour comprendre l'élargissement de notre notion de la conscience.) Grasset.
VAN EERSEL Patrice, *Le Cinquième Rêve*. Grasset.
VARVOGLIS Mario, *Rationalité de l'irrationnel*. (Rigoureux et audacieux dans l'approche scientifique.) Interéditions.

WILSON Colin, *L'Occulte*. (L'ouvrage de référence par exellence, tant sur le plan historique que philosophique.) Philippe Lebaud.

Si vous êtes en quête d'information sur les questions ésotériques et spirituelles, si vous souhaitez découvrir les Runes ou faire part de vos impressions sur ces questions, tapez 36.15 INDIGO

TABLE

AVENTURE SECRÈTE

ANDREWS Lynn
L'envol de la septième lune
3550/5
La femme-jaguar
3819/4

ASHLEY Nancy
Construisez vous-même votre bonheur
3146/3 Inédit

BELLINE Marcel
Un voyant à la recherche du futur
2502/4

BERLITZ Charles
Le Triangle des Bermudes
2018/3

BOURRE Jean-Paul
Voyage au centre de la vie
3913/2 La vie au-delà

CAMPBELL Joseph
Puissance du mythe
3095/5 Inédit

CARDON Michel
Voyages vers le passé
3736/3

CAYCE Edgar
...et la réincarnation
par Noel Langley
2672/4
Les rêves et la réalité
par H. H. Bro
2783/4
L'homme du mystère
par Joseph Millard
2802/3
Créez votre propre futur avec Edgar Cayce
par Marc Thurston et Christopher Fazel
3929/4 Chemin du Nouvel Age

CHOPRA Deepak Dr
Le retour du Rishi
3458/4
La vie sans conditions
3713/5
Vivre la santé
3953/4 Médecines Nouvelles

COCKELL Jenny
Mes enfants d'une autre vie
3874/3 La vie au-delà

DAMEON-KNIGHT Guy
Karma, Destinée et Yi King
2763/3

DENNING M. & PHILLIPS O.
La visualisation créatrice
2676/3 Inédit

DOORE Gary
La voie des chamans
2674/3 Inédit

DUCOURANT Bernard
Les clefs du bonheur parfait
3579/3

DUNOIS CANETTE F.
Les prêtres exorcistes
3803/3 Les grandes énigmes

FERGUSON Marilyn
Les enfants du Verseau
4029/7 Chemins du Nouvel Age

FIELDS, TAYLOR, WEYLER & INGRASCI
Pour une spiritualité au quotidien
3624/5

FLAMMARION Camille
Les maisons hantées
1985/3

FONTAINE Janine
Médecin des trois corps
3408/6 Médecines Nouvelles

GAWAIN Shakti
Techniques de visualisation créatrice
3853/2 Chemins du Nouvel Age

GASSIOT-TALABOT G.
Yaguel Didier ou la mémoire du futur
3076/7

GIBRAN Khalil
La voix de l'éternelle sagesse
3651/1 Paroles des Maîtres
Le prophète
4053/2 Paroles des Maîtres

HAYES Peter
L'aventure suprême
2849/3 Inédit

INK Laurence
Il suffit d'y croire
3977/4 Chemins du Nouvel Age

JAFFE Dennis T.
La guérison est en soi
3354/5 Médecines Nouvelles

JOVANOVIC Pierre
Enquête sur l'existence des anges gardiens
3895/7 La vie au-delà

KOECHLIN de BIZEMONT Dorothée
L'univers d'Edgar Cayce
2786/5 Paroles des Maîtres
Les prophéties d'Edgar Cayce
2978/6

LAFFOREST Roger de
Ces maison qui tuent
1961/3 Grandes énigmes

LANGS Robert Dr
Interprétez vos rêves
3477/4 Inédit

Le LANN Roger
Ces ondes qui nous soignent
3990/6 Médecines nouvelles

MACKENZIE Andrew
L'invisible et le visible
3604/5

MACKENZIE Vicki
L'enfant lama
3360/4

MACLAINE Shirley
L'amour foudre
2396/5
Danser dans la lumière
2462/5 Chemins du Nouvel Age
Le voyage intérieur
3077/3

de MAHIEU Jacques
Les Templiers en Amérique
2137/3

AVENTURE SECRÈTE

MARTINO Bernard
Les chants de l'invisible
3228/8

MELLA Dorothée
Puissance des couleurs
2675/3

MERCIER Mario
Le livre de l'ange
4010/2 Chemins du Nouvel Age

MONTGOMERY Ruth
Au-delà de notre monde
2895/3 Inédit

MOODY Raymond Dr
La vie après la vie
1984/2 La vie au-delà
Lumières nouvelles...
2784/2
La lumière de l'au-delà
2954/2
Voyages dans les vies antérieures
3692/4 La vie au-delà

MURPHY Joseph Dr
Comment utiliser les pouvoirs du subconscient
2879/4

PEARCE Joseph Chilton
La fêlure dans l'œuf cosmique
3022/4

PECK Scott
Le chemin le moins fréquenté
2839/5 Chemins du Nouvel Age
Les gens du mensonge
3207/5 Inédit

PECOLLO Jean-Yves
La sophrologie
3314/5

PETIT Jean-Pierre
Enquête sur des extra-terrestres...
3438/3

PRIEUR Jean
La prémonition et notre destin
2923/4
Le mystère des retours éternels
4066/4 La vie au-delà

RAMPA

Histoire de Rampa
1827/3
La caverne des Anciens
1828/4 Paroles des Maîtres
Le troisième œil
1829/3
Les secrets de l'aura
1830/3
Les clés du nirvâna
1831/2
Crépuscule
1851/2
La robe de sagesse
1922/3
Je crois
1923/2
C'était ainsi
1976/2
Les trois vies
1982/2 Paroles des Maîtres
Lama médecin
2017/3
L'ermite
2538/3 Paroles des Maîtres
La treizième chandelle
2593/3
Pour entretenir la flamme
2669/3
Les lumières de l'Astral
2739/3
Les univers secrets
2991/4
Le dictionnaire de Rampa
3053/4

RAQUIN Bernard
Retrouvez vous-même vos vies antérieures
3275/3

ROBERTS Jane
Le livre de Seth
2801/5 Paroles des Maîtres
L'enseignement de Seth
3038/7 Inédit

RYERSON et HAROLDE
La communication avec les esprits
3113/4 Inédit

SADOUL Jacques
Le trésor des alchimistes
2986/4

de SAINT-AMANS M.
L'intelligence et le pouvoir des nombres
3364/5

SIEGEL Bernie
L'amour, la médecine et les miracles
2908/4
Messages de vie
3499/5

SIMONTON Dr, HENSON & HEMPTON
L'aventure d'une guérison
3765/4 Médecines nouvelles

SMITH Michael G.
Le pouvoir des cristaux
2673/3 Inédit

SPALDING Baird T.
La vie des Maîtres
2437/5 Paroles des Maîtres

STEVENS Jose & Lena
Secrets du chamanisme
3265/6 Inédit

VALLÉE Jacques
Autres dimensions
3060/5
Confrontations
3381/4
Révélations
3672/5

WAMBACH Helen
Revivre le passé
3293/4

WATSON Lyall
Histoire naturelle du surnaturel
2842/4

WEISS Brian L. Dr
De nombreuses vies, de nombreux maîtres
3007/3 Inédit

J'AI LU Bien-être

Santé, sexualité, beauté, diététique, vie quotidienne, psychologie : la collection Bien-être a été conçue pour apporter une réponse pratique adaptée à chacun.

ARON-BRUNETIÈRE Dr
La beauté et les progrès de la médecine
7006/4 BEAUTÉ-FORME

BEAUDEMONT-DUBUS Agnès
La cuisine de la femme pressée
7017/3 DIÉTÉTIQUE

BOEDEC Martine
L'homéopathie au quotidien
7021/3 SANTÉ

BONDIL Dr & KAPLAN
Votre alimentation selon le Dr Kousmine
7010/5 DIÉTÉTIQUE
L'alimentation de la femme enceinte et de l'enfant selon le Dr Kousmine
7089/5 DIÉTÉTIQUE

BRANDEN Nathaniel
Les six clés de la confiance en soi
7091/7 PSYCHOLOGIE

CAKIROGLU Béatrice
Les droits du couple
7018/6 VIE QUOTIDIENNE

CARTER Steven & SOKOL Julia
Ces hommes qui ont peur d'aimer
7064/5 PSYCHOLOGIE

CAVA Roberta
Réussir et être heureuse au travail
7082/5 VIE QUOTIDIENNE
Inédit

CIVEYREL Françoise
Consommez bien. Dépensez mieux
7098/5 VIE QUOTIDIENNE
Pièges à déjouer, recours éventuels, ce guide pratique et facile à consulter répond à toutes les questions que se pose le consommateur d'aujourd'hui.

COHEN-SOLAL Dr Julien
Comprendre et soigner son enfant
7096/6 & 7097/6 SANTÉ
Spécialiste de renom international, le Dr Cohen-Solal expose ici les dernières découvertes de la pédiatrie, abordant toutes les questions que peuvent se poser les parents sur le développement de l'enfant, de la naissance à la puberté. Un guide précieux.

COMBY Bruno
Tabac, libérez-vous !
7012/4 SANTÉ
Un guide pratique pour enfin réussir à cesser de fumer.

COUDRON Dr Lionel
Stress comment l'apprivoiser
7027/5 SANTÉ

COWAN Carolyn Pape & Philip A.
1+1=3
7065/6 VIE QUOTIDIENNE
Un livre essentiel pour comprendre et surmonter les bouleversements que provoque, dans un couple d'aujourd'hui, la venue d'un enfant.

DIETRICH Eric & CUDICIO Dr Patrice
Harmonie et sexualité du couple
7061/5 SEXUALITÉ

DREVET & GALLIN-MARTEL Drs
Bien vivre avec son dos
7002/4 SANTÉ

ELIA Dr David
Comment rester jeune après 40 ans
7008/4 SANTÉ
Toutes les solutions de la médecine pour bien vivre la ménopause et rester jeune et belle plus longtemps.

FLUCHAIRE Pierre
Bien dormir pour mieux vivre
7005/4 SANTÉ

FLUCHAIRE & MONTIGNAC...
Plus jamais fatigué !
7015/5 SANTÉ
Retouvez toute votre vitalité. Une méthode globale et naturelle proposée par des spécialistes.

GERENT Céline
Savoir vivre sa sexualité
7014/5 SEXUALITÉ

J'AI LU Bien-être

GOUPIL-ROUSSEAU Dr Françoise
Sexualité : réponses aux vraies questions des femmes
7025/3 SEXUALITÉ

GROSMAN & ALLAN REZNIK
Protégez votre emploi
7085/3 VIE QUOTIDIENNE

HEMMERLIN Brigitte
Maman Solo
7100/5 VIE QUOTIDIENNE

JOST & PERRIOT
Guide des actions humanitaires
7086/6 VIE QUOTIDIENNE

KOUSMINE Dr
Sauvez votre corps !
7029/8 DIÉTÉTIQUE

LEFORT Colette
Maigrir à volonté... ou sans volonté !
7003/4 DIÉTÉTIQUE

LELEU Dr Gérard
Le traité des caresses
7004/5 SEXUALITÉ
La Mâle Peur
7026/6 PSYCHOLOGIE
Le traité du plaisir
7093/5 SANTÉ

LOO Pr & CUCHE Dr
Je suis déprimé mais je me soigne
7009/4 SANTÉ

McGINNIS Alan Loy
Le pouvoir de l'optimisme
7022/3 PSYCHOLOGIE Inédit

MARTINO Bernard
Le bébé est une personne
7094/4 PSYCHOLOGIE

MAURY Dr E.
La médecine par le vin
7016/3 SANTÉ

MELLODY Pia
Vaincre la dépendance
7013/4 PSYCHOLOGIE

MESSÉGUÉ Maurice
C'est la nature qui a raison
7028/7 SANTÉ

MITZ Dr Vladimir
Le choix d'être belle
7019/6 BEAUTÉ

Montignac

Manger mieux et plus sainement : la méthode Montignac a séduit des milliers de lecteurs et opéré une véritable révolution en matière de diététique. Il ne s'agit plus seulement de perdre des kilos superflus mais de sélectionner des produits de meilleure qualité et de protéger sa santé en évitant les combinaisons désastreuses. Ces trois volumes proposent un nouveau concept de gastronomie nutritionnelle, en associant diététique et plaisir de manger, santé et bien-vivre.

7030/5 DIÉTÉTIQUE
7079/5 DIÉTÉTIQUE
7090/5 DIÉTÉTIQUE

MOUTON Anne-Marie
500 conseils pour réussir votre grossesse
7023/4 VIE QUOTIDIENNE

NORWOOD Robin
Ces femmes qui aiment trop
7020/6 PSYCHOLOGIE
7095/6 PSYCHOLOGIE
Pour comprendre l'origine des passions malheureuses.

PALLARDY Pierre
Les chemins du bien-être
7001/3 SANTÉ
Bien dans sa tête et dans son corps : une méthode pour vivre en pleine forme.
Le droit au plaisir
7063/4 SANTÉ

PALLARDY Pierre & Françoise
La forme naturelle
7007/6 BEAUTÉ

PASTEUR Jean-Louis
Toutes les vitamines pour vivre sans médicaments
7081/6 SANTÉ
Les mégavitamines, minéraux et acides aminés, avec en complément, un guide d'achat.

RELIER Jean-Pierre
L'aimer avant qu'il naisse
7088/3 PSYCHOLOGIE

De ROTROU Jocelyne
La mémoire en pleine forme
7087/5 VIE QUOTIDIENNE

SAMALIN Nancy
Savoir l'entendre, savoir l'aimer
7062/5 PSYCHOLOGIE

TANNEN Deborah
Décidément, tu ne me comprends pas !
7083/6 PSYCHOLOGIE
Une nouvelle approche de la communication entre hommes et femmes.

TUCKER Nita
Le grand amour pour la vie
7099/3 PSYCHOLOGIE

VIGOR Marie-France
Enfants : comment répondre à leurs questions !
7011/6 VIE QUOTIDIENNE

4224

R.I.D. Composition 91400 Gometz-la-Ville
Achevé d'imprimer en Europe (Allemagne)
par Elsnerdruck à Berlin
le 7 juin 1996.
Dépôt légal juin 1996. ISBN 2-277-24224-1
Éditions J'ai lu
27, rue Cassette, 75006 Paris
Diffusion France et étranger : Flammarion